Der Bruch

Oliver Pautsch, 1965 in Hilden geboren, lernte in Solingen laufen, ging in Hilden zur Schule und studierte in Düsseldorf. Er wohnte und arbeitete lange Jahre in Köln. Heute lebt der Autor mit seiner Frau und drei Kindern wieder in Hilden.

Wenn er behauptet, die Region besser als den Inhalt seiner Schreibtischschublade zu kennen, kann man ihm ruhig Glauben schenken. Der Autor hat in der Region viele Jahre lang Klaviere und Flügel transportiert. Das tut er noch heute manchmal – falls er nicht gerade Romane oder Drehbücher schreibt.

Der Autor freut sich über einen Besuch seiner Heimseite: www.pautsch.net

Der Bruch

Oliver Pautsch

edition5p

Bibliografische Information der Deutschen Bibliothek
Die Deutsche Bibliothek verzeichnet diese Publikation in der Deutschen Nationalbibliografie; detaillierte bibliografische Daten sind im Internet über http://dnb.ddb.de abrufbar.

Autor:	Oliver Pautsch
Titel:	Der Bruch
ISBN:	978-3-7431-9084-9
Coverdesign:	Niklas Schütte
URL:	www.pautsch.net

Überarbeitete Neuausgabe –
erstmals unter gleichem Titel erschienen im
Thienemann Verlag, Stuttgart

© 2017 Oliver Pautsch
Herstellung und Verlag: BoD – Books on Demand, Norderstedt.

Das vorliegende Werk ist in allen seinen Teilen urheberrechtlich geschützt. Alle Rechte vorbehalten, insbesondere das Recht der Übersetzung, des Vortrags, der Reproduktion und der Vervielfältigung.

Für Ursula Pautsch

1.

Klaus wird den Bruch machen, das weiß ich. »Wenn du eine Sache anfängst, musst du sie auch durchziehen!«
Seine Worte. Er sagt diesen Satz oft und meint es ernst. Denn mein Vater meint immer alles völlig ernst. Zum ersten Mal habe ich den Spruch gehört, als er mir das Fahrradfahren beigebracht hat. Nach dem dritten Sturz wollte ich aufhören. Meine Ellenbogen und Knie waren total zerschrammt. Blutig! Das linke Hosenbein hatte sogar ein Loch. Doch Klaus hat nicht zugelassen, dass ich absteige und aufgebe. Oh nein, nicht mein Vater!
Als ich mit Rotznase und Tränen in den Augen endlich zehn Meter auf dem verdammten Kinderrad ohne Stützräder geradeaus fahren konnte, hat Klaus mich vom Rad in die Luft gehoben. Über seinen Kopf, ganz hoch. Dann hat er mir mit seinem Ärmel den Schnodder abgewischt, mich geküsst und gedrückt, bis ich kaum noch Luft bekam. So stolz war er auf mich. Das weiß ich heute, weil er es mir erzählt hat. Ich war erst vier und weiß nur noch, dass ich ihn damals gehasst habe. Dafür, dass er mich gezwungen hat auf diesem kleinen Scheißrad sitzen zu bleiben, bis ich fahren konnte.
Heute macht mir auf dem Bike keiner mehr was vor. Irgendwie hat Klaus also recht behalten.

Dieses Mal wird Klaus es wieder durchziehen. Bis zum bitteren Ende. Woher ich mir so sicher sein kann? Ganz einfach, mein Vater war schon einmal im Knast, deshalb! Das ist der Grund, warum ich mich an die Episode mit dem Fahrrad so gut erinnere. Es war das Letzte, was wir zusammen gemacht haben. Denn kurze Zeit später war Klaus weg vom Fenster, komplett

aus meinem Leben verschwunden. Mama hatte es nur gut gemeint und wollte mich „vor seinem schlechten Einfluss« schützen, hat sie mir später erklärt. Aber es ist schon seltsam, einen Vater gekannt zu haben, der auf einmal nicht mehr da ist. Und dafür einen Wolfgang zu bekommen, der bei uns einzog, als ich gerade sechs wurde, und den ich plötzlich »Papa« nennen sollte.
Im Knast habe ich Klaus nie besucht. Mama wollte das nicht. Sein Gefängnis war irgendwo in der Nachbarstadt und wir hatten kein Auto. So ähnlich hat sie es begründet, und ich habe ihr natürlich jedes Wort geglaubt. Dass man mit dem Bus bis vor den Haupteingang fahren konnte, hat Klaus mir erst später erzählt. Als er schon lange wieder aus dem Gefängnis raus und Mama und Klaus geschieden waren. Ich war total naiv und habe den beiden viel zu viel geglaubt. Heute ist das anders, aber einfacher wird es dadurch nicht.
Klaus hat eine eigene Wohnung im Zentrum der Stadt. Ich gehe ihn oft besuchen. Wir unternehmen auch viel. Allerdings immer nur zu zweit, denn Mama, Wolfgang und Klaus verstehen sich nicht besonders gut. Wir haben mal einen Ausflug in den Zoo zusammen gemacht, da haben sich Wolfgang und Klaus vor dem Pinguinbecken fast geprügelt. Mama und meine kleine Schwester Claudi haben geheult. Seitdem hat Claudia sogar Angst vor Klaus. Weil der so gruselig ausgesehen hat, als er wütend war, sagt sie.
Seitdem bin ich lieber allein mit Klaus unterwegs. So Babyzeug wie Zoo oder Kirmes ist sowieso nicht mehr mein Ding. Wenn ich sechzehn werde, will Klaus mit mir ein Bier trinken gehen. Richtig in einer Kneipe! Natürlich nur, wenn ich Mama nichts davon erzähle. Da ich ab und zu bei Klaus übernachten darf, wenn es spät wird, mit DVDs gucken oder so, wird

sie nichts davon mitbekommen, wenn Klaus und ich mal so richtig einen Saufen gehen. Ich freue mich total darauf! Obwohl ich natürlich schon Bier getrunken habe, ist ja klar. Aber nur heimlich mit Acki. Wenn meine Eltern oder Klaus das rauskriegen würden, – ich darf gar nicht drüber nachdenken. Außerdem ist es natürlich was völlig anderes, sich hinter der Schule eine warme Flasche Pils aus dem Supermarkt zu teilen, als mit seinem Vater eine richtige Kneipentour zu machen. Aber rauchen darf ich trotzdem nicht. Auch nicht, wenn ich sechzehn bin, das hat Klaus mir schon gesagt.

»Wenn ich dich beim Rauchen erwische, muchacho, dann trete ich dir in den Hintern, bis dir die Scheiße aus den Ohren spritzt!«

Solche Sachen sagt Klaus manchmal. Ich muss dann immer lachen, obwohl er mir mit diesen Sprüchen in Wirklichkeit tierische Angst einjagt. Denn seine Lippen werden ganz schmal und seine Augen bekommen einen kalten Glanz. Wenn er wüsste, dass ich ab und zu schon an einem der Joints ziehe, die bei uns die Runde machen – nee, darüber denke ich lieber nicht nach.

2.

»Wer ist denn jetzt dein Vater? Wolfgang? Oder der Knacki?«, fragt mich Acki.
»Nenn ihn nicht Knacki, du Lutscher! Er heißt Klaus.«
»Ist ja gut. Aber sag doch mal!« Acki gibt nicht auf.
»Was weiß ich? Wolf ist in Ordnung. Aber Klaus ist eben ... cooler!«, sage ich.
»Stimmt. Aber er is 'n Knacki.«
»Lass ihn das bloß nicht hören!«
»Bist du verrückt?« Acki grinst und fragt: »Meinst du, er wird noch mal was, äh ... versuchen?«
»Halt die Fresse!«
»Is ja gut! Bleib loggä, Aldä.«
Seine hessischen Wurzeln klingen immer dann durch, wenn »Aggi« sich aufregt. Denn solche Diskussionen führen er und ich oft. Er kommt aus einer normalen Familie mit Reihenhaus, Zweitwagen, einem Hund und so was. Normal eben. Doch Acki findet seine Schergen total langweilig, hasst seinen größeren Bruder und meint wahrscheinlich deshalb, dass wir als Familie cooler sind. Obwohl Acki mit Familie eher Klaus und mich meint, als Wolfgang, Mama und Claudia. Denn Acki darf manchmal mit, wenn wir in Klaus' Reich Filme gucken oder Xbox spielen.
Klaus hat schnell kapiert, dass Acki und ich beste Kumpels sind.
»Freunde sind mehr wert als Familie«, sagt Klaus. Aus seiner Sicht stimmt das. Denn was Mama abgezogen hat, während er im Knast saß – Kontaktsperre, die Scheidung und der neue Mann, dann sogar die neue Tochter – na ja, da würde ich über die Familiensache auch ins Grübeln kommen. Und mich lieber auf Freunde verlassen. Obwohl ich noch nie einen richtigen Freund von Klaus kennengelernt habe. Er nennt

die Männer, die wir zufällig gemeinsam auf der Straße treffen, immer anders.

»Das ist Harald, ein Kollege von mir«, sagt er dann, oder: »Sag Hallo zu Gerry, meinem alten Partner.«

Klaus ist zwei Köpfe größer als ich. Als er aus dem Knast kam, hatte er eine Glatze. Deswegen habe ich ihn gar nicht erkannt, als ich ihn zum ersten Mal wiedergesehen habe nach all den Jahren. Aber er hatte sich den Kopf nur rasiert, weil ihm die Haare ausfielen. Denn das fand er wohl nicht so cool. Die Glatze war cooler, stimmt schon. Ein bisschen sah er damit aus wie Vin Diesel, der Schauspieler. Doch jetzt denkt er darüber nach, sich wieder Haare wachsen zu lassen. Die Frauen finden das vielleicht besser, glaubt er.
Wenn wir bei Benni trainieren, hält Klaus die Gewichte für mich. Das darf kein anderer machen, damit mir nichts passiert. Wir gehen nur ein paarmal im Monat ins Studio. Ich würde gern öfter trainieren, aber Mama weiß nichts davon. Sie erlaubt zwar, dass ich mit Klaus was unternehme, aber die Muckibude ist verbotene Zone. Schlechter Einfluss, Prolls und Halbwelt, findet sie. Mama muss es wissen. Sie sitzt an der Kasse vom Baumarkt schräg gegenüber von Bennis Studio. Ich brauche keine Tasche, habe immer was zum Wechseln im Spind. Sachen, die ich bei Klaus ab und zu wasche, damit sie es nicht merkt. Duschen kann ich da auch. Wenn ich über den Parkplatz fahre, ducke ich mich immer hinter den Autos und hoffe, dass sie nicht gerade eine Kippe vor der Tür raucht, oder dass mich keiner ihrer Kollegen sieht.
Benni und Klaus zocken wohl ab und zu im Studio. Genau weiß ich das nicht, aber manchmal tauchen Kollegen am Tresen auf, die weder Taschen dabeihaben, noch Spinde im Studio besitzen. Trainieren tun die auf keinen Fall, und wenn Klaus sagt, dass ich die

Biege machen soll, haue ich ab und fahre nach Hause. Deswegen weiß ich nicht, was die da genau treiben. Benni war wohl mal Pilot bei der Lufthansa, bevor er das Studio über dem Getränkeladen aufgemacht hat. Keine Ahnung, warum er nicht mehr fliegt. Da redet er nicht drüber. Klaus natürlich auch nicht, der redet ja noch weniger als Benni.
Donnerstags steht ein Hähnchengriller auf dem Parkplatz vor dem Baumarkt. Wenn Benni oder Klaus gute Laune haben, schicken sie mich nach dem Training schon mal »Flattermänner« holen. Benni ist noch einen Kopf größer als Klaus. Der verdrückt zwei von den Vögeln, ohne mit der Wimper zu zucken. Echt! Ich glaube, Benni ist der beste Freund von Klaus. Auf jeden Fall hat Klaus vor ihm Respekt, obwohl …
»Respekt musst du vor jedem Lebewesen haben«, sagt Klaus. »Egal, ob Tier oder Mensch. Egal, ob schwarz oder weiß. Egal, ob Feder oder Fell!«, ist auch so'n Spruch von ihm. Aber Benni ist auf jeden Fall mehr als nur ein Kollege für Klaus, denke ich.
Meine Trainingseinheiten sind für Bizeps, Schulter, Rücken und Bauch. Benni meint, dass ich nur oberhalb der Gürtellinie trainieren soll. Da ich sonst alles mit dem Bike mache, muss ich für die Beine nichts weiter tun, findet er. Als ich mal davon angefangen habe, einen Roller zu kriegen, hat Klaus nur gelacht.
»Willst du auf die Fresse fallen und dir den Hals brechen? Scooterfahrer haben Streichholzbeine und ein dickes Handgelenk, sonst nix. Du hast 'ne Lunge wie ein Zehnkämpfer und richtige BEINE, Mann!«
Damit war das Thema für ihn vom Tisch. Ich hab nicht mal mehr zu Hause bei Mama und dem Wolf nach einem Roller gefragt und die Kohle lieber für ein richtiges Bike gespart. Pentacross. In Gelb. Acht Gänge ohne Schnickschnack und teurer als Ackis Motorrol-

ler. Wenn ich richtig gut drauf bin, hänge ich ihn auf dem Weg zur Schule damit ab, kein Witz.
Bennis Spruch, dass ich oberhalb der Gürtellinie trainieren soll, nimmt Klaus für meinen Geschmack zu ernst.
»Du musst auch was für die Birne tun!«, sagt er.
Ausreichend ist eben nur eine Vier. Mit ausreichend kann ich Klaus nicht kommen. Das ist für ihn das Gleiche, wie beim Radfahren auf die Fresse zu fallen.
»Die Siegertreppe hat nur drei Stufen, muchacho. Keine vier!«, sagt er. Und damit hat er ja nun wirklich recht.
Seitdem bin ich sogar in Mathe dabei. Als ich kapiert habe, dass es reicht, einfach dazusitzen und die Klappe zu halten, wurde vieles leichter. Keine Gespräche mehr im Lehrerzimmer, keine Briefe und keine Besuche von Mama in der Schule.
»Du musst nicht der Beste sein. Es reicht, wenn du nicht unangenehm auffällst.« Noch so'n Spruch von Klaus. Aber es stimmt ja. Seit ich keinen Stress mehr in der Schule mache, bin ich eine gute Drei. Und das, ohne mich dafür nass machen zu müssen! Ab und zu geht eine Arbeit daneben. Manchmal komme ich auch ohne Hausaufgaben. Aber im Schnitt freuen sich die Schergen ja schon, dass ich ihnen überhaupt zuhöre. Und das ist echt einfach.

3.

Früher habe ich ein Zeit lang ins Bett gemacht. Echt wahr. Den ganzen Mist dann morgens mit der Hand gewaschen oder versteckt, bis ich die Chance dazu hatte, die fleckigen Laken verschwinden zu lassen. Aber der Wolf und Mama haben es trotzdem rausbekommen. Das war in der Zeit, bevor Klaus raus war. Ich musste stundenlang mit einer Psychologin von der Schule quatschen, warum ich ins Bett pisse. Oder wieso ich dem Lutscher aus der b den Arm gebrochen habe. Die wollten mich sogar von der Schule werfen. Aber irgendwie habe ich die Kurve gekriegt. Wenn ich drüber nachdenke, wann das aufgehört hat, fällt mir immer der Moment ein, als Klaus durch die Glastür bei McDoof gekommen ist.

Mama war furchtbar aufgeregt. Wir waren zu zweit bei McDonald's. Keine Ahnung, warum sie mich für das erste Treffen ausgerechnet in die Frittenbude am Autobahnkreuz geschleppt hat. Aber Tatsache ist, dass ich den Kerl, der durch die Tür kam, auf Anhieb cool fand. Er sah eben aus wie Vin Diesel in diesen Filmen. *Triple X* und die ganzen *Fast and Furious*-Dinger. Richtig. Cool!
Er trug eine Sonnenbrille – und dann diese Glatze. Es war Sommer und er hatte nur ein Hemd mit kurzen Ärmeln an. Mann!
Ich weiß noch, dass Mama eingeatmet hat, als wäre sie erschrocken. Sie war natürlich auch erschrocken, wegen der Glatze und so. Aber es war nicht nur das. Dieser coole Typ kommt also auf uns zu und hält mir seine Hand hin.
»Hallo, ich bin der Klaus«, sagt er zu mir. Und Mama fängt an, irgendwas zu stottern. Von wegen »so eine Freude«, was er essen will. So Zeug halt. Dann fängt

sie auch noch an, zu heulen und es könnte echt peinlich werden. Aber er nimmt nur die Sonnenbrille ab und lächelt mich an.

»Ich bin der Klaus«, sagt er noch einmal. Blaue Augen, heller als der Himmel. Nicht, dass ich auf so was achte, aber sie strahlen eben einfach heller als der verdammte Himmel! Er hat kleine Fältchen neben den Augen. Mama nennt das Krähenfüße, wenn sie sich selbst im Spiegel ansieht.

Wenn sie sich im Badezimmer über ihre Falten auf der Stirn und an den Augenwinkeln beschwert, sagt der Wolf immer, das sei ein gutes Zeichen. Dass sie nämlich oft und gern lacht. Daher kommen die Falten, behauptet der Wolf und Mama winkt dann immer ab. Obwohl ich mir irgendwie blöd vorkomme, weil ich total fettige Hände von den Fritten habe, nehme ich Klaus' Hand. Sie ist riesig und sehr weich. Er lächelt. Und das ganze Blau beginnt auf einmal zu verschwimmen. Dann murmelt er was und verschwindet an die Theke. Noch bevor er wieder mit einem Tablett zurückkommt, auf dem übrigens mehr Zeug ist, als wir in einer ganzen Woche futtern können, wusste ich plötzlich, dass mir nichts mehr passieren kann. DAS war der Moment! Von da an ging kein Tropfen mehr ins Bett. Nicht, dass ich es steuern konnte. Es war einfach so. Schreib DAS auf, Psychotante!

4.

Ich darf keine Schränke öffnen. Nicht, ohne zu fragen. Das war so ziemlich das Erste, was mir Klaus beigebracht hat, als ich zu Besuch in seiner Bude war. Im Prinzip ist die Wohnung nichts Besonderes. Ein Mehrfamilienhaus eben, und Klaus wohnt im vierten Stock. Von dem kleinen Balkon im Wohnzimmer aus glotzt du auf die anderen Karnickelställe direkt gegenüber. Warum er auf die Bude so stolz ist, habe ich zuerst nicht begriffen. Es ist alles viel kleiner als bei uns zu Hause. Außerdem irgendwie leer. Da steht nichts rum, außer dem Zeug, das man braucht. Sofa, Sessel, Tisch, TV. Sense.
In der Küche das Gleiche. Eine weiße Zeile mit Geschirrspüler, dem Herd und Schränken.
»Und?« Ich war wirklich nicht beeindruckt.
Klaus lachte laut auf. Das Blöde bei ihm ist, dass man oft nicht weiß, woran man ist. Selbst wenn er lacht. Klaus erklärt nicht viel. Außer natürlich, wenn er seine Sprüche macht. Aber in dem Moment stand ich wirklich auf dem Schlauch und wie blöd in dieser Bude herum!
»Es ist halt 'ne Wohnung. Was ist so lustig?«
»Nix, Johnny, schon okay«, antwortete er und ging weg.
Es gibt eine Regel, die ich selbst lernen musste. Wenn Klaus »schon okay« sagt, hast du meistens etwas falsch gemacht. Es ist nicht so, dass er dich deshalb anmacht. Aber er geht dann einfach weg und das Thema ist durch. Wahrscheinlich habe ich ihn enttäuscht, denke ich. So lange kennen wir uns ja noch nicht. Deshalb sage ich: »Nee, ist echt schön hier! Und so sauber!«
Keine Ahnung, wieso mir ausgerechnet das einfällt. Aber die Bude ist wirklich wie aus dem Ei gepellt. Dafür, dass Klaus schon seit Wochen dort wohnte. Seit

er raus ist, eben. Mein Zimmer sieht bereits nach zwei Stunden immer ganz anders aus. Echt wahr.
Aber er geht einfach ins Badezimmer. Das Letzte, was ich höre, ist: »Sein Reich komme. Sein Wille geschehe.« Seit dem Moment heißt die Bude für Acki und mich nur noch: »Sein Reich«.

5.

Seit Montag weiß ich, dass Klaus etwas vorhat. Aber ich kann mit niemandem darüber sprechen, außer mit Acki.
Mit Mama oder dem Wolf? Ja klar. Sonst noch was?
Zuerst war es nur der Plan. Das Ding sah aus wie ein Schnittmuster. Mama hat solche Pläne auf dem Tisch liegen, wenn sie sich Sachen näht. Es lag aber nicht auf dem Tisch. Aber es war auch nicht im Schrank. Nicht ganz. Eher so halb draußen. Ich musste also keine Tür öffnen, sondern nur ein wenig an der Rolle ziehen.
Wenn Klaus rausbekommt, dass ich in seinen Schränken rumwühle, passiert was. Keine Ahnung, was genau. Aber allein die Vorstellung reichte, dass ich mir das Ding nur ganz kurz ansah und es dann zurück in den Schrank im Flur stopfte!

6.

»Wenn er Wind davon bekommt, dass du den Plan kennst, bringt er dich um«, sagt Acki.
»Ach, Quatsch.«
»Doch. Du bist ein Mitwisser!«
»Alter, ich weiß überhaupt nicht, was das für ein Plan ist. Das kann die Betriebsanleitung für den Boiler im Bad gewesen sein«, lüge ich. Und komme natürlich nicht damit durch.
»Blödsinn! Ey, ist doch klar: Der Knacki plant wieder was.«
»Du sollst ihn nicht so nennen, verdammt!«
»Wenn dein Vater merkt, dass du was weißt, killt er dich!«, wiederholt er mit Grabesstimme. Acki weiß einfach immer Bescheid, auch wenn er keine Ahnung hat. Ich bereue, dass ich so blöd war, mich ihm anzuvertrauen.
»Dann muss er dich aber auch umbringen«, sage ich.
»Wir halten also einfach die Klappe, okay?«
Acki wird blass. Er wird nie wieder davon reden, so viel ist sicher. Aber beruhigt mich das? Nein.
»Du musst ihn anzeigen!«, sagt er.
»Hör auf.«
»Doch, Alter! Du musst mit diesem Dings, diesem Plan, zu den Bullen gehen. Die ziehen ihn aus dem Verkehr und die Sache ist vom Tisch.«
»Du hast sie ja nicht alle. Was ist, wenn das zu seiner Arbeit gehört?«, frage ich.
»Ey, dein Vater ist Aushilfstaxifahrer, richtig?«
»Klaus ist Taxifahrer«, korrigiere ich Acki. »Aber er hat Mechaniker gelernt. Vielleicht bewirbt er sich mit diesem Plan. Oder so.«
Acki zögert. Ich verliere ihn als Vertrauten. Ich belüge meinen besten Freund, als ich sage: »In dem Schrank waren noch andere Unterlagen.«

»Was denn?«

»Konstruktionspläne und so Zeug.«

»Konstruktionspläne? Von was?«, hakt er nach.

»Mann, was weiß ich denn. Es waren halt einfach Baupläne mit technischen Zeichnungen. Nix Dolles, also komm wieder runter.«

Was soll ich bloß tun? Schließlich geht es um meinen Vater!

7.

»Du musst dem Gegner in die Augen sehen. Du musst seine Gestalt begreifen. Seine Gefühle empfinden. Nur so hast du eine Chance!«
Als Klaus mich mit dem Bluterguss unter dem Auge sieht, wird er wütend. Tierisch! Da ist wieder dieser Glanz in seinen Augen. Ich bekomme davon eine Gänsehaut. Ich konnte doch nichts dafür. Habe eine ältere Sache mit dem Typ aus der b klären müssen. Ich dachte, das Ganze wäre gegessen, aber …
»Was heißt klären?«, will Klaus wissen.
»Na ja, er war sauer auf mich.«
»Wieso?«
»Wir hatten Streit.«
»Worum ging es?«
»Äh … damals oder heute?« Ich spiele auf Zeit. Klar spiele ich manchmal auf Zeit, Mann!
»Johnny …« Der Glanz, der Glanz, der Glanz. Wir betreten eine SEHR verbotene Zone, merke ich.
»Er, äh … wollte sich bedanken. Für 'ne alte Sache.«
»Er haut dir zum Dank eins aufs Maul?«
»Zum Dank. Das hat er jedenfalls gesagt.«
Klaus steht vor mir. Er hat eine 501 und ein »Everlast« Kapuzenshirt in Dunkelblau an. Everlast und Levi's sind seine Lieblingsmarken. Eigentlich wollten wir auf ein Eis raus. Aber jetzt ist es in seiner Bude kalt genug geworden, um meinen Atem gefrieren zu lassen. Und das mitten im Sommer.
»Johnny! Wenn ich mich verarschen lassen will, schalte ich die GLOTZE AN!«, brüllt Klaus.
Aber das wird er ganz sicher nie wieder tun. Nicht mit diesem Fernseher, auf dem wir schon Filme gesehen und Xbox gespielt haben. Denn Klaus nimmt die große Kiste als sei sie aus Pappe und wirft das Ding direkt neben mir an die Wand. Er reißt mit dem Kabel vom

Fernseher das ganze Regal mit dem Blue-ray und der Xbox um. Der Fernseher verpufft in einem Regen aus Glas und Splittern neben mir. Ich rufe erschrocken: »Was hast du denn für'n Scheiß Problem, Mann?!?«
»Sag mir die WAHRHEIT!«
»Was willst du hören?«
»Wieso kann der Typ dir die Fresse polieren? Weil er stärker ist?«
Ich schweige.
»Ist er stärker als du? Antworte mir, Johnny!«
»Nein, fuck!«
»Also warum?«
Wir brüllen. Die ganze Zeit. Er ist sauer, weil ich lüge. Ich bin sauer, weil er es weiß. Ich fuchtele herum und sage irgendwas. Ich stapfe durch die Glas- und Plastikscherben der Glotze und will raus. Aber er lässt mich nicht. Er blockt ohne Körperkontakt, wie ein guter Basketballer. Er wird mich nicht rauslassen. Ich rieche seinen Schweiß, obwohl er gerade erst aus der Dusche gekommen ist. Kein Parfum, kein After Shave, kein Deo.
Klaus benutzt noch nicht einmal Weichspüler, hat er mir erzählt. Er kann künstliche Düfte und so was nicht ausstehen.
»Was ist passiert?«, will er wissen.
Ich gebe auf. »Ich hatte ihm den Arm gebrochen«, sage ich. Einen Moment lang herrscht Stille. Klaus sieht traurig aus. Seine Stimme klingt brüchig, als er leise fragt: »Und? Hat es geknackt? Hat er vor Schmerz geheult?«
Mir kommen die Tränen und ich nicke. Klaus kommt auf mich zu und setzt sich neben mich. Es scheint, als wolle er mich trösten. Doch statt meine Tränen wegzuwischen, drückt er mir mit dem Daumen auf die Schwellung unter meinem Auge.

»Wenn du einen Fehler machst, holt er dich wieder ein. Das tun Fehler immer. Kapierst du das?«
Ich sehe Sterne und stöhne leise.
»Geh nach Hause«, sagt Klaus und steht auf, »ich muss diese Schweinerei beseitigen.«
Das war unser erster Streit. Ich kam mir in meinem GANZEN LEBEN noch nie beschissener vor.

8.

Claudi schläft schon, als ich nach Hause komme. Wir müssen uns ein Zimmer teilen, bis die größere Wohnung vom Bauverein im Haus gegenüber frei wird. Vier Zimmer und 'ne richtige Badewanne!
Wenn ich abends da bin, schläft Claudi bei Mama und dem Wolf im Wasserbett ein, damit ich in unserem Zimmer Musik hören oder am Computer spielen kann, oder beides. Aber spätestens, wenn der Wolf schlafen gehen will, müssen er oder ich Claudi ins Bett tragen, weil sie für Mama schon zu schwer geworden ist. Der Floh wacht dann fast immer auf. Weil sie einen noch leichteren Schlaf als Mama hat. Wenn Claudi zu mir ins Bett kriechen darf und ich mich für zehn Minuten ganz still verhalte, schläft sie meistens wieder ein. Dann kann ich im Wohnzimmer noch eine Weile in der Glotze rumzappen. Wenn ich der Letzte in unserer Bude bin, der noch wach ist, bewege ich mich wie ein Ninja durch die dunkle Wohnung. Weil Mama und Claudi so einen leichten Schlaf haben. Ich bin wahrscheinlich der einzige Mensch auf der Welt, der sich absolut lautlos einen *Uitsmijter* machen kann. Das ist ein Brot mit Käse oder Schinken und einem Spiegelei drauf. Ich liebe diese Dinger und nehme meistens beides – Käse und Schinken. Super! *Uitsmijter* ist holländisch und heißt Rausschmeißer, hat Klaus erzählt, als er mir das Ding zum ersten Mal serviert hat. Keine Ahnung, wieso diese leckeren Teile diesen komischen Namen tragen. Das wusste er auch nicht. In Deutschland heißen sie »Strammer Max«. Es gibt zwar absolut nichts Besseres, als sich vor dem Schlafengehen noch so'n Ding reinzufahren, aber heute habe ich keinen Hunger. Ich bin sauer und schlapp. Der Heimweg von Klaus fühlte sich schon doppelt so lang an wie sonst. Also steige ich im Bad aus meinem Zeug, Zäh-

neputzen fällt aus. Ich schleppe das Klamottenbündel durch die Dunkelheit, lasse es lautlos fallen und will barfuß in Unterhose und T-Shirt in mein Bett kriechen. Aber dort schnarcht schon meine kleine Schwester, ausgebreitet wie ein toter Schwan. Die Decke hat sie zu einer Wurst an die Wand geschoben, mein Kissen liegt unter ihren Füßen. Ich würde ja in ihr Bettchen kriechen und einfach schlafen, aber das ist so'n winziges Kinderteil, aus dem meine Beine raushängen und mir spätestens nach zehn Minuten die Unterschenkel weh tun. Das geht gar nicht. Also versuche ich, so vorsichtig wie möglich, die Schnarchnase etwas zusammenzufalten, damit wir beide in meinem Bett liegen können. Gerade, als ich die Decke über sie breite, wacht sie auf und schmatzt.

»Basti Bono«, murmelt sie. Ich decke uns zu und atme kaum noch. »Bärenbude, kann ich, kann ich … ich will auch …«

Das ist total süß, und ich muss grinsen, obwohl ich kein Wort von dem Gebrabbel verstehe. Sie dreht sich zu mir und schlingt ihre kleinen Arme um meinen Hals. Ich habe keine Ahnung, warum ich ausgerechnet jetzt wieder in Tränen ausbreche. Es ist ja nix Schlimmes, wenn die kleine Schwester im Schlaf rumlabert und mich umarmt. Doch als ich da so liege, haut mich der ganze Tag einfach noch mal um. Ich muss sogar leise schluchzen. Claudi wischt mir mit der Hand übers Gesicht und murmelt: »Wein doch nicht.«

»Mach ich nicht«, flüstere ich. Und weine noch mehr.

»Du bist aber ganz nass«, sagt sie, »fühl doch mal, da!« Ihre kleine Hand patscht mir im Gesicht herum. Obwohl ich ihre großen offenen Augen in der Dunkelheit nicht sehen kann, weiß ich, dass es nun zu spät ist, versuche es aber trotzdem: »Ich hab mich nur gestoßen, Claudi, deshalb. Schlaf einfach weiter.«

Sie furzt leise unter der Decke und kichert.

»Hey, Frau Sau!«, zische ich und sie kichert noch mehr.
»Liest du mir unter der Decke noch was vor?« Ihr Atem riecht nur mittel, nach Schlaf eben. Sie reibt mir die Tränen aus den Augenwinkeln über die Ohren in die Haare, gibt mir einen Kuss und kitzelt mich.
»Nee«, flüstere ich, »unter der Decke stinkt es doch.«
»Ich lüfte«, antwortet Claudi und setzt sich auf. Sie wedelt mit der Decke, bis ich sie wieder ins Kissen drücke und mir eine neue Ausrede einfallen lasse.
»Die Batterien von der Taschenlampe sind leer. Wir müssen jetzt schlafen.«
Sie brummelt beleidigt herum und tritt mich unter der Decke.
»Hör auf! Oder du gehst rüber in dein Bett«, drohe ich. Für einen Moment ist Ruhe. Ich muss an Klaus denken. An diesen verdammten Plan, den ich gefunden habe. Und an unseren Streit und an das, was er gesagt hat:
»Wenn du Fehler machst, holen sie dich wieder ein.«
Die wunde Stelle am Auge brennt. Ich bin immer noch sauer auf ihn. Wenn Klaus wirklich was vorhat, wird es *ihn* einholen. Denn ich weiß, dass es ein Fehler ist. Doch bevor ich den Gedanken zu Ende denken kann, steckt ein kleiner Zeigefinger in meinem Ohr und eine leise Stimme flüstert: »Jo?«
»Was?«
»Wenn du mir 'ne Geschichte erzählst, brauchen wir nicht unter die Furzdecke. Und keine Taschenlampe.«
Es dauert einen Moment, um zu kapieren, dass Claudi die ganze Zeit darüber nachgedacht hat, wie sie mich rumkriegen kann. Zum Glück kann sie mein Grinsen nicht sehen.
»Du?«, sagt sie.
»Was denn?«
»Die Geschichte von der Prinzessin mit dem Silberhaar.«

»Was ist damit?«, frage ich.
»Die ist doch nicht lang, oder?«
Sie hat es echt raus zu verhandeln. Aber ich bin auch nicht schlecht: »Versprichst du mir, dann sofort einzuschlafen?«
Claudi denkt fieberhaft darüber nach, ob sie mir dieses Versprechen wirklich geben kann. Ich mache es noch schwieriger für sie: »Und versprichst du mir, dass du in meinem Bett nie wieder furzt?«
»Na gut«, flüstert sie, »aber nur für heute.« Sie richtet sich leicht auf, damit ich meinen Arm unter ihren Kopf schieben kann. Dann kuschelt sie sich an meinen Hals und schnauft erwartungsvoll. Mir fallen zwar fast die Augen zu, aber diese Geschichte kann ich im Schlaf runterbeten, so oft habe ich Claudi schon von der Prinzessin erzählt, die eigentlich rothaarig war. Außerdem schläft sie meistens ein, bevor es richtig losgeht.
»Eines Tages …«, flüstere ich, denn unsere Geschichten fangen immer so an. Claudi strampelt erwartungsvoll mit den Beinen und unterbricht mich. Also von vorn: »Eines Tages wachte die wundervolle Prinzessin Kunigunde auf. Die Sonne schien durch ihr Fenster im großen Schloss und kitzelte ihre Nase. Sie nieste, streckte sich und bemerkte völlig überrascht: Etwas war ganz anders als sonst …«
Noch während ich die schönste aller Prinzessinnen vor Claudias und meinen Augen aufwachen, sich räkeln und gähnen lasse, entspannt sich Claudi in meinem Arm. Ich beschreibe das Lächeln der Prinzessin und ihr tolles, rotes Haar, das in der ganzen Welt berühmt ist. Dabei denke ich an Cora, die Halbamerikanerin aus meiner Stufe. Sie hatte mir einmal durch die Haare gestrichelt, als ich zum ersten Mal die Sache mit dem Gel ausprobiert habe, und damit in der Schule aufgetaucht bin.

»Sieht cool aus«, hatte sie mit ihrem amerikanischen Akzent gesagt. Ich war hin und weg. Einen Tag später, ich sah immer noch genauso cool aus, kannte sie mich nicht mehr. Was ich immer noch SEHR schade finde.
»… Kunigunde nahm ihre goldene Bürste und setzte sich vor den Spiegel …«
»… an den Schminktisch«, murmelt Claudi noch, bevor sie endgültig einschläft.
»Genau, an den Schminktisch«, flüstere ich. Während ich meiner leise schnarchenden Schwester erzähle, dass die Prinzessin über Nacht plötzlich silbernes Haar bekommen hat, fällt mir etwas auf. Dass in meinem Leben plötzlich auch etwas ganz anders geworden ist. Nicht über Nacht. Aber mindestens genau so überraschend wie bei der wundervollen Kunigunde. Da Claudia nie lange genug wach geblieben ist, um das Ende zu erfahren, weiß ich selbst nicht, ob die Geschichte gut oder schlecht für die Prinzessin ausgehen wird. So weit sind wir noch nie gekommen. Jetzt, wo ich hellwach in der Dunkelheit liege und Claudi beim Schnarchen zuhöre, bekomme ich es auf einmal mit der Angst zu tun. Weil ich die leise Ahnung habe, dass uns die ganze Geschichte bald um die Ohren fliegt. Ich habe da so ein Gefühl, dass schon bald etwas passieren wird.

9.

Der neue Tag beginnt beschissen. Der Wolf hat mich geschlagen! Ich habe mich im Badezimmer eingeschlossen und kann ihn draußen hören. Claudi weint und Mama flippt im Flur aus. Wolfgang entschuldigt sich leise. Nicht bei mir, oh nein! Nur bei den Mädels. Er ist im Recht, findet er. Und er will nicht, dass ich ihn höre. Aber ich habe die besten Ohren. Mein Schluchzen schlucke ich runter. Von dieser Seite der Tür wird er nichts zu hören bekommen, auf gar keinen Fall! Auf der anderen Seite tobt meine Restfamilie gegen den Wolf. Fast tut er mir leid. Aber weil meine linke Wange brennt und er nicht zur Familie gehört, lasse ich ihn für seinen Ausraster leiden. Ich beiße in ein Handtuch, während er Entschuldigungen stammelt. Erst als die Mädels halbwegs beruhigt sind, beginnt er, auf die Tür zwischen uns einzureden.

»Hey, es tut mir leid! Mir ist die Hand ausgerutscht.« Eine lahme Entschuldigung, die nicht mal halbwegs reicht, mich wieder milde zu stimmen. Ich sehe mir die Zahnbürsten in den beiden Glasbechern an, während der Wolf weitere Entschuldigungen hinter der Tür stammelt. Meine ist rot und steht neben Claudis Bärchenbürste im Glas. Sie hat so ein Kinderding mit dickem Stiel, der in einem grinsenden Bären endet, der meistens kopfüber in einer milchig-weißen Brühe steht. Wenn ich morgens gut drauf bin – aber wann bin ich das schon? – stecke ich die Borsten von Claudis und meiner Zahnbüste zusammen, als würden sie sich innig küssen. Sie geht erst eine Stunde später in den Kindergarten, wenn ich schon lange weg bin. Knutschtag ist, wenn sich unsere Bürsten küssen. Das heißt, wir spielen oder basteln oder malen, wenn wir wieder zu Hause sind. So 'ne Art Zeichen. Die Süße freut sich dann immer.

Diesmal versuche ich, die gelbe Bürste im anderen Glas zu zerbrechen. Es geht nicht, das Ding ist zu weich und biegsam. Wolfs Bürste ist wie er – unzerstörbar. Ich gebe auf, stöhne frustriert und werfe das Ding einfach ins Klo. Scheiß drauf!
Er hat mich noch nie geschlagen. Eigentlich hat er immer versucht, nett zu sein. Als Mama und er schon länger zusammen waren, hat der Wolf mal versucht, mich zu drücken. Auf eine komische, kumpelhafte Art. Sogar küssen wollte er mich. Wie einen richtigen Sohn wollte er mich behandeln. Aber den Zahn habe ich ihm gezogen! Mama und Claudi dürfen mich drücken und küssen, er nicht. Niemals! Claudi darf mich sogar ablecken, wenn sie ihre schrägen fünf Minuten hat. Aber der Wolf fasst mich nicht an. So sind die Regeln.
Er kommt damit nicht wirklich klar.
Claudi sitzt gern auf seinem Schoß und lässt sich knuddeln. Sie streichelt gern über seinen Bart und will ihn immer drücken »bis es knackt«. Er stöhnt dann übertrieben schmerzvoll und sagt »Aua! Ich halte das nicht mehr aus! Hilfe ... Hilfe!«, und Claudi kichert.
Mama lässt sich auch gern vom Wolf anfassen. Ich kann kaum zusehen, wenn er am Tisch sitzt und ihren Rücken streichelt. Er hat schmale Hände mit langen Fingern. »Pianistenhände«, sagt Mama manchmal. Dann muss ich fast kotzen. Dieses verliebte Gefummel kann ich echt nicht ertragen.
Aber der Wolf kann kochen. Er macht das Essen, wenn Claudi und ich mittags nach Hause kommen. Weil Mama oft bis acht oder länger arbeiten muss. Er will dann immer wissen, was wir erlebt haben, wie es im Kindergarten und in der Schule war. Ich habe keine Lust, ihm aus meinem Leben zu erzählen. Er gehört ja nicht dazu. Aber Claudi kann stundenlang erzählen – wer gerade ihr bester Freund ist, warum sie den Pud-

ding am Montag besonders mochte oder wieso sie das Kinderfahrrad von Mikel fahren durfte. So Zeug halt. Ich denke, Klaus würde Claudi mögen, wenn er sie besser kennen würde. Bin mir sogar sicher, dass er die Süße lieben könnte. Besser als der Wolf. Obwohl Claudi seine Tochter ist. Schon komisch.
Irgendwann geben sie im Flur endlich auf und lassen mich im Badezimmer in Ruhe.

10.

»Was habt ihr denn vor?«, fragt Acki.
»Ehrlich keine Ahnung, Alter«, antworte ich. »Er hat nur gesagt, dass er 'ne kleine Spritztour machen will.« Bei dem merkwürdig altmodischen Wort »Spritztour« hebt Acki die Augenbrauen. Ich zucke nur mit den Achseln. Klaus redet eben manchmal so. Der letzte Gong ertönt und wir werden vom Strom der anderen durch die engen Aluminiumtüren auf den Schulhof gedrückt.
»Bis später«, sage ich.
»See ya!« Acki klopft mir auf die Schulter und biegt Richtung Fahrradständer ab. Ich weiß, dass er enttäuscht ist, denn eigentlich hatten wir was anderes vor. Er hat einen neuen Basketball bekommen. Ein richtig gutes NBA-Teil von Spalding, mit dem wir nachmittags ein paar Körbe werfen wollten. Aber irgendwie hatte Klaus so geklungen, als sollte ich den Trip auf keinen Fall ablehnen. Als ich fast über den gesamten Schulhof marschiert bin, ohne Klaus zu sehen, kapiere ich, wieso ich auf keinen Fall ablehnen durfte. Zuerst schimmert nur ein giftiges Grün durch die Schüler. Es sind mindestens zwanzig, die in einem dichten Pulk um etwas herumstehen, was sich erst auf den zweiten Blick als ein alter Porsche herausstellt. Die Kiste muss mindestens dreißig Jahre alt sein. Knallgrün und wie aus dem Ei gepellt steht der Flitzer mitten auf dem Schulhof.
Das kann nur Klaus sein, denke ich. Denn sonst wäre wohl kaum jemand so frech, sich mitten auf das verbotene Gelände zu stellen, und dazu noch so zu parken, dass gleich drei der freien Lehrerparkplätze blockiert werden. Ich dränge mich durch die Schüler, auch ein paar Mädels stehen mit dabei, sehe durch das offene Fahrerfenster und: richtig! Klaus grinst mich an.

»Wartest du schon lange?«, frage ich.
»Ein Profi kommt immer zwanzig Minuten früher«, sagt er und grinst dermaßen cool hinter seiner Sonnenbrille hervor, dass ein Mädchen, ich glaube sie heißt Dörte oder so, aufgeregt zu kichern beginnt. Wir begrüßen uns wie immer mit dem »Checker« – seine geschlossene rechte Faust trifft meine ganz selbstverständlich durch das Fenster.
Ich ignoriere die leisen Sprüche der anderen. Hinter zwei Jungs erkenne ich Cora. Sie ist die Schönheit, die bisher nur ein einziges Mal von mir Notiz genommen hat. Obwohl wir in der gleichen Stufe sind, spielen wir absolut nicht in der gleichen Liga. Doch nun späht sie über den Rand ihrer Sonnenbrille und lächelt mich tatsächlich mit einen angedeuteten Nicken an. Ich nicke zurück, darauf konzentriert, nicht ZU erfreut zu grinsen. Dann steige ich auf der Beifahrerseite ein, als wäre ich es gewohnt, im Porsche von der Schule abgeholt zu werden.
»Überraschung gelungen?«, fragt Klaus, als er das Fenster hochgekurbelt hat.
Ich zucke betont lässig mit den Schultern. »Okay«
»Was heißt hier ›okay‹, du obercooler Lahmarsch! Du hast doch gesagt ›Porsche‹«, kommt es zurück. Seine Stirn runzelt sich ärgerlich über der Sonnenbrille, die aus der gleichen Zeit zu sein scheint wie der Wagen. Überhaupt sieht Klaus aus, als würde er in einem alten Film mitspielen. Er trägt ein weißes Shirt mit Rollkragen unter einer hellbraunen Lederjacke, die ihn aussehen lässt wie einen Hollywoodstar aus alten Filmen.
»Ich meinte einen Carrera oder einen GT3«, sage ich. »Aber keinen Vorkriegsporsche.«
Klaus schnauft enttäuscht, da klopft es an seine Scheibe. Er kurbelt sie runter und Frau Kermeling, meine Mathelehrerin, beugt sich zu uns.

»Sie blockieren hier alles! Würde es Ihnen etwas ausmachen, anständig zu parken?«
Ich versuche unbeteiligt in die andere Richtung zu sehen, doch sie erkennt mich natürlich.
»Oh, Johannes«, sagt sie. Ihrem Blick ist die Überraschung anzusehen, als ich mit einem Winken zurückgrüße.
»Das ist mein Vater«, sage ich. Es klingt wie eine Rechtfertigung. Keine Ahnung, was die Kermeling von der Situation hält, aber geheuer ist ihr die ganze Sache nicht. Das kann ich sehen.
»Wir machen Ihnen sofort den Weg frei, Teuerste«, antwortet Klaus mit einem Lächeln, das Marmor schneiden könnte. Dann passiert etwas, was mir schon oft in solchen Situationen aufgefallen ist: Die Frau wird rot. Tiefrot. So, als hätte Klaus ihr irgendetwas völlig anderes gesagt. Er startet den Motor und lässt ihn mehrmals hintereinander aufheulen. Das wütende Röhren treibt auch die letzten Neugierigen auseinander. Klaus scheint das Schneckentempo zu genießen, mit dem er über den Schulhof rollt. Dann biegt er links ab und tritt das Gaspedal erst durch, als sich der Wagen in stabiler Geradesauslage befindet. Wir lassen schätzungsweise ein Drittel des Reifenprofils auf dem kurzen Stück Straße an der Schule zurück. Und mir ist völlig klar, dass sich morgen zwei Dinge geändert haben, wenn ich hier wieder auftauche. In der Skala cooler Typen werde ich um einige Plätze weiter nach vorn gewandert sein. Und die von mir unter den Teppich gekehrte Tatsache, dass der Wolf NICHT mein leiblicher Vater ist, wird sich herumsprechen. Ob das gut oder schlecht ist, kann ich nicht beurteilen. Noch nicht.
»Hast du geraucht?«, reißt mich Klaus' Stimme aus meinen Gedanken.
»Nee, wieso?«

»Du riechst, als hättest du einen vollen Aschenbecher in der Tasche. Mach dein Fenster auf.«
»Es ist kalt«, protestiere ich.
»Riechst du das nicht?«, fragt er. Ich schüttele den Kopf.
»Bis gerade eben hat dieses Schmuckstück nach feinstem Leder gerochen. Jetzt stinkt es wie in einer Kneipe! Also mach endlich das Scheißfenster auf, Johnny!«
Ich kurbele das Fenster runter. Der Trip beginnt schlecht. Wir schweigen uns bis kurz vor der Autobahnauffahrt an. Dann fragt er: »Raucht sie immer noch so viel?«
»Normal«, murmele ich.
»Ist es nicht!«, kommt es böse von der Fahrerseite zurück. »Die verdammte Quarzerei wird sie umbringen! Du und deine Schwester, ihr atmet den Scheiß den ganzen Tag ein und stinkt wie eine Eckkneipe, verdammt noch mal! … Raucht er auch?«
»Wer?«, frage ich. Aber nur, um Klaus zu provozieren. Er sieht mich über den Rand seiner Sonnenbrille hinweg an. Und für einen Moment sehe ich etwas Neues in seinen blauen Augen. Etwas ganz Besonderes, nicht nur den kalten Glanz. Eine Art Zwischending aus Gut und Böse. Vielleicht einer der Gründe dafür, dass ich schon öfter beobachten konnte, wie Frauen erröten und viel muskulösere Männer als Klaus den Schwanz einziehen, wenn er sie so ansieht.
Ich nicke stumm und starre wieder aus dem Fenster. Klaus lenkt den Porsche durch die enge S-Kurve der Autobahnauffahrt. Er bekommt genau die Höchstgeschwindigkeit hin, bei der wir nicht aus der Kurve fliegen oder die Reifen quietschen.
Am Limit, denke ich. Er fährt immer am Limit!
Es ist halsbrecherisch, aber ich fühle mich völlig sicher neben ihm. Meinem Vater.
»Wo fahren wir hin?«, frage ich.

»Wirst du sehen«, antwortet er.
»Was soll die Verkleidung?«
»Wir müssen jemanden beeindrucken.«
Drei Wagen auf der mittleren Spur überholt er rechts. Der Dritte hupt wütend. Klaus lächelt, dann sagt er: »Wenn wir da sind, rede ich. Du bleibst immer neben mir und hältst die Klappe, verstanden?« Er blickt mich tadelnd von der Seite an. Was er sieht, scheint ihm nicht besonders zu gefallen. Ich fühle mich schlecht behandelt. Wie ein Welpe, der auf den Teppich gepinkelt hat und dafür einen Klaps mit der zusammengerollten Zeitung bekommt. Trotzdem nicke ich, den Blick starr nach vorn gerichtet. Auf die Straße. Das soll also unsere Spritztour sein? Zum Glück muss ich nicht mit Klaus reden, denn das Röhren des Porschemotors umgibt mich wie eine Schutzschicht.
Wenigstens ein Vorteil dieser alten Kiste, denke ich und starre aus dem Fenster, ohne etwas zu sehen.
Wir fahren etwa eine halbe Stunde schweigend über die Autobahn Richtung Köln, dann biegt er ins Bergische Land ab. Noch mal zehn Minuten auf einer anderen Autobahn, dann fährt er ab und lenkt den Porsche durch eine Stadt, von der ich noch nie gehört habe. Es ist eher ein Dorf. Die Landstraße, die durch das Kaff führt, ist anscheinend die einzige Hauptstraße mit Geschäften. Plötzlich hält Klaus an einem Fachwerkhaus und parkt den Wagen.
»Sind wir da?«, frage ich. Doch er schüttelt den Kopf und deutet auf meine Jeans und die Turnschuhe.
»Noch nicht. Erst müssen wir dir anständige Klamotten besorgen. Komm …«
Er nimmt einen kleinen Karton vom Rücksitz und steigt aus.
»Was ist falsch an meinen Sachen?«, will ich wissen. Er verschließt seine Wagentür sorgfältig und holt mich auf der Beifahrerseite ab.

»Mit diesen Aldischuhen und der Kaufhausjeans können wir bei meinem Kunden nicht auftauchen. Los jetzt!«

Klaus führt mich über die Straße in Richtung eines Ladens, vor dem eine riesige aufgeblasene Jeans die Hälfte des Bürgersteigs blockiert. »Jeans-Scheune« steht in Großbuchstaben über der Tür.

»Was für'n Kunde?«, frage ich. Klaus hat echt eine Ader, mich neugierig zu machen. Jetzt schweigt er, lächelt sein Cooler-Typ-Lächeln und schiebt mich in den Laden. Dort riecht es gut, nach frischem Stoff und Leder. Eine Kaugummi kauende Blondine steht hinter der Ladentheke. Ihr schönes, aber recht gelangweilt wirkendes Gesicht sehe ich erst auf den zweiten Blick, denn ihre Brüste … wow! Sie hat echt RIESIGE Dinger, die sich unter einem blauen Jeanshemd wölben. Ich starre also dahin, dann in ihr Gesicht und muss einfach wieder auf die beiden Taschen des Jeanshemdes glotzen, die sich über ihren Brüste spannen. Sie hat leider diese fiesen, gebogenen knallroten Fingernägel, die ich echt abtörnend finde. Schade.

Wie bohren Mädels mit solchen Krallen eigentlich in der Nase? Wieder mal eine dieser brennenden Fragen, die sich mir immer im unpassendsten Moment stellen. Klaus grinst mich an: »Mund zu, dein Herz wird kalt.« Dann wendet er sich an die Blondine.

»Schätzchen, wenn du noch einen weiteren Knopf von deinem Hemd öffnest, kann der Junge auf keinen Fall eine Hose anprobieren. Jedenfalls nicht, ohne uns alle drei gewaltig in Verlegenheit zu bringen.«

Es dauert zwei, drei Sekunden, bis sie kapiert, was er meint. Dann verschwindet ihr Stirnrunzeln und sie schenkt uns ein dermaßen strahlendes Lächeln, dass ich unwillkürlich dunkelrot anlaufe. Weil bei mir der Groschen noch später fällt als bei ihr. Oh, Mann! Der Arsch hat MICH mit seinem Spruch in Verlegenheit gebracht! Er spielt auf meinen Ständer an, den ich leider tatsächlich bekommen habe. Und um die ganze Situation noch unerträglicher zu machen, halte ich mir reflexartig die Hände vor den Hosenstall. So ein verflucht peinlicher Scheiß ist mir noch nie passiert! Ich bekomme kaum mit, was Klaus der Verkäuferin alles lächelnd zuraunt.

»Der Junge braucht eine anständige Jeans. Aber keine Arschhängehose. Mir ist klar, dass die modern sind. Aber wir suchen eher etwas Klassisches. Die 501 von Levi's zum Beispiel. Aber nicht in dem ausgewaschenen Blau, sondern im Originalton oder in Schwarz. Und bitte auch nicht in einer Größe, bei der man jedes Sackhaar bei dem Jungen einzeln zählen kann, okay?«

Er spielt auf meine perfekt sitzende Hose an. Durch die man leider Form und Größe meiner Erektion einwandfrei erkennt. Ich drehe mich weg und stöbere interessiert in den Ledergürteln an einem Ständer (schon wieder dieses Wort, haha).

Als sich die Blondine auf einem kleinen Holztreppchen reckt und ganz oben im Regal nach der richtigen Jeans sucht, starrt Klaus ihr bewundernd auf den Hintern. Dann dreht er sich zu mir um und nickt mit Kennermiene. Seine rechte Hand reckt den Daumen hoch und macht das Okay-Zeichen. Plötzlich sind wir wieder Verbündete. Mit Blick auf den Hintern fragt Klaus:

»Haben Sie die hohen Nikes aus dem Fenster auch in …«, er dreht sich zu mir um und sieht gleichzeitig auf seine Armbanduhr, ein ziemlich klobiges Ding, »Welche Größe hast du? 42?«

»43«, korrigiere ich.

»Da sehe ich gleich mal nach«, flötet die Verkäuferin begeistert und wirft mir von der Leiter eine dunkelblaue und eine schwarze Jeans in den Arm.

»Probier zuerst die blaue, zusammen mit dem braunen Gürtel da vorn«, sagt Klaus und deutet mit der Pappschachtel in der Hand auf einen unscheinbaren Lederstreifen mit silberner Schnalle. Ich nehme den Gürtel vom Haken und verschwinde in einem Holzverschlag mit Stoffvorhang. Das Leder riecht gut, aber die beiden Preisschilder an Jeans und Gürtel lassen mich nach Luft schnappen. Was? So viel!? Was wird Mama dazu sagen, wenn ich mit so teurem Zeug nach Hause komme?
Der Vorhang öffnet sich und Klaus reicht mir ein Paar hohe Nikes und ein knallweißes T-Shirt.
»Komm erst raus, wenn du alles anhast«, sagt er und zwinkert mir zu. Während ich mich umziehe, höre ich die Verkäuferin draußen ab und zu kichern, und die dunkle Stimme meines Vaters, der zu leise spricht, als dass ich etwas verstehen könnte. Bis auf Unterhose und Socken kleide ich mich komplett neu ein. Die Schuhe sind mir ein bisschen zu groß, aber …
»DAS ist mein Sohn«, grinst Klaus, als ich durch den Vorhang trete. Und noch bevor ich in den Spiegel sehen kann, fragt er: »Passt das Zeug?«
Als ich nicke, ruft er: »Gekauft!«, und rafft meinen Kram aus der Umkleidekabine zusammen, ohne seinen Karton abzustellen.
Ich würde meine alte Hose und besonders die Turnschuhe gern mitnehmen. Mama wäre es sicher lieber, wenn ich die Sachen behalte. Aber davon will Klaus nichts wissen. Anscheinend hat er mit dem Busenwunder schon vereinbart, dass sie meine Sachen entsorgt. Denn sie stopft alles in eine Tüte und lässt sie hinter dem Tresen verschwinden.
»Was passiert damit?«, frage ich.
»Das wird gespendet«, antwortet sie. Ihr kleines, heimliches Augenzwinkern zu Klaus habe ich bemerkt.
»Sie schmeißen das weg, oder?«

Keiner der beiden antwortet mir. Klaus blättert Geldscheine auf den Tisch und legt eine Visitenkarte, er hat tatsächlich eine VISITENKARTE!, auf die Glasplatte des Tresens. Dann schenkt er der Verkäuferin sein schönstes Lächeln, sagt »Ich danke Ihnen«, mit Betonung auf *Ihnen* und schiebt mich aus dem Laden. Wir waren keine Viertelstunde in der Jeans-Scheune. Draußen, im Tageslicht, betrachtet er mich: »Lass dich ansehen!«
Ich habe meine Jacke unter dem Arm, aber er sagt: »Nein, nein, ohne das schäbige Ding.«
»Aber mir ist kalt«, antworte ich.
»Na gut«, antwortet er. »Aber nachher, wenn wir da sind, lässt du die Jacke im Wagen, kapiert? Hier ...«
Er nimmt seine Armbanduhr ab und gibt sie mir. Das Gehäuse ist nicht rund, sondern viereckig. Ein blaues Ziffernblatt mit zwei quadratischen weißen Rechtecken rechts und links. Viel zu groß für mein Handgelenk, finde ich. Doch ich ziehe sie an. Fühle mich komisch, nicke aber trotzdem. Was zum Teufel ist falsch an meiner Jacke?
Ich frage nicht, sondern steige wortlos in den Porsche. Klaus trägt immer noch seinen Karton. Doch bevor ich fragen kann, was denn eigentlich in dem Ding ist und warum wir ... sagt er:
»Und? Wie heißt das?« Er gibt die Antwort gleich selbst: »Danke, lieber Vater.«
Ich wiederhole seinen Spruch mechanisch und komme mir blöd vor, trotz der neuen Klamotten. Deshalb frage ich auch nicht mehr nach dem Karton oder unserem Ziel.

11.

»Da vorn, das ist es«, sagt Klaus zwanzig Minuten später.
Mit »da vorn« meint er der Parkplatz eines Porsche-Vertragshändlers, mitten in der Pampa, irgendwo zwischen zwei der vielen Dörfer an der Landstraße.
»Habe ich zu viel versprochen?«, will Klaus wissen. Aber ich bin abgelenkt, denn auf dem Platz ist die Hölle los! Die ganzen geilen Karren auf einem Haufen – Boxter, der neue 911er, Cayenne, – alles, was du willst! Klaus parkt direkt vor der Glastür des Haupteingangs. Mit einem Blick versichert er sich, dass ich meine Jacke auf dem Beifahrersitz ausziehe, dann steigen wir aus.
»Was machen wir hier?«, will ich wissen. »Willst du den Porsche verkaufen?«
Ich habe eine leise Ahnung, dass hier gleich was läuft, was nicht ganz in Ordnung sein wird.
»Der Porsche ist doch nur geliehen, oder?«
Klaus ignoriert mich, also denke ich mir den Rest. Wofür ziehen wir die Show mit der Verkleidung ab? Wieso parkt er fast auf dem roten Läufer vor der Tür?
»Sieh zu, mein Sohn. Und lerne«, sagt Klaus. Wir betreten den Glaspalast.
»Du siehst spitze aus«, flüstert er mir auf dem Weg zum Empfangstresen zu. »Wie der junge James Dean.«
»Der junge wer?«, flüstere ich zurück. Als Antwort höre ich ein enttäuschtes Schnaufen. Es riecht gut in diesem Laden. Nach Leder und irgendwie brandneu. Noch besser als mein neuer Gürtel. Es riecht nach Porsche, denke ich. Hinter dem Tresen sitzt eine Frau, die um Klassen besser aussieht, als das »Geschoss« – so hatte Klaus die Verkäuferin aus der Jeans-Scheune genannt. Sie hat keine gebogenen Fingernägelklauen. Sie ist braunhaarig, »brünett«, wird Klaus mir später

erklären, und wenn sie einen Busen hat, ist der unter ihrer dunkelblauen Bluse kaum zu erkennen.
»Geschenkpaket«, nennt Klaus das später. Und wird mir lachend auf die Schulter klopfen, wenn ich »Überraschungsei« entgegne. Einfach nur, weil es mir spontan eingefallen ist. Aber so weit sind wir noch nicht. Noch lange nicht.
»Guten Tag, mein Name ist Brenner. Ist Herr Weinzierl zu sprechen?«, fragt Klaus die Dame. Er trägt das kleine Paket vor sich her. Wie ein Geschenk, finde ich.
»In welcher Abgelegenheit?«, piepst die Frau. Sie hat eine schneidend hohe Stimme.
Hoffentlich muss ich die niemals schreien hören, denke ich. Doch im Moment ist sie die fiepende Freundlichkeit selbst. So wie Klaus: »Herr Weinzierl erwartet, dass ich ihm etwas bringe«, sagt Klaus leise. So leise, dass die Piepsfrau sich konzentriert vorbeugen muss, um ihn zu verstehen. »Es ist persönlich. Wenn Sie also bitte …«
Da ist wieder sein Lächeln, das die Frau sofort eine Nummer auf der Tastatur wählen und kurz ins Telefon sprechen lässt. Wie macht er das nur?
»Herr Weinzierl ist gleich bei Ihnen«, flötet die Frau in den höchsten Tönen.
»Danke, Claudia«, antwortet Klaus. Und ich wundere mich nur so lange, dass er ihren Vornamen kennt, bis ich das kleine Namensschild auf ihrer Brust entdecke.
»Meine Schwester heißt auch Claudia«, sage ich und grinse. Dann bekomme ich einen Rippenstoß von Klaus, den sie nicht sehen kann. Der Tresen ist dazwischen. Ich weiß, was das bedeutet: Klappe halten! Claudia errötet. Seinetwegen oder meinetwegen? Sie lächelt Klaus an, alles klar.
»Wenn Sie für einen Moment dort drüben Platz nehmen wollen?« Sie deutet auf eine Sitzecke zwischen lauter brandneuen Sportwagen aus Zuffenhausen.

»Darf Johnny sich ein bisschen umsehen, Claudia?«, fragt Klaus. Und schenkt ihr eine neue Dosis Killerlächeln.
»Aber natürlich«, flötet sie. Und tatsächlich läuft sie noch etwas dunkler an, als er »Ich danke Ihnen« raunt. Oh yeah!, denke ich. Wie macht er das? Egal. Ich stürme in den Verkaufsraum. Der Geruch ist irre. Die Autos sind noch besser. Ein feuerrotes 911er Cabrio nimmt mir den Atem. Innen schwarzes Leder. Der Tacho geht bis … Oh Mann! Vor einem schwarzen Cayenne sehe ich mich verstohlen zu den beiden am Tresen um, denn Berühren fällt nicht unter die Umsehen-Freigabe, so viel ist klar.
»Spring rein!«, sagt ein dicker Mann im Anzug plötzlich neben mir. Er rollt das »R« und grinst breit. Ich habe ihn nicht bemerkt. Er winkt Richtung Tresen, Klaus erwidert das Winken und der Dicke hält mir die Tür auf.
»Zwofuchzehn PS. Permanent Allrad. Damit kannst die Treppe direkt bis zum Klassenzimmer hochfahren, Burschi!« Er sagt tatsächlich »fuchzehn«, statt fünfzehn und schnalzt mit der Zunge. Ich bin abgelenkt, als ich einsteige. Das heißt, ich muss klettern, so hoch ist das. FAHRERSITZ!, denke ich und checke die Armaturen. Das Leder der Sitze schnauft zur Begrüßung.
»Ganz der Papa, was?«, lacht der Dicke in der offenen Tür.
»Nur moderner«, sagt Klaus, der mittlerweile bei uns angekommen ist, und reicht dem Typen, der Weinzierl sein muss, die Hand.
»Wie alt bist denn, Burschi?«, fragt der mich.
»Fünfzehn«, antworte ich, ohne nachzudenken, dass ich ja eigentlich die Klappe halten soll.
»Fuchzehn«, lacht der. Ich sehe irritiert auf. Er hat einen merkwürdigen Dialekt. Ist das bayerisch? Er

klingt fast so, wie Frieder aus meiner Klasse. Der kommt aus Garmisch. Das ist in Bayern.
»Grad Fuchzehn und a Monaco am Handgelenk. So ist's recht!« Er greift nach meiner linken Hand. Ich denke zuerst, dass ich was falsch gemacht habe, aber Weinzierl betrachtet nur die Uhr und pfeift durch die Zähne. Er sieht Klaus bewundernd an.
»A echte Heuer Monaco! Gibt's des? Die ist aus den Siebzigern, oder?« Er sieht noch einmal hin. Scheint so auf die Uhr zu stehen, wie ich auf seinen Porsche. Kein Wort!, signalisiert Klaus und ich halte die Klappe.
»Ein paar meiner Uhren sollten schon getragen werden«, sagt Klaus. Ich habe nicht die leiseste Ahnung, wovon die beiden da quatschen. Sehe mich lieber nach den Instrumenten im Cayenne um.
Weinzierl lächelt mich an. Irgendwie noch freundlicher als vorher, fast bewundernd. Dann wirft er die Tür zu. Es macht »fluff« und wird ganz still im Cockpit. Ich beobachte die beiden Männer, die zur Lederecke mit den Sitzen im Porsche-Stil schlendern. Klaus öffnet den Pappkarton, wickelt eine kleine Schachtel aus der Blubberfolie, die so geil knackt, wenn man die Bläschen platzen lässt, und Weinzierl schaut in die Schachtel. Für ihn ist es ein Schatz. Zumindest sieht es so aus. Dann öffnet sich die Beifahrertür, und Claudia steckt den Kopf in den Cayenne und fragt mit ihrer Piepsstimme: »Möchtest du was trinken, Schatzi? Eine Cola?«
»Klar, gern«, antworte ich, obwohl mich das bescheuerte »Schatzi« ärgert, und bekomme eine eiskalte Flasche von ihr. Dann zeigt Claudia mir alles. Sie hat echt Ahnung von den Wagen. Wen wundert's?
Weinzierl und mein Vater sind in einem der Glasbüros verschwunden. Ich fühle mich wie ein König, denn Claudia führt mich persönlich in die Werkstatt. Ich, mit meiner komischen Uhr und der Flasche Cola

in der Hand, sehe zu, wie die Mechaniker Ventile einstellen oder Computerdiagnosen an Motoren machen! Einer der Mechaniker, ein »Mechatroniker«, wie Claudia betont, arbeitet an einem gruselig lackierten Wagen in Pink für einen Musicalstar, dessen Namen ich schon wieder vergessen habe, kaum dass sie ihn gepiept hat. Claudia steht totaaaal auf Musicals. Mir fällt nichts Besseres ein, als darauf zu antworten, dass die echte Claudia, also meine Schwester, totaaaal auf diesen Dings, also den Typen aus dem Tarzan-Musical steht. Und wie sich herausstellt, ist es GENAU DER Typ, dem der tussipinkfarbene Porsche in der Werkstatt GEHÖRT! Gibt es Zufälle, oder was?

Claudia ist echt nett, aber sie quasselt zu viel, nennt mich zu oft »Schatzi« und klingt zu sehr nach Trillerpfeife. Irgendwann gehen uns die Ideen aus, ich habe genug Cola getrunken und alles gesehen. Meine Hoffnung, mal einen Porsche fahren zu können, vertagt sie nur lächelnd.

»Vielleicht später, Schatzi.«

»Ich heiße Johannes.«

»Klar. Wie auch immer.«

12.

Als wir zum Glasbüro zurückkehren, steckt Klaus gerade einen dicken Briefumschlag in die Innentasche seiner Jacke. Der bayerische Weinzierl grinst glücklich. Klaus lächelt Claudia an, drückt wieder auf ihren Ich-erröte-Knopf und dankt ihr, dass sie sich um mich gekümmert hat. Die beiden Männer schütteln sich die Hände. Der Dicke bietet mir noch eine Cola an, aber ich kann nicht mehr. Echt nicht, Chef, danke.
Er bittet darum, meine Monaco noch einmal ansehen zu dürfen.
Meine was? Ach so. Ich schalte zu spät, halte die Klappe und strecke ihm schließlich wortlos den Arm hin.
»A echte Heuer!«, sagt er wieder, nach einer halben Ewigkeit. »Wennst an Führerschein hast, kommst wieder gell?«
Ich verspreche es. So viel darf ich sagen, signalisiert mir Klaus mit einer Augenbraue. Als wir uns verabschieden, singt Weinzierl noch ein begeistertes Lied auf den froschgrünen Targa, in den wir einsteigen. Er hatte so einen, als er gelernt hat.
»Was gelernt?«, frage ich
»Während seiner Lehre bei Porsche«, erklärt mir Klaus leise. Rechts neben uns fährt ein Mechatroniker das pinkfarbene Ding aus der Halle. Ich wünsche mir, den Besitzer zu sehen, damit ich der echten Claudia, meiner Schwester, wenigstens etwas erzählen kann, das sie interessieren könnte.
»Hey, ich habe den … wie heißt der noch? … Na, diesen Typen aus Ich Tarzan, Du Jane gesehen!«
»Eeeehrlich!? Nä, du lügst!«
»Doch! Er hat sein Auto aus der Werkstatt abgeholt! Einen (kotz) pinkfarbenen Porsche!«
»Echt?! Wie sah er aus?«
»Wer, der Porsche?«

»Nein Dummi, der ...«
Aber leider winken wir nur der Piep-Porsche-Claudia und dem dicken Weinzierl, während wir vom Gelände fahren.
»Das hast du großartig gemacht, muchacho«, sagt Klaus.
»Was denn?«, frage ich.
»Du warst absolut cool. Heute ist ein Tag für Sieger«, antwortet er und ich werde in den Sitz gedrückt. Wir röhren bis zur nächsten Ampel, dann streckt Klaus die Hand aus und sagt: »Jetzt gib mir die Uhr zurück.«

13.

Wir gehen essen. Griechisch. »Zur Feier des Tages«, wie Klaus sagt. Da es noch ziemlich früh ist, fahren wir aber erst zurück. »Ich würde dich auch hier ausführen, aber die Restaurants machen erst um sechs Uhr auf. Und etwas besser als eine Gyrosbude soll's ja schon sein, was, Johnny?«, lacht Klaus, mit Blick auf sein Handgelenk. Aber die Uhr trägt er ja nicht mehr, die hatte er von mir zurückbekommen und ganz vorsichtig in einem edel aussehenden Kästchen verstaut, bis die Wagen an der Ampel hinter uns zu hupen begannen.
Bei uns in der Gegend kennt Klaus einen Griechen, direkt an der Autobahnausfahrt, dort will er mit mir hin.
»Was ist so besonders an dem Ding?«, frage ich Klaus und deute mit dem Kinn auf das Kästchen in seinem Schoß.
»Das ist eine Uhr aus den Siebzigern. Eine Monaco von Heuer. Sie war damals wegen des rechteckigen Gehäuses total modern, eine Revolution sozusagen. Steve McQueen hat die Uhr 1971 in *Le Mans*, einem seiner letzten Filme getragen und weltberühmt gemacht.«
»Wer ist Steve McQueen?«, will ich wissen.
Klaus seufzt leise und schaltet einen Gang höher.
»Wieso ist der dicke Bayer dermaßen auf die Uhr abgefahren? Und darauf, dass ich sie trage?«
»Weil McQueen in dem Film das 24-Stunden-Rennen von Le Mans für Porsche fuhr. Und weil die Uhr bei Sammlern heute zwischen vier und fünf kostet«, antwortet Klaus. Ich pfeife leise durch die Zähne. »Wow, fünfhundert Euro für 'ne Uhr, das ist krass. Acki hat so einen Sportwecker der hat hundert gekostet, seine Oma hat ihm den …«

»Nicht fünfhundert«, unterbricht mich Klaus. »Diese originale Heuer Monaco bringt in diesem Zustand locker fünf*tausend*, Kleiner.« Er lacht, als er sieht, dass mir die Kinnlade auf die Oberschenkel sackt.

»Ich musste bei dem Weinzierl ein bisschen auf dicke Hose machen, um ihm eine wertvollere Uhr zu verkaufen. Daher auch der Porsche und die Klamotten, verstehst du? Er sollte denken, dass wir es so dicke haben, dass der Sohnemann eine Sammleruhr trägt, die sich sonst kaum jemand leisten kann.«

»Deshalb haben die mir die ganzen Porscheprospekte mitgegeben.« Jetzt kapiere ich. Auf dem Rücksitz liegen etwa zwei Kilo Hochglanzpapier, die mir Weinzierl zum Abschied mit den Worten »Noch was zum Lesen, gell, Burschi« in die Hand gedrückt hat.

»Er glaubt, mit dir einen neuen Kunden an der Angel zu haben«, lachte Klaus, »schließlich machst du bald den Führerschein. Er hat das Glitzern in deinen Augen gesehen.«

Und genau dieses Glitzern wollte Klaus in Weinzierls Augen sehen, erklärt er mir.

»Es geht nicht darum, meistbietend zu versteigern, was man hat, wie bei eBay. Ich habe Weinzierl mit seiner Patek Philippe einen lange gehegten Traum erfüllt«, sagt er.

»Patek Philippe ist die Uhr?«

»Genau.«

»Wie viel hat sie gebracht?«, will ich wissen.

»Du bist ziemlich neugierig, Kleiner.« Noch ist er gutmütig, aber ich betrete vermintes Gebiet, merke ich, kann aber nicht anders.

»Na, komm schon, Klaus! Wie viel?«

Er setzt den Blinker zum Überholen und gibt Gas.

»Sagen wir mal, für mich bleibt genug übrig, um dir neue Klamotten und ein Essen zu spendieren.«

Damit ist das Thema für ihn durch. Ich bin total aufgekratzt und löchere Klaus mit Fragen, Preisvergleichen, Hochrechnungen und so was. Er lacht und packt mich mit seinem eisernen Griff am Oberschenkel, bis ich ebenfalls laut lache und schreie. Was ich aus ihm herausbekomme, ist, dass die Uhr, die er an Weinzierl verkauft hat, teurer sein muss, als der historische Porsche, in dem wir gerade sitzen. Und das bedeutet fünfstellig, vielleicht über zwanzigtausend. Wahnsinn! Wir sind den ganzen Tag mit einem Sportwagen und zwei Uhren durch die Gegend gegurkt, die zusammen mehr kosten, als Mama in einem ganzen Jahr an der Kasse verdient. Wahrscheinlich sogar mehr, als Mama und der Wolf ZUSAMMEN in einem Jahr verdienen! Oder verdient haben, denke ich. Denn der Wolf ist seit ein paar Monaten arbeitslos.
Klaus reißt mich erst aus meinen Gedanken, als er den Motor abstellt. Wir stehen unter einer Autobahnbrücke.
»Komm, wir sind da.«
Das Mäuerchen mit den kitschigen Gipssäulen neben der Brücke ist mir noch nie aufgefallen, obwohl ich am »Platon«, dem griechischen Restaurant, schon oft mit dem Bus vorbeigefahren bin. Innen ist der Grieche riesengroß und verschachtelt. Sie haben kleine, weiß verputzte Mäuerchen mit Säulen und Weinranken aus Plastik in den ganzen Laden gebaut. So sitzt man am Tisch wie auf seiner eigenen kleinen Terrasse. Ich finde das cool, aber auf dem Weg zum Klo verlaufe ich mich in diesem Labyrinth. Die Kellnerin muss mir den Weg zum Tisch zurück zeigen. Dort sitzt Klaus mit einem breiten Grinsen, zwischen uns stehen etwa hundert, nein, ich übertreibe, aber mindestens zehn kleine Teller mit Vorspeisen. Abenteuerliche grüne Päckchen wechseln sich mit bunten Pasten ab. Die frittierten Sachen erkenne ich, jedoch nicht, was da

frittiert wurde. Auf einem Teller liegen kleine Fische, die ganz offensichtlich in heißem Öl den Tod gefunden haben. Sie hängen alle zusammen. Klaus bricht einen davon ab und reicht ihn mir.
»Die sind lecker. Probier mal.«
»Nee, was ist das denn?«
»Den Namen weiß ich nicht, aber sie schmecken toll«, sagt Klaus.
Ich finde die Minifische gruselig. Sie sehen aus, als kämen sie frisch aus einem der vielen Aquarien, die überall in dem großen Raum verteilt stehen. Obwohl die Fische darin alle viel größer und bunter aussehen. Nicht so klein, braun und ... tot, wie die Fische, die Klaus mir auf den Teller gelegt hat.
»Die sind gruselig, Klaus. Das will ich nicht essen!«
Klaus lässt seine Gabel sinken, legt den Kopf schräg, kaut und sieht mich an. Ich weiß, was er gleich sagen wird, wenn sein Mund leer ist, also komme ich ihm zuvor.
»Einmal probieren und wenn ich es zum Kotzen finde, muss ich es nie wieder essen, richtig?«
Er macht wortlos eine Jetzt-hast-du-es-kapiert-Geste und sticht mit der Gabel die schwarze Olive von einem Teller mit rosa Paste, die Claudi wegen ihrer Farbe sicher gefallen würde. Mir graust davor, das ganze Zeug probieren zu müssen.
Aber ich nehme einen der Minifische, die aussehen, als ob sie schreiend in dem heißen Öl krepiert wären. Ihre Mäuler stehen weit auf. Die Augen sind eingefallen ... oder ausgefallen? GRU. SE. LIG! Den Kopf kann ich auf gar keinen Fall abbeißen, also fange ich lieber hinten an und brösele etwas von der frittierten Schwanzflosse auf meinen Teller. Ich habe fettige Finger, die ich mir unbedingt an der Serviette abwischen muss. Zeit gewinnen, bevor ... Aber ein Blick über den Tisch und ich begreife, dass Klaus gleich ärgerlich wird.

»Is' ja gut«, murmele ich und beiße dem Minifisch den Hintern ab. Kaue. Und … es ist echt lecker! Wenn man vergisst, dass man einen kleinen Fisch mitsamt Gräten und allen Innereien isst, schmecken die Viecher spitze! Klaus grinst zufrieden und deutet auf einen anderen Teller.
»Dolmadakia«, sagt er, »mit Reis gefüllt.«
Ich beuge mich kauend über den Tisch und sehe mir die hellen Adern an, die das dunkelgrüne Päckchen durchziehen. Ich sehe erstaunt auf.
»Das ist ein Blatt. Von einem Baum«, sage ich.
»Es sind eingelegte Weinblätter«, sagt Klaus. »Ein bisschen säuerlich, aber zusammen mit der Füllung schmecken sie richtig gut.«
Ich beiße ab, kaue, gucke rein. Denn auch das ist lecker. Friemele die übrig gebliebene Hälfte auseinander. In dem Reis sind Kräuter und das halbe Blatt ist gezackt und echt schön! Ein Löffel erscheint vor meiner Nase.
»Taramosalata«, sagt Klaus. »Auch ›Taramas‹ genannt.«
Das ist die rosa Mutprobe. Aber weil er mich bisher positiv überrascht hat, öffne ich auch jetzt mutig den Mund und probiere. Der rosa Schleim ist extrem salzig und verteilt sich wie Öl in meinem Mund. Meine Augen tränen. Ich schüttele den Kopf und würde das Zeug gern ausspucken. Ich befürchte allerdings, Klaus würde das nicht gefallen. Zu meiner Überraschung reicht er mir seine eigene Stoffserviette und sagt: »Wenn's zum Kotzen schmeckt, dann raus damit! Das sind übrigens Fischeier.«
Na, danke! Während ich das Zeug loswerde, winkt er der Kellnerin und bestellt etwas, das ich ebenfalls nicht kenne.
»Ouzo«, sagt er kurz darauf, als die beiden beschlagenen Schnapsgläser vor uns stehen. Er stößt mit mir an. Ganz sicher bin ich mir noch nicht.
»Ich darf einen Schnaps trinken?«

»Aperitif«, sagt er.
»Was?«
»Der Ouzo soll als Aperitif vor dem Essen den Appetit anregen. In deinem Fall wird er eher den Geschmack des Taramas verschwinden lassen, den du so fies findest. Jamas.«
Wir trinken. In meinem Mund explodiert eine Lakritzbombe. Dann brennt sich der Schnaps durch meinen Hals in den Magen. Mir wird warm. Alles wird warm, meine Augen tränen. Aber ich grinse.
Klaus sieht mich ernst an.
»Damit wir uns richtig verstehen. Dieser Schnaps war eine absolute Ausnahme. Du wirst weder draußen mit deinen Freunden noch zu Hause Hochprozentiges trinken, haben wir uns verstanden?«
Ich nicke grinsend, das Zeug macht irgendwie auf Anhieb fröhlich.
»Klar, kein Problem, Klaus. Wolf und Mama haben so'n Zeug auch nicht, keine Sorge.«
»Da bin ich mir nicht so sicher«, sagt er und sieht mich finster an. Dann reicht er mir einen neuen Teller und das Probier-mal-Spiel geht weiter.
Also die Fischeier in Öl, das rosa Zeugs, finde ich echt zum Kotzen. Aber als wir mit den vielen kleinen Tellerchen durch sind, habe ich meine Favoriten gefunden. Tzatziki, das ist so eine weiße Creme, wie Joghurt, mit Gurken und Knoblauch drin. Und diese kleinen Fische, bei denen wir unbedingt fragen müssen, wie die heißen. Dann war da noch ein Oktopus-Salat, sehr lecker. Nur die Saugnäpfe an den in Stücken geschnittenen Beinchen der Viecher waren optisch nicht ganz so meins. Weinblätter mit Reis sind auch cool, aber nix Besonderes. Fischrogenpaste – nie wieder! Klaus hat mir empfohlen, Wasser statt Cola zu trinken, damit ich meine Geschmacksnerven mit dem Zuckerzeug nicht ständig erschrecke.

»Ist das hier ein Kurs in griechischer Küche oder essen wir zusammen?«, grinse ich. Nur, um damit während des Essens eine lange Rede von Klaus zu entfachen, dass man »immer lernt, wenn man neue Erfahrungen macht«, und so weiter. Er hört erst auf, als ein großer gegrillter Fisch von Elena, so heißt unsere Kellnerin, aufgetragen wird. Seit sie begriffen hat, dass Klaus mir die griechische Küche zeigt, macht es ihr besonders Spaß, mich mit ihrem super Akzent (den ich ECHT erotisch finde!) über die Sachen aufzuklären, die sie uns bringt.
»Dorade ist eine Spessialität in unssere Küche. Soll ich aufmachen?«
Mir ist im Moment nicht klar, was sie meint.
Klaus hilft aus und lächelt Elena an. »Ich glaube, das kriegen wir hin. Danke, Schätzchen.«
Bei ihm sind alle immer »Schätzchen«. Und keine der Angesprochenen scheint es ihm Übel zu nehmen. Im Gegenteil. Elena errötet leicht.
»Zwei Ouzo noch?«, säuselt sie.
»Einen bitte, und eine große Flasche stilles Wasser, bitte«, antwortet Klaus und schnappt sich das Fischbesteck. Er macht es gar nicht schlecht. Vorsichtig hebt er die Haut des Fischs namens Dorade ab. Dann schneidet er das Filet auf der Oberseite sorgfältig entlang der »Mittelgräte«, wie er es nennt, und serviert mir die gesamte obere Hälfte in zwei Teilen auf den Teller.
»Da können noch Gräten drin sein. Aber sie sind groß und einfach zu finden, keine Sorge«, sagt er.
Ich zerteile das Filet mit der Gabel. Ein Messer brauche ich nicht, so zart ist es, und probiere.
Wow! Doppelwow!
Das Zeug schmeckt super! Leicht rauchig, weil es vom Grill kommt. Ganz fein nach Fisch und mild. Weniger salzig als die frittierten Winzlinge, nach deren Namen

ich Elena immer wieder zu fragen vergesse. Dazu gibt es griechische Fritten in großen, länglichen Stücken. Eine riesige Schüssel. Zusammen mit einer neuen Portion Tzatziki, diesem Knoblauchjoghurt.

»Davon könnte sich MacDoof echt 'ne Scheibe abschneiden«, grinse ich Klaus kauend an.

Er betrachtet mich. Dann lächelt er und wuschelt mir durchs Haar. Bevor er sich wieder auf das Zerlegen des Fischs konzentriert, erkenne ich, dass seine Augen feucht werden.

»Was ist los?«, frage ich, plötzlich besorgt. »Stimmt was nicht?«

Er sieht auf die Platte mit dem Fisch, bastelt an der Dorade herum und räuspert sich.

Weint er etwa? Wieso?

»Alles okay«, sagt er, und vermeidet meinen Blick. »Nur 'ne Gräte.« Wie, um das bestätigen, hustet er. Dann kommt Elena mit dem Ouzo und der Flasche Wasser. Ich weiß, dass die Ausrede mit der Gräte nicht stimmt. Denn Klaus hat die Dorade überhaupt noch nicht probiert!

14.

Irgendwann sacken wir beide stöhnend auf unseren Stühlen zusammen. Ich kann mich nicht erinnern, jemals so satt gewesen zu sein. Klaus und ich müssen sogar beide den obersten Knopf unserer Hosen aufmachen, weil wir es nicht mehr aushalten, so vollgefressen sind wir. Elena erscheint wieder am Tisch und ist wirklich beeindruckt, was wir beide alles verdrückt haben. Sie stellt einen Ouzo vor Klaus und fragt ihn, ob ich auch einen bekommen dürfte. Klaus nickt ihr zu und sie stellt ebenfalls ein eiskaltes, beschlagenes Schnapsglas vor mir ab.
Wir stoßen an.
»Jamas!«, sagt Klaus.
»Jamas!« Das heißt »Prost« auf griechisch. Jetzt hab ich's auch drauf. Ich lasse das eiskalte Lakritzzeug meine Kehle hinunterlaufen und finde, dass der Tag doch noch ganz gut geworden ist. Trotz der kleinen Startschwierigkeiten zwischen Klaus und mir.
»Du hast also wirklich keine Ahnung, wer Steve McQueen ist«, sagt er auf einmal. Eine Feststellung, keine Frage.
»Schauspieler, oder?«, grinse ich zurück. Schließlich hatte Klaus mir das bereits erzählt.
»Der coolste Schauspieler überhaupt … der beste!«, sagt Klaus. Und seinem Gesichtsausdruck nach meint er es völlig ernst.
»Blödsinn, der coolste ist The Rock«, antworte ich. Vin Diesel will ich nicht erwähnen, obwohl ich ihn noch cooler finde. Denn Klaus weiß natürlich, dass er ihm ähnlich sieht. Er und ich hatten uns erst letzte Woche zusammen den neuesten *The Fast and the Furious* angesehen.
»Ohne McQueens Filme gäbe es die heutigen Actionstreifen in dieser Art überhaupt nicht«, sagt er. »Die

Autoverfolgung in *Bullitt* ist das Beste, was damals gemacht wurde. Da kam Jahre lang nichts dran.«
»Wie alt ist der Film denn?«, will ich wissen.
Klaus rechnet kurz nach, dann verzieht er das Gesicht, als habe ihn das Ergebnis erschreckt: »Oh Mann, der Streifen ist bald fünfzig!«
»Aber der war schon in Farbe, oder?«, grinse ich.
»Wir gucken uns den mal zusammen an. Ich bin sicher, dass er dir gefällt«, sagt Klaus. Dann winkt er Elena zu und bittet um die Rechnung.
Als wir uns stöhnend erheben und wie zwei vollgefressene Bären aus dem Restaurant tappen, legt mir Klaus eine Hand auf die Schulter. Ich umarme ihn an der Hüfte. So sind wir beide noch nie zusammen gegangen. Eigentlich ist es für zwei Männer natürlich uncool, Arm in Arm durch die Gegend zu laufen. Aber in diesem Moment ist mir das völlig egal. Schließlich sind wir Vater und Sohn. Richtig?
Es ist noch hell. Während wir gegessen haben, muss es ziemlich stark geregnet haben. Die Straßen sind nass und Autos zischen mit ihren Reifen in einer wahren Gischtfontäne an uns vorbei. Die Luft ist ganz warm, irgendwie schwer und riecht würzig. Der Himmel ist knallblau.
»Was hältst du davon, wenn wir zur Verdauung noch eine kleine Runde drehen?«, fragt Klaus. Er deutet unter der Autobahnbrücke hindurch in die Richtung, wo der Wald beginnt.
»Okay«, antworte ich. Obwohl ich eigentlich lieber sitzen oder, noch besser, vor der Glotze liegen möchte, denn ich bin von dem vielen Essen total geplättet.
»Na, dann los!«, freut sich Klaus. Er löst sich aus meinem Arm und legt einen Schritt zu. Für eine Sekunde bedauere ich, dass ich seinen muskulösen Arm nicht mehr auf der Schulter spüre. Dann muss ich mich beeilen, um hinter ihm über die Straße zu laufen, ohne

von einem der giftig zischenden Wagen überfahren zu werden. Der Wald scheint zu dampfen, so sehr hat der Regen den warmen Boden getränkt. Nasse Farnwedel und die hellgrünen neuen Blätter an den Bäumen leuchten saftig, als hätte das Wasser den Pflanzen einen frischen grünen Anstrich verpasst.

»Mann, nicht so schnell!«, rufe ich Klaus hinterher. Er hat einen Schritt drauf, bei dem mir die Puste wegbleibt, wenn ich ihm zu folgen versuche. Von Aufholen ganz zu schweigen. An einer Weggabelung bleibt er stehen und dreht sich um.

»Die lange oder die kurze Strecke?«

Anscheinend kennt er sich hier aus. Ich kann das von mir nicht behaupten.

»Kurz, bitte«, keuche ich.

»Das war klar«, sagt er und biegt links ab. Ich werde misstrauisch, denn auf einem Schild für Radfahrer steht, dass es zur Stadtmitte rechts lang geht. Als ich ihm das mitteile, fragt er im Gehen über die Schulter: »Willst du nach Hause laufen? Oder 'ne Runde drehen?«

Also linksrum, denke ich und folge Klaus.

»Dealst du eigentlich öfter mit Uhren?«, frage ich nach einer Weile. Wir haben uns auf eine mittlere Geschwindigkeit geeinigt, bei der ich nicht wie ein überzüchteter Schoßhund hinter Klaus herhecheln muss.

»Ich kann mir nicht helfen, aber so wie du das fragst, hört es sich irgendwie illegal an«, sagt Klaus.

»Nein, gar nicht«, antworte ich eilig. »Ich wollte nur wissen, ob du dich mit Uhren auskennst.«

»Mit den Sammlerstücken schon. Weißt du …« Er macht schweigend ein paar Schritte, als müsse er erst die richtigen Worte finden, bevor er antworten kann.

»Im Gefängnis bekommt Zeit eine völlig neue Dimension. Ganz anders, als wenn du draußen bist und machen kannst, was du willst.«

»Das kann ich mir vorstellen«, nicke ich.
»Nein, das glaube ich nicht«, sagt Klaus und bleibt stehen. »Du hast absolut keine Ahnung, was es bedeutet, wenn dir jemand von morgens bis abends vorschreibt, was du zu tun hast. Und vor allem WANN du es zu tun hast.«
Ich spüre, dass es ernst zwischen uns geworden ist. Dennoch lache ich und sage: »Oh, von wegen. Du kennst Mama nicht, sie hat 'ne ziemlich genaue Vorstellung davon, WANN ich WAS zu tun habe und …«
»Das ist kein Witz, Johnny«, sagt Klaus. In diesem Teil des Waldes wird es schlagartig kälter. In seinem Gesicht tauchen plötzlich Falten um den Mund und auf der Stirn auf, die ich vorher noch nie bei ihm gesehen habe. Waren sie nie da oder habe ich diese tiefen Linien in seiner Haut einfach nur nicht bemerkt?
»Du warst noch nie hier, oder?«, fragt er.
»Nein, aber was hat das mit …«
»Dieser Scheißwald ist Luftlinie vielleicht gerade mal fünf Kilometer von deiner Wohnung entfernt. Du hast die Freiheit, jeden verdammten Tag hier herumzulaufen. Und was tust du? Nichts!«
Wieso ist er auf einmal so sauer? Wie immer, wenn ich etwas ungerecht finde – und mich hier anmachen zu lassen, finde ich ABSOLUT ungerecht –, sehe ich rot: »Hey, meine Schuld ist es aber nicht, dass du in den Knast musstest, klar? Also mach mich nicht an, dass ich diesen verkackten Wald noch nie betreten habe!«
Ich bin selbst erschrocken, dass ich hier stehe und meinen Vater anbrülle. Aber anstatt mich wegzupusten, beginnt Klaus zu lachen. Er lacht so laut, dass ein Echo aus dem Wald zurückschallt. Wenn es hier Tiere gegeben haben sollte, werden sie sich spätestens jetzt verdrücken.
Klaus wuschelt mir durch die Haare. Nicht sanft und liebevoll, sondern eher provozierend.

»Ich wusste gar nicht, dass du so temperamentvoll bist«, sagt er, nun wieder die Freundlichkeit selbst.
Doch ich habe mich noch nicht beruhigt und stoße seine Hand weg.
»Du weißt 'ne ganze Menge nicht … Vati!«, sage ich.
Das »Vati« klingt absichtlich wie ein Schimpfwort. Er weiß sofort, was ich meine. Dass er nie da war. Dass er alles verpasst hat. Weil, ja: WEIL er im Knast war! Erster Schultag, Hausaufgaben, wie ich bei der Schulaufführung mal den kleinen Prinzen in der Aula gespielt habe, Bezirksmeister im Tischtennis war – nichts davon hat er mitbekommen. Gar nichts!
»Nur, weil du mir das scheiß Radfahren beigebracht hast und mich tausend Jahre später zum Essen einlädst, bist du noch lange nicht mein Vater!«
WUMM! Volltreffer. Ich kann sehen, dass ich ihn an einer Stelle getroffen habe, die echt wehtut. Wenn er mir jetzt eine scheuert, würde mich das nicht wundern. Doch – wenn ich ehrlich bin, bei Klaus würde es mich wundern.
Der Wolf? Ja klar, der hätte mir sofort eine geballert, wenn ich so mit ihm reden würde. Zu laut, zu frech, zu viel Wahrheit. Außerdem kann der Wolf nicht argumentieren. Deshalb hätte ich vom Wolf eins auf die Fresse bekommen. Ich weiche instinktiv zurück, als Klaus auf mich zukommt. Doch anstatt mich zu schlagen, packt er mich und drückt mich an seine Brust. Er bricht mir fast die Nase mit seinem rechten Bizeps. Das Ding ist hart wie Stein! Ich bekomme keine Luft mehr, Klaus anscheinend auch nicht, denn er zuckt nur still. Bis er seine eiserne Umarmung endlich lockert und laut, fast aufheulend schnauft.
Dieses Mal sehe ich ihn weinen. Meine Fresse, und WIE er weint! »Rotz und Wasser«, sagt Mama immer, wenn Claudi so heult. Und obwohl Claudi und Klaus

nicht verwandt sind, zumindest nicht direkt – dieses Rotz-und-Wasser-Ding haben beide drauf.
Er tut mir natürlich leid, wie er da so steht und schnieft und alles. Aber ich kann nicht direkt mithalten, also weinen muss ich im Moment jedenfalls nicht. Vielleicht, weil das Vater-Thema für mich eigentlich schon lange durch ist. Klaus war nie da. Und nun ist er wieder da.
Ende der Geschichte.
Ich hätte überhaupt nicht damit anfangen sollen. Getan hab ich's nur, weil ich ganz genau wusste, dass er davon in die Knie gehen würde.
»Hey, Klaus, ich …«
»Schon okay«, sagt er. »Schon in Ordnung. Nichts passiert.« Das sagt er ungefähr noch fünfhundertmal. In allen denkbaren Variationen. So, als hätte ihm sein kleiner Sohn im Sparring versehentlich einen Volltreffer auf die Zwölf verpasst. Zum Glück ohne Zuschauer. Wir gehen weiter, er beginnt wieder zu sprechen. Viel leiser als vorher. Er geht auch langsamer. Bevor ich mich aufs Zuhören konzentrieren kann, merke ich mir diesen Punkt, an dem Klaus angreifbar ist. Ich weiß, das ist fies. Aber er spielt in einer anderen Liga. Es kann also nicht schaden, sich für die nächste Runde im Ring einen Trick zu merken, der schon mal funktioniert hat. Obwohl ich nicht boxe, weiß ich das. Denn es ist in allen Sportarten gleich, auch bei Tischtennis oder Basketball: Du besiegst den Gegner nicht, wenn du einfach nur so gut spielst, wie du kannst. Siegen kannst du nur, wenn du die Schwächen deines Gegners kennst.
Wow. Das könnte einer von Klaus' Sprüchen sein, denke ich. Aber der ist von mir!

15.

»Wenn du einmal drin warst, bist du hinterher nicht mehr derselbe«, sagt Klaus.
Wir gehen nebeneinander durch den Wald. »Schlimm ist nicht allein das Eingesperrtsein. Das Schlimmste ist, dass sie dein Leben für dich regeln. Und zwar alles, von morgens bis abends ... Rund um die Uhr!«
Klaus und ich haben unsere Runde fortgesetzt. Irgendwann hat er zu erzählen angefangen.
»Es beginnt schon damit, dass sie dir alles abnehmen, wenn du einfährst. Deine Klamotten, deine persönlichen Sachen, alles. Damit signalisieren sie dir, dass du von nun an einer von vielen bist. Ein kleines Licht. Nur ein Rädchen im großen Knastgetriebe. Das ist übrigens einer der Gründe, warum sich so viele Knackis tätowieren lassen, oder abenteuerliche Frisuren und Bärte tragen. Es ist die einzige Möglichkeit, sich etwas Eigenes zu erhalten, wenigstens ein bisschen Individualität. Denn von der Unterhose bis zur Kluft sehen wir ... sehen die im Knast alle gleich aus. Dir bleibt kaum etwas, das dich daran erinnern kann, wie es draußen war. Und mit deinen persönlichen Sachen und deinen Klamotten gibst du auch deine Selbstständigkeit ab. Natürlich nicht freiwillig, aber dir bleibt überhaupt keine Wahl. Der Tagesablauf ist vom Frühstück bis zur Nachtruhe komplett durchgeplant. Keine Ausnahmen, keine Extrawürste, nichts. Jeder Handgriff, den du tust, ist von jemand anderem für dich vorher geregelt und festgelegt worden. Für alles, was du haben oder ändern möchtest, existiert ein Formular. Und für manche Formulare musst du erst mal ein anderes Formular ausfüllen, damit du es überhaupt bekommst. Du bestimmst nicht mehr über dein Leben, diese Zeit ist vorbei. Was du isst, ob und wann du in den Hof kannst, wann und wie lange du

schläft ... all das wird dir als Strafgefangener vorgegeben. Viele von meinen ...«, Klaus zögert.
Insgeheim weiß ich, dass er das Wort »Freunde« oder »Kumpels« nicht aussprechen will.
»Viele von denen im Knast sind daran zerbrochen. Sie sind daran kaputtgegangen, dass sie nichts mehr selbst bestimmen konnten. Und wenn sie das nicht um den Verstand gebracht hat, dann die Isolation. Natürlich bekommst du vielleicht ab und zu Besuch von draußen. Aber das hat eigentlich keinen Wert. Ich meine, klar hätte ich mich gefreut, wenn Anna und du mich ab und zu besucht hättet.«
»Ich wäre ja gekommen«, entgegne ich etwas zu laut. »Aber Mama hat mich nicht ...«
»Das weiß ich doch«, unterbricht Klaus meinen Protest sanft. »In Wirklichkeit war ich ganz froh, dass du mich nicht so sehen musstest. In den verdammten Knastklamotten, eingesperrt wie eine Ratte. Ich sage nicht, dass es ungerecht war, mich einzusperren. Ich habe Scheiße gebaut und musste die Konsequenzen tragen, das ist schon okay Aber wenn ich dich einmal im Monat größer werden gesehen hätte ... Es hat mich fast zerrissen, nicht bei dir sein zu können ...«
Klaus macht eine Pause. Ich gehe schweigend neben ihm her, sehe zu Boden und hoffe, dass er nicht wieder in Tränen ausbricht. Ein paar Schritte weiter höre ich seine Stimme wieder.
»Für einige war die Isolation die schlimmste Folter. Sie haben es einfach nicht gepackt, jeden Tag nur noch die gleichen Nasen zu sehen. Über Wochen und Monate. Für mich war das Schwierigste, mich nicht an den Knast zu gewöhnen, denn wenn du dich das zulässt, bist du ganz am Ende. Willst vielleicht nie wieder raus und siehst deinen Zehennägeln bloß noch beim Wachsen zu!«
Ich pruste los, kann nicht anders.

»Du lachst«, sagte er. »Aber solche Typen hat es auch gegeben. Die haben sich in ihren Zellen eine gemütliche kleine Bude eingerichtet und vom Rest der Welt verabschiedet. Ein bisschen Glotze am Abend und wenn es Eis zum Nachtisch gab, haben sie glänzende Augen bekommen und in die Hände geklatscht. So, als ob man ihnen einen Gefallen damit tut, sie in einen Käfig zu sperren. Wenn sie nicht einschlafen können, gibt es 'ne Tablette, und wenn sie nicht kacken können, ein Abführmittel. Das war wirklich erbärmlich. Schlimm anzusehen.«

»Die haben wahrscheinlich aufgegeben«, sage ich nachdenklich. Klaus bleibt kurz stehen, sieht mich an und nickt anerkennend. »Du hast völlig recht.«

»Wieso hast du nicht aufgegeben?«, will ich wissen.

»Für mich war der Knast eher so was wie meine Zeit bei der Bundeswehr«, antwortet Klaus. »Ein notwendiges Übel, etwas, das man durchsteht. Zähne zusammenbeißen und durchhalten! Das Beste daraus machen.«

»Was hast du denn gemacht?«, frage ich.

»Viele Bücher gelesen. Computerkurse absolviert und Musik gehört. Der Kopf muss in Bewegung bleiben. ›Der Kopf ist rund, damit das Denken die Richtung ändern kann‹, hat ein französischer Künstler gesagt. Francis Picabia. Und weißt du, was mich noch fit gehalten hat?«

Ich schüttle den Kopf und Klaus hebt gespielt drohend den Zeigefinger: »Aber nicht lachen!«

»Nun sag schon.«

»Quizsendungen. Ich habe Stunden vor der Glotze verbracht und Jauchs oder Pilawas Fragen beantwortet. Wenn ich nicht Nachrichten oder Discovery Channel gesehen habe. Du musst die Augen und Ohren immer offen halten. Nicht nur, wenn du eingesperrt bist. Wenn dich die Nachrichten nicht interessieren, okay

Aber dann such dir etwas, was dich interessiert. Sind es Tiere? Alles klar, mach dich über Natur und Biologie schlau. Oder magst du Autos und Motorräder? Gut, dann lerne, was es über Technik und Motoren zu lernen gibt. Wir hatten eine Werkstatt, in der ich gearbeitet habe. Schweißen, Feilen, was du willst. Metallverarbeitung eben. Ein paar von den Jungs haben den ganzen Tag nichts anderes getan, als *American Chopper* in der Glotze zu gucken. Oder Boyd Coddingtons Männern in *American Hot Rod* dabei zuzusehen, wie sie Autos und Motorräder frisieren. Zur gleichen Zeit habe ich diese ganzen Sachen in der realen Welt gemacht. Der Porsche auf dem Parkplatz zum Beispiel, das ist mein Werk!«
Ich sehe Klaus überrascht an. »Echt?«
»Ja, da machst du große Augen, was? Das Ding gehört mir zwar nicht, aber ich hatte jede verdammte Schraube von dem Wagen in der Hand. Jede Einzelne, das kannst du mir glauben. Es war ein Resozialisierungsprojekt. ›Rattenschule‹ haben wir das in der Werkstatt immer genannt. So ein reicher Vogel hat uns einen Haufen Schrott vor die Füße gelegt und wir durften daraus wieder ein Auto bauen. Ich habe bei dem Neunelfer nicht nur die Blecharbeiten gemacht, oh nein! Ich bin auch für die Lackierung verantwortlich und habe die Sitze neu gepolstert. Das Baby ist fast komplett von mir, mein Sohn. Da staunst du, was? Fast zwei Jahre habe ich dafür gebraucht. Weil sie einen natürlich nicht lassen, wie man will. Nur dienstags und donnerstags, von zwei bis fünf, konnte ich in die Werkstatt. Aber wenigstens war der Besitzer dieses Schmuckstücks fair. Statt des lächerlich geringen Stundenlohns hat er mir damals angeboten, dass ich den Wagen fahren kann, wenn ich raus bin. Natürlich nicht jeden Tag, es muss im Rahmen bleiben. Aber so

ein Schätzchen fährt man ja auch nicht zum Einkaufen oder wenn es schneit.
Die Restauration, Bücher und Musik, die Quizshows, all das hat mir im Prinzip das Leben gerettet. Aber was du eigentlich wissen wolltest, war, warum ich so auf alte Uhren stehe, oder? Sorry, ich quatsche und quatsche …«
»Ich finde es total interessant!«, sage ich.
»Also gut, erzähle ich dir das mit den Uhren auch noch«, sagt Klaus. »Aber dann fahren wir zurück, sonst macht deine Mutter sich Sorgen. Außerdem wird es gleich dunkel. Gut, wo war ich?«
»Bei dem Porsche«, helfe ich Klaus auf die Sprünge.
»Ach so, ja. Also, der Typ, der uns den Haufen Schrott gebracht hat, aus dem wieder ein feiner Neunelfer werden sollte, hieß Frieder …«
»Ist er tot?«, unterbreche ich Klaus.
»Nein, wieso?« Klaus sieht mich irritiert an.
»Dann heißt er immer noch Frieder. Oder nicht?«, grinse ich.
»Ja, natürlich heißt er *immer noch* Frieder, du Klugscheißer!« Klaus muss ebenfalls grinsen und fährt fort: »Jedenfalls kam er ab und zu in die Rattenschule, um nachzusehen, ob ich mit seinem Baby keinen Unsinn mache. Ich habe schon bald begriffen, dass der Typ so verdammt reich sein musste, dass er vor Geld stinkt. Dabei war er kaum besser gekleidet, als normale Leute. Doch was diesen kleinen Unterschied ausmacht, habe ich dir ja heute gezeigt, oder? Es geht nicht darum, irgendwelchen protzigen Mist vor sich herzutragen. Niemand braucht fünfzig Jeans, die mit verdammten Diamanten statt Nieten besetzt sind …«
»Was für Nieten?«, unterbreche ich ihn.
»Eine Jeans hat doch Nieten, guck mal, da …« Klaus tippt an meiner Hose auf etwas, das wie ein Druckknopf aussieht. »Und da!, er zeigt mir noch eine.

»Ist mir noch nie aufgefallen«, sage ich.

»Mann, Johnny, du musst wirklich die Augen aufmachen. Sei neugierig und wach! Wo war ich?«

»Frieder«, antworte ich gedehnt und Klaus nickt.

»Also, Frieder hat mir klargemacht, dass man immer nur *eine* Hose, *ein* Paar Schuhe und *eine* Jacke gleichzeitig tragen kann. Man braucht nicht alles Zeug doppelt und dreifach. Aber wenn, dann eben nur das Beste, verstehst du?«

»Mama hat einen ganzen Schrank voll mit Schuhen«, entgegne ich.

»Ja, Frauen ticken in diesem Punkt etwas anders«, lacht Klaus. »Das ist eine Tatsache. Du kannst gern mal versuchen, einer Frau zu erklären, dass sie mit nur einem Paar Schuhe klarkommen soll. Dann möchte ich aber bitte dabei sein. Das möchte ich erleben!«

Warum diese Vorstellung Klaus so einen Spaß macht, kapiere ich nicht.

»Jedenfalls hatte Frieder fast immer die gleichen Klamotten an. Er war übrigens auch ein Fan der Levi's 501 in dem dunklen Blau. Das Ding, das du jetzt trägst. Außerdem hat er 'ne Lederjacke von Schott. Die Schuhe hat er sich maßschneidern lassen. In Italien, glaube ich. Die müssen ungefähr so teuer gewesen sein, wie der gesamte Lohn, den ich in anderthalb Jahren für die Restauration des Porsche bekommen habe. Wie auch immer … Obwohl Frieder die gleichen Klamotten anhatte, kam er fast ständig mit 'ner neuen Armbanduhr. Den anderen Jungs fiel das nicht auf, aber mir. Na ja, ich hab halt ein Auge für …«

»Für Uhren und Schmuck?«, frage ich. »Bist du wegen Raub in den Knast gekommen?

»Nein«, antwortet Klaus. »Ich achte einfach auf Details.«

»Ach, komm schon«, bettele ich. »Jetzt sag' mir doch endlich, wofür du in den Knast …«

»Willst du die Geschichte mit den Uhren nun hören oder nicht?«, unterbricht mich Klaus ganz leise. Ich spüre, dass ihm bald der Geduldsfaden reißt. Also zucke mit den Schultern und nicke ergeben.
»Gut«, sagt Klaus, nun wieder etwas lauter. »Frieder trug die Monaco, die auch du getragen hast, rechteckig und groß. Das Ding fällt auf. Das nächste Mal kam er mit einer runden Uhr wieder. Von Frieder weiß ich 'ne Menge über Uhren. Aber das meiste habe ich mir durch Zeitschriften und Bücher beigebracht. Lesen bildet nicht nur, es macht auch Spaß. Liest du, Johnny?«
»Nö, eher selten«, antworte ich.
»Solltest du mal probieren«, sagt Klaus. Wir haben unsere Runde fast beendet. Ich kann bereits wieder die Geräusche von der Straße hören.
»Wenn du es zum Kotzen findest … na, du weißt schon, was ich meine.«

16.

»Wenn du wirklich wichtige Entscheidungen treffen willst, dann entscheide sofort. Aus dem Bauch heraus. Aber schlafe mindestens eine Nacht darüber, bevor du den anderen deine Entscheidung mitteilst.«
Noch so'n Spruch vom Chef. So nenne ich Klaus natürlich nicht im Ernst, also nicht, wenn er dabei ist. Nur auf die lustige Art: »Is klar, Chef«, oder: »Wird gemacht, Chef!«
Klaus lacht dann. Es gefällt ihm, als Scherz.
Aber mittlerweile hat sich das in meinem Hirn so eingespielt, dass ich mich oft zurückhalten muss, ihn nicht ständig – auch ohne Grinsen – »Chef« zu nennen.
Als ich dem Typen aus der b den Arm gebrochen habe, war das natürlich keine Absicht gewesen. Immerhin hatte er versucht, mir einen Stuhl über die Rübe zu ziehen. Dass er nach einem Tritt von mir, in wirklich LETZTER Sekunde!, mitsamt dem hoch über den Kopf erhobenen Stuhl zu Boden ging und sich an einer Tischkante den Arm brach – nun, traurig war ich darüber nicht. Nicht wirklich. Das habe ich auch ganz ehrlich der Therapeutin erklärt, die mir, mit einem Block und einem Stift, Mittwoch nachmittags im Chemiesaal gegenüber saß. Gerunzelte Stirn, gespitzte Lippen, Brille vorn auf der Nasenspitze. Dieses Über-die-Brille-Linsen hat mich irgendwann ganz rappelig gemacht. Weil sie nie was gesagt, sondern immer nur Fragen gestellt hat.
»Wie war das für dich, Johannes?«
»Es war eklig! Der Sound klang, als würde ein morscher Ast brechen, und dann hat er geschrien und …«
»Nein, ich meine: Wie hast du dich gefühlt, als du Rainer den Arm gebrochen hast?«
»Hab ich doch nicht!« Ich bin aufgesprungen. Aufgesprungen und laut geworden.

Sie linste mit gerunzelter Stirn über ihre Brille und wartete, bis ich mich wieder hingesetzt hatte. So waren die Regeln. Nicht aufspringen, nicht fuchteln oder brüllen. Sonst wird abgebrochen und der Schulverweis erteilt. Also habe ich mich wieder auf den Arsch gesetzt, tief durchgeatmet und leiser wiederholt: »Nicht ich habe ihm den Arm gebrochen. Er ist mit einem ...«, ich sehe mich um, finde im Chemiesaal aber keine vergleichbare Waffe, weil die Reihen hier aus fest verschraubten Bänken mit einzelnen Klappsitzen bestehen, »er wollte mir einen dieser Stühle aus dem Klassenzimmer in die Fresse werfen!«
Sie sah in ihre Unterlagen.
»Du hast ihn also nicht getreten?«
»Doch, verdammt!«
Nicht schreien! Es kostete mich alle Überwindung, wieder runterzukommen. »Sie verstehen das nicht!«
»Erkläre es mir. Dafür sind wir hier«, sagte sie leise.
»Er ist zwei Köpfe größer als ich. Karate AG. Hat mich von der Aula bis in den zweiten Stock in meine Klasse verfolgt. Der Typ hat sich einen Stuhl geschnappt und wollte mich damit TÖTEN! Was ist daran schwer zu verstehen?«
So ging das stundenlang. Jeden Mittwoch.
Sie wollte wissen, wieso ich seinen Namen nie ausspreche – Rainer, RainerRainerRainerArschlochRAINER! –, wieso ich zum Ausflippen neige – tue ich nicht –, sogar dass ich ins Bett gemacht habe, hat sie gewusst, Weiß der Teufel, woher. Ich habe immer noch den Wolf in Verdacht.
Nachdem dann endlich irgendwann Gras über die ganze Sache gewachsen war, hätte ich mir eigentlich denken können, dass es wieder Ärger gibt, wenn Klaus mich mit einem Porsche von der Schule abholt. Der Aufstand auf dem Lehrerparkplatz war ja kaum zu übersehen.

Ich hatte mich gerade daran gewöhnt, Ärger aus dem Weg zu gehen, mit leiser Stimme zu sprechen und keinen zu provozieren. Denn laut Therapeutin war das eins meiner Probleme.
»Du löst Konflikte nicht durch Aussprache mit deinem Gegenüber, sondern indem du das Problem beziehungsweise den Konflikt potenzierst, Johannes.«
Aha.
»Du solltest schwierige Situationen, Konfliktsituationen durch eine Aussprache klären, nicht durch Gewalt.«
Ja, klar. Aber erklär das nicht mir, sondern Rainer.
»Selbst wenn keine Einigung gefunden werden kann, gibt es immer einen Weg ...«

WUMM! Auf die Zwölf. Ich habe ihn nicht kommen sehen. Acki, ganz der gute Freund, erklärt mir später, dass Rainers Tritt in meine Eier und seine Drehung um die eigene Achse echt »elegant« ausgesehen haben. Wie ich keuchend zu Boden gehe, bekommt wohl kaum eine gute Note in Eleganz. Wenigstens sind keine Stühle oder andere Gegenstände in der Nähe, mit denen er mich diesmal erschlagen könnte, während ich am Boden liege, Sterne sehe und keine Luft mehr bekomme.
»Sieh mal an, der kleine Porschefahrer«, höhnt Rainer leise.
Ich sehe mich um. Aber der Fahrradkeller ist nach der sechsten Stunde fast leer. Zwei Schergen des Karatekönigs scheuchen Acki aus dem Keller. Ich weiß, dass er mir geholfen hätte, aber das hilft mir nicht. Nicht in diesem Moment. Mir ist auch völlig klar, dass Rainer mehr als genug Zeit haben wird, mich in diesem Keller fertigzumachen. Denn Acki und ich sind fast die Letzten in der Schule. Der Computerraum steht der AG nach Unterrichtsschluss noch zwei Stunden zur

Verfügung. Und Acki und ich SIND die Computer-AG. Bis er also die Aufsicht aus dem Lehrerzimmer im ersten Stock geholt hat, kann noch viel passieren.
Ich liege zwischen meinem und einem anderen Fahrrad auf dem Boden. Rainer tritt noch mal nach, aber viel Platz für elegante Drehungen hat er nicht. Also beugt er sich über mich, spuckt mir ins Gesicht und rammt mir dann seinen Gips in die Fresse. Ohne weitere Sprüche.
Wie lange muss man so einen Gips tragen? Vier Wochen? Sechs? Ich komme nicht dazu, Rainer zu fragen. Denn meine Nase blutet, und ich sehe, schmecke und rieche Rot.
Man sollte sich nie zu früh freuen, denke ich. Der Spinner hat seine eigene Waffe. Eingebaut!
Vor seinem zweiten Schlag mit der Gipskeule kann ich mich zur Seite rollen und in Deckung gehen. Würde echt total gern eine Nacht über meine Entscheidung schlafen. Lieber 'ne Woche, oder zwei!
Aber dazu lässt er mir leider keine Zeit. Er (RAINER, liebe Therapeutin!) will mich am Kragen aus der Parklücke zerren.
»Wenn kein Platz ist, hol ihn zu dir«, höre ich eine Stimme, die definitiv nicht aus diesem Keller stammt. Offensichtlich hat er noch einiges an Eleganz zu bieten. Was er so alles quatscht, bekomme ich nicht mit. Die beiden anderen Idioten lachen laut, es kann sie ja außer uns niemand hören. Ich kralle mich mit blutverschmierten Händen in die Speichen rechts und links von mir.
»Wenn kein Platz ist, hol ihn zu dir«, hat der Chef gesagt.
»Feifarrer«, nuschle ich das Wort „Beifahrer" absichtlich undeutlich. Und spucke eine Portion Blut auf die Felge meines Bikes.

Die Kette muss geölt werden, die ist total trocken, denke ich.
»Hol ihn *zu dir*!«, rät der Chef.
»Was?«, fragt Rainer.
Ich nuschle noch mal.
»Ischwanurrderrfeifarrer«
Rainer beugt sich tiefer vor, tief genug für mich.
»Jetzt!«, sagt der Chef. Ich schnappe mir das Arschloch. Packe ihn mit beiden Händen am Kragen und reiße gleichzeitig meinen Kopf hoch. Es knackt, der Spinner heult auf und wird den nächsten Gips wohl im Gesicht tragen müssen. Er bekommt von mir noch was mit der flachen Hand auf die Ohren. Manche Entscheidungen muss man sofort aus der Situation heraus treffen.
Ich gewinne! Ohne ein weiteres Wort, denn der Typ hört ja eh nichts mehr.
Frag mich, woher ich das kann. Frag mich, wieso die Sache mit Rainers gebrochener Nase an der Schule nie wieder Thema wurde. Frag doch mal DANACH, Therapeutin!

17.

Klaus' wichtigste Erfahrung im Gefängnis war, dass »es« sich herumsprechen musste. Ich habe genug Knastfilme gesehen, um zu begreifen, was er meint. Du musst dir Respekt verschaffen, sobald du einfährst. Am besten den größten, gemeinsten und bösesten Knastbruder mit einem spitz gefeilten Löffelstiel erstechen, oder so. Damit die anderen SOFORT wissen, wo der Hammer hängt ...
Aber so etwas geht nur im Film und Klaus meinte das nicht. Jedenfalls nicht so.
»Spinnst du, Jo?« Er war echt entrüstet. »Du darfst natürlich niemanden töten! Was habe ich dir über Respekt erzählt?«
Wir standen damals auf der Wiese vor dem Stadion. Um uns herum nur DEG-Fans und vereinzelte Haie. Alle drängten in den Dome, zum Heimspiel der DEG. Aber Klaus hatte keine Augen für die Fans und offensichtlich auch keine Lust mehr auf das Spiel. Dennoch deutete er hinter sich.
»Hier treffen gleich über zehntausend Menschen aufeinander!«
»Ja, und?« Ich hatte keine Ahnung, warum er sich so aufregte. Wollte eigentlich nur das Spiel sehen, aber ...
»Wenn du mir mit so einem blöden Scheiß kommst, stelle ich dich mit deinem rotgelben Fanschal zu den Haien. Dann kannst du da ja mal beweisen, wie du dir Respekt verschaffst!«
»Ey ... Warum bist du denn so sauer?«, will ich wissen.
»Weil du anscheinend nicht begreifen kannst, worum es bei der Sache mit dem Respekt eigentlich geht. Oder willst du es nicht kapieren?«
»Doch, aber ich ...«

»Glaubst du im Ernst, du kannst in der gegnerischen Fankurve einen umnieten, und die anderen machen danach einen Bogen um dich? Mann, Mann, Mann …«
Es war mühsam, hinter ihm herzukommen. Er hatte die Tickets, also musste ich rennen. Und wieder war da diese komische Sache, dass Klaus auch in der Menge immer genug Platz hatte. Ich konnte es ein paar Mal sehen, obwohl ich kaum hinterherkam. Die johlenden Pogo tanzenden Typen auf »Bierdrenalin«, wie Acki es nennt, machen mir Angst. Doch niemand von denen rempelte Klaus an. Es war nicht so, als sei er unsichtbar. Er hatte eher so was wie einen unsichtbaren Schutzschild um sich herum. Wenn jemand in seinen Raum eindrang, genügte ein Blick und Klaus hatte wieder die Schultern frei.
Ich hatte meinen DEG-Schal dabei, Klaus war neutral. Nicht, was das Spiel der Kölner Haie gegen die Düsseldorfer Eislauf Gemeinschaft betraf, da sind wir beide auf der Seite des roten Löwen. Aber er ging ohne Fanzeugs und neutral gekleidet zum Spiel.
Als ich endlich, knapp hinter ihm herhechelnd, den Dome betreten hatte, schlug er tatsächlich die Richtung zu den Haien ein. Er schwamm in ihrem Kielwasser, als wollte er mir damit eins auswischen.
Die Karten hatte ich von ihm zum Geburtstag bekommen, zusammen mit dem ganzen Trip. Doch als ich ihm in die falsche Fankurve folgte und meinen Schal ins T-Shirt stopfte, hatte ich auf nichts weniger Lust, als auf dieses Spiel!
»Was soll der Quatsch?«, fragte ich atemlos, als ich endlich die Chance dazu bekam.
»Eine Lektion in Respekt.« Mehr sagte Klaus nicht dazu.
Als wir später zwischen lauter grölenden Haien standen, während ihre Mannschaft aufs Eis lief, fragte

er mit einem Blick auf meinen unförmig gewölbten Bauch:
»Was ist? Bist du schwanger? Schwing deinen Schal und erweise deiner Mannschaft den nötigen RESPEKT!«
Die DEG Metro Stars verloren 1:5 gegen die Haie im eigenen Dome. Bier hatte ich hinterher nur auf den Klamotten und in den Haaren.
Danke, Klaus!

18.

Die eigentliche Lektion folgte erst nach dem Spiel.
»Du hattest Angst!«, stellte Klaus fest.
»Quatsch! Kein bisschen.« Das war gelogen.
»Zumindest warst du klug genug, keinen Haifan zu töten, damit sie dich respektieren.«
»Hör zu, ich hab echt keinen Bock mehr. Lass uns einfach fahren.«
»Was machst du, wenn dich einer angreift, weil er deinen Schal findet?«, fragte Klaus.
»Wegrennen?«, fragte ich.
»Kluge Entscheidung. Spricht sich aber rum«, antwortete er.
Ich hatte keine Ahnung, was das sollte. Auf dem Programm stand eigentlich noch eine Mahlzeit, deshalb wollte ich weiter. Aber er stellte sich mir in den Weg.
»Hast du dich schon mal geprügelt?«
Die Fans hatten sich in den Straßen verlaufen. Es war dunkel. Klaus schubste mich.
»Ey, hör auf.«
»Was ist denn, wenn dir einer auf die Fresse hauen will? Was machste denn dann?«
Schubs. Diesmal fester.
»Klaus, ich …«
»Was machste denn, wenn du in den Knast kommst? Und die dir alles abnehmen?«
Schubs. Ich ging zu Boden. Und rappelte mich wütend wieder auf.
»Lass den Quatsch! Ich will nach Hause.«
Aber Klaus hatte noch nicht genug.
»Wenn dir einer an die Wäsche will, BEVOR du deinen silbernen Eierlöffel an der Zellenwand zur tödlichen Waffe gefeilt hast?«
Schubs. Lag ich wieder auf dem Rücken. Dabei hatte er echt nicht viel gemacht!

»Hören Sie auf!« Eine alte Frau mit verkleidetem Hund mischte sich ein. Der Köter zitterte neben mir, trotz seiner gestrickten Schutzdecke, die ihm um den Bauch geschnallt worden war. Ich war ihr in dem Moment dankbar, dass sie sich einmischte.
»Entschuldigen Sie«, entgegnete Klaus mit leiser, weicher Stimme. Völlig anders, als gerade eben noch gegenüber mir, fügte er hinzu: »Ich versuche meinem Sohn nur beizubringen, dass man sich wehren muss.« Sie lächelte dünn. Ich lag auf dem Rücken und wurde noch wütender, dass diese alte Schachtel Klaus tatsächlich für die Misshandlung anlächelte. Der Köter wollte an mir schnüffeln, aber ich sprang auf und er begann nervös zu kläffen.
»Das ist nicht mein Vater!«, rief ich.
»Wehr dich doch, Jo«, sagte Klaus. Mit der freundlichen Stimme. Die Frau sah uns beide irritiert an.
Ich stürmte los und wollte Klaus rammen, auf die Fresse hauen, irgendwas! Doch er trat nur einen Schritt zur Seite und ich landete wieder auf der Schnauze.
»Soll ich die Polizei rufen?«, fragte die Frau. Sie hatte tatsächlich ein Handy in den knochigen Fingern.
»Herzlichen Dank«, sagte Klaus. »Aber ich denke, das ist wirklich nicht nötig.«
Und ICH war plötzlich der Böse! Sagte zumindest ihr verächtlicher Blick, während mich der Köter ankläffte.
»Er ist harmlos, das kann ich Ihnen versichern.«
Da war wieder dieses Lächeln von Klaus. Die Frau schmolz förmlich dahin.
»Neulich wollte so ein Strolch meine Handtasche stehlen, aber ich habe ihm ...«
Aufstehen. Losgehen. Kein Blick zurück. Klaus kann mich mal! Ich wollte nur nach Hause. An einem Kiosk kaufte ich mir eine eiskalte Flasche Pils.
Klaus holte mich erst kurz vor der Haltestelle ein. Absolut nicht atemlos. Bester Laune fragte er: »Willst du

wissen, wie man *nicht* fällt? Oder wie man sich verteidigt, wenn man schon am Boden ist?«
»Hau ab!« Ich nahm einen Schluck aus der Flasche. Dann, plötzlich, flog mir das Bier aus der Hand und zerschellte mit einem saftigen Zischen an der Wand. Ein Pärchen drehte sich um, beide sahen schnell wieder weg. Ich hatte die Flasche doch gerade erst geöffnet! Keine Ahnung, wie er das gemacht hat. Essig mit dem Pfandgeld. Was für ein beschissener Abend!, dachte ich.
»Nicht wieder wütend werden«, sagte Klaus „Jetzt kriegst du dein Geschenk.«

19.

»Eier, Ohren, Kehle. Es ist eigentlich ganz einfach«, sagt der Chef. »Um unbesiegbar zu sein, braucht man nur die Magische Drei.«
Es war ein anderes, ein neues Spiel. Es stand 0:0. Noch. Wie er es geschafft hatte, mich wieder auf den Teppich zu holen? Ich habe ehrlich keine Ahnung.
»Etwas anderes ist es, wenn Waffen im Spiel sind.«
Ich sah Klaus dabei zu, wie er im Schein der Straßenbeleuchtung die Scherben der Pfandflasche einsammelte. Sorgfältig darauf bedacht, sich nicht zu schneiden. Bei jedem anderen sähe das lächerlich aus. Bei jemand, auf den man wütend ist, SOLLTE es lächerlich aussehen. Tat es aber nicht.
Unter uns, auf dem Bahnsteig, fuhr die S-Bahn ein. Die ich nehmen müsste, um diesem blödsinnigen Zirkus, der mal ein Geburtstagsgeschenk sein sollte, endlich ein Ende zum machen. Ich war bereits an der Treppe zum Bahnsteig. Doch das Ding fuhr ohne mich wieder ab.
»Du hast dich geschnitten«, sagte ich. Im gelben Licht der Laterne sah das Blut an Klaus' Hand fast schwarz aus.
»Kleine Wunden heilen schnell«, antwortete er. Wieder so'n blöder Spruch.
»Nicht immer, Chef«, sagte ich. Sein Lächeln umarmte mich. Ich reichte ihm eine Packung Taschentücher. Er säuberte seine Hand mit zwei Stück, dann wickelte er das Dritte um die Schnittwunde. Von der Bierflasche war nur noch der dunkle Fleck an der Wand übrig. Plus dem Schluck in meinem Bauch und den Scherben im Mülleimer neben der Treppe zur Haltestelle. Klaus wickelte noch ein Tempo um seine Hand, dann noch eins. Zu viel für meinen Geschmack. Nicht, dass es mir um die Taschentücher ging, aber …

»Willst du es wirklich wissen?«, fragte er so leise, dass ich unwillkürlich näher kommen musste.
»Was?«
»Willstewissen, wiesesich imknast respektverschaffn?«, säuselte er.
»Wie bitte?« Ich verstand ihn immer noch nicht, kam näher.
WUMM. Seine Faust traf meine Mitte.
Doch dieses Mal ging ich nicht zu Boden. Ich spürte den Schlag. Er war nur ganz schwach, ein Demonstrationstreffer von Klaus. Dennoch zogen sich meine Hoden erschrocken zurück. Seine Rechte, mit den Taschentüchern wie mit einem Boxhandschuh umwickelt, lag bereits wieder in Ausgangsstellung an seiner Hüfte. Bereit, erneut vorzuschnellen.
»Wenn du verletzt bist, oder wenn kein Platz ist, hol ihn zu dir. Lass ihn näher kommen«, sagte er. Dann deutet er auf den Reißverschluss meiner Jeans. »Das ist die eins«, sagte er. Ich stand leicht vorgebeugt, weil ich mich so erschrocken hatte, dass ich den Schmerz in den Hoden zu spüren glaubte, obwohl es überhaupt keinen Schmerz gab. Nicht jetzt, nicht hier, Klaus war vorsichtig genug.
Als nächstes traf er meine Ohren. Nicht fest. Ich spürte das »Plopp« seiner linken Handfläche auf meiner rechten Ohrmuschel. Das andere Ohr wurde gleichzeitig von einem dumpfen Schlag mit dem Tempotuchboxhandschuh seiner Rechten getroffen. Dann zog er beide Hände bis zur Brust zurück. Es sah aus, als wolle er mit einer absurden Pantomimenvorstellung den Hühnertanz aufführen. Doch als sein Geflatter mit dem Ellenbogen meinen Kehlkopf traf, verstand ich, dass auch dieser eher angedeutete Schlag mich ausknocken würde, wenn er ihn richtig ausgeführt hätte.
»Mach das niemals, wenn du nicht bereit bist, die Konsequenzen zu tragen«, sagte Klaus. »Wenn du

jemanden tötest, endet dein bisheriges Leben. Vergiss das nie!«

20.

»Wenn du jemanden verletzt, spricht es sich rum«, hatte der Chef gesagt.
Irgendwie kann ich erst jetzt richtig verstehen, warum Anna sich von Klaus getrennt hat. Und wieso Claudi Angst vor dem Mann mit der Glatze und den strahlend blauen Augen hat. Der Wolf verliert nie ein Wort über Klaus. Er fasst mich auch nicht mehr an, seit Klaus wieder im Spiel ist. Kein einziger Klaps und kein vergeblicher Versuch einer Umarmung mehr. Was den Wolf betrifft, habe ich nun Klaus' unsichtbare No-Go-Zone um mich herum. Selbst, wenn wir uns morgens im Badezimmer begegnen. Wenn ich darüber nachdenke, hat mir Klaus mit der Magischen Drei an der Haltestelle beigebracht, wie man einen Menschen killt. Ohne Messer, Gabel, Schere, Licht. Und ohne einen angespitzten Löffelstiel.
Das Blut am Gipsarm macht den Idioten aus der b zu dem, was er ist: zu einem gefährlichen Angreifer. Ohne weitere Diskussionen mit Therapeutinnen, die über ihre Brille schielen und blöde Fragen stellen, wird – wie war noch mal sein Name? Hähä … – ein paar Tage später von der Schule verwiesen. Ich weiß, dass er es nicht mehr hören konnte. Und weil der Karatemeister keine Lippen lesen kann, werden Mutti oder Vati ihm den Blauen Brief wohl SEHR LAUT VORLESEN MÜSSEN.
Du bist raus, Alter!
Die beiden Idioten, die Acki angemacht haben, bekommen noch eine einzige Chance. Die allerletzte, weil sie nur Mitläufer waren. Und das sehe ich ihnen jeden Tag auf dem Schulhof an, wenn sie abdrehen, sobald die coolen Typen der Computer-AG auf den kläglichen Rest der Karate-AG treffen.

Wir waren die *nerds*, die uncoolen Typen mit den großen Computeraugen. Aber seit dem Kampf im Fahrradkeller sind wir die HELDEN!
Alles nur wegen »komm näher, Baby« und den Treffern auf Nase und Ohren.
Nicht das Eishockeyspiel war sein Geschenk. Manchmal ist es eben besser, eine Bahn zu verpassen, um etwas zu lernen.
Und das ist MEIN Spruch, Chef!

21.

Meine Mutter war mal echt schön. Keine klassische »Wow!«-Schönheit wie manche der Babes von Heidi Klum oder so, aber sie hatte was. Etwas ganz Besonderes. Und so jung!, denke ich, als ich mir das gerahmte Bild von ihr und Klaus ansehe. Es steht in seiner Wohnung im Regal neben dem Fernseher. Das Foto wurde vor meiner Geburt aufgenommen, weiß ich von Klaus. Er hat noch Haare und steht lächelnd neben Mama an einem Baum. Im Hintergrund sind über ein Feld hinweg Häuser zu erkennen, einige davon noch nicht fertig gebaut. Die beiden lehnen an dem Stamm und sehen irgendwie gelassen und glücklich aus. Mama hat dieses typische Gesicht drauf, das sie heute noch manchmal macht, wenn sie in den Spiegel sieht und sich schminkt. Oder wenn sie fotografiert wird. Auf dem Foto lächelt Mama, ohne zu lächeln. Das ist echt irre, wie sie das macht. Sie verzieht nicht die Lippen oder Mundwinkel nach oben, sondern lächelt nur mit den Augen!

»Wer hat das aufgenommen?«, frage ich Klaus. Er trägt einen Blaumann und verschließt sorgfältig die Tür des Raums, der früher mal sein Schlafzimmer war. »Das war Opa Schneider«, antwortet er und geht durch das Wohnzimmer Richtung Badezimmer. Dieser Name aus seinem Mund klingt merkwürdig und jagt mir einen Schauer über den Rücken. Ich habe Klaus noch nie über Opa Schneider reden hören. Die beiden konnten sich nicht riechen. Das hat Mama mal erwähnt. Opa Schneider war gegen die Ehe von Anna mit Klaus. Deshalb herrschte nach der Hochzeit Funkstille zwischen Mama und ihrem Vater. Ich sehe mir das Bild genauer an, und kann mir kaum vorstellen, dass Klaus und Mama so gelassen in die Kamera lächeln, wenn Opa Schneider sie hält. Aber was soll's!

»Mama hat schon lange nicht mehr so gelächelt«, murmele ich.
»Was?«, ruft Klaus über das laufende Wasser aus dem Bad hinweg.
»Hunger!«, rufe ich zurück.
»Ich mach mich nur kurz sauber, dann kümmern wir uns um das Abendessen.«
Warum lächelt sie nicht mehr so? Mit den Augen?, frage ich mich. Dann fällt mir auf, dass Mama in letzter Zeit überhaupt nicht mehr gelächelt hat. Als sich Klaus' Arm auf meine Schulter legt, zucke ich zusammen.
»Warum so schreckhaft?«, fragt er. »Hast du ein schlechtes Gewissen?«
»Wo seid ihr da? Was sind das für Häuser?«, will ich mit Blick auf das gerahmte Foto wissen.
»Siehst du den Rohbau? Da, auf der rechten Seite?«, fragt Klaus. Sein Zeigefinger hat noch etwas Schwarzes unter dem Nagel, als er auf das Foto tippt. Er bemerkt es und zieht ein Taschenmesser hervor, mit dem er sich den Nagel säubert, während er weiterspricht: »Das haben deine Mutter und ich damals im Frühling gekauft.«
»Ihr habt ein Haus gekauft?« Ich bin echt verwundert. Klaus nickt, konzentriert sich aber auf seine Fingernägel und das Messer. Er trägt den Blaumann nicht mehr, sondern Jeans und T-Shirt.
»Haben wir da drin gewohnt?« Mir ist völlig klar, wie blöd sich meine Frage anhören muss, aber ich habe absolut keine Erinnerung daran, dass wir mal in einem Reihenhaus gewohnt haben könnten. »Habe ich vor dem Haus in dieser Straße Fahrradfahren gelernt?«
Klaus schüttelt den Kopf. »Das war woanders.«
Er hebt den Blick nicht von den verdammten Fingernägeln, dreht von dem Regal ab und schnappt sich eine Lederjacke vom Sofa, das zu einem Doppelbett ausgezogen ist.

Noch so eine merkwürdige Sache: Klaus schläft neuerdings im Wohnzimmer auf dem Klappsofa, auf dem ich eigentlich sonst schlafe, wenn ich bei ihm übernachte. Sein Schlafzimmer hat er zur »Werkstatt« umfunktioniert. Was er dort hinter der stets sorgfältig abgeschlossenen Tür baut, ist ein »Geheimnis«. Und obwohl er zu Beginn immer so einen Zirkus um den Teppich, die Tapeten oder seine helle Couchkombi gemacht hat, scheint es ihm neuerdings völlig egal zu sein, wenn er mit dreckigen Schuhen aus dem Schlafzimmer durch seine Bude läuft und den Teppich versaut. Was ist da hinter verschlossener Tür bloß los? Er spricht nie über das Zimmer und hört immer sofort mit der Arbeit auf, wenn ich ihn besuche, oder zum Training bei Benni abhole.

22.

So langsam gehen mir seine Heimlichtuerei und die vielen Themen, über die wir nie sprechen können, auf den Geist. Außerdem weiß ich bei Klaus nie, woran ich gerade bin. Ich teile unsere Treffen mittlerweile in drei Kategorien ein: »Training«, »Unterricht« oder »Freizeit«. Und dann in noch etwas, das ich unter »schräg«, oder »merkwürdig« einordnen würde.
Auf dem Weg zum Einkaufen kapiere ich, dass heute wieder Unterricht angesagt ist. Spätestens, als Klaus mit mir an der Aldi-Filiale vorbei über den Kreisverkehr zur Bushaltestelle schlendert. Mit seinem typischen Ich-habe-eine-Überraschung-für-dich-Gesichtsausdruck.
»Gehen wir nicht einkaufen?«
»Wir können die Aldisierung der Welt nicht aufhalten«, sagt er und grinst, weil er mir ansieht, dass ich kein Wort verstehe. »Aber für ein vernünftiges Steak muss man schon mal ein bisschen was leisten. Sich dafür anstrengen und etwas zu zahlen bereit sein.«
Ich verstehe nur Bahnhof. Als er neben mir im Bus Platz genommen hat, erbarmt er sich endlich und erklärt: »Die ganzen Discounter vermitteln mir mit ihren Niedrigpreisen ständig den Eindruck, dass all dieses Zeug, das sie verkaufen, total wertloser Müll sein muss.«
»Warum?«, frage ich.
»Weil man außerhalb der Spargelsaison keinen griechischen Spargel für einsneunundneunzig kaufen kann«, sagt er und zeigt auf einen zerknitterten Prospekt mit bunten Bildern, wie sie immer aus Tageszeitungen und Wochenblättern fallen.
»Wieso?«, frage ich und deute auf den Preis unter dem Spargelbild. »Kann man doch. Da steht es.«
Ich kapiere immer noch nicht, worauf er hinaus will.

»Wie soll das funktionieren? Es kann nicht angehen, dass ein Produkt, welches in Griechenland angebaut, gepflegt, geerntet und zweieinhalbtausend Kilometer bis zu uns gekarrt wird, weniger kostet, als unsere Kurzstreckenfahrt durch die Stadt, oder?«
»So habe ich das noch nie gesehen«, gebe ich zu.
»Mal ganz abgesehen davon, dass die großen Ketten uns ihren Schrott immer billiger anzudrehen versuchen, ist es auch absolut nicht nötig, ständig alles verfügbar zu haben. Spargel wächst bei uns nicht das ganze Jahr über. Dafür kann man sich darauf freuen, wenn Spargelzeit ist. Aber wenn sie das Zeug aus aller Herren Länder einfliegen, wo es früher warm ist oder länger warm bleibt, verdirbt mir das den Spaß an diesem Gemüse. Und wieso, frage ich dich, muss der Bauer das Zeug für das Doppelte bis Dreifache anbieten, als es diese Ramschläden tun?« Er klatscht mit der Handfläche verächtlich auf den zerknitterten Prospekt.
»Weil die Bauern mehr daran verdienen?«, frage ich.
»Blödsinn«, sagt er. Das Thema scheint ihn wirklich wütend zu machen. Ich war noch nie mit Klaus Lebensmittel einkaufen, und wenn ich es mir vorstelle, bin ich lieber nicht dabei, wenn er einen Discounter aufmischt. Bei ihm hat man immer das Gefühl, als Gesprächspartner nicht richtig vorbereitet zu sein. Es würde dem Geschäftsführer nicht anders gehen, schätze ich.
»Also, Mama hat mal gesagt, dass sie uns ohne Aldi und Co gar nicht satt bekommen würde.« Ich weiß, dass es Ärger gibt, bevor ich den Satz beendet habe.
»Was für ein Schwachsinn!«, faucht Klaus. »Das liegt nur daran, dass die verfluchten Discounter ihr das Gefühl vermitteln, sie braucht diesen ganzen Scheiß, den die anbieten. Ich habe lang genug in einer Küche gearbeitet, um zu wissen, dass vernünftige Grund-

nahrungsmittel billiger sind, als der ganze Fertigfraß, mit dem Anna euch füttert …«

Ich weiß, welche Küche er meint. Klaus hat im Knast eine Zeit lang in der Kantine gearbeitet, hat er mal erzählt.

»… wenn sie rechnen könnte oder ab und zu ein wenig nachdenken würde …«

Ich springe wütend auf.

»So redest du nicht über meine Mutter! SIE war da, während du im Knast warst!«

Die Mitfahrer spitzen die Ohren in der Hoffnung auf mehr brisante Informationen. Seltsamerweise regt sich Klaus überhaupt nicht darüber auf, dass ich ihn als Knacki oute. Er hat niemals und gegenüber niemandem je ein Geheimnis daraus gemacht, dass er gesessen hat.

»Erstens erkennt man das an meinem Verhalten, wenn man sich auskennt. Außerdem respektiert man sein Gegenüber nicht, wenn man ihm derart wichtige Dinge verheimlicht«, hat er zu diesem Thema mal gesagt. Nicht, dass er durch die Gegend läuft und jedem die Hand mit den Worten hinhält: »Guten Tag, ich heiße Klaus und bin Knacki«. So nicht. Aber ich habe mehrfach mitbekommen, wie lässig Klaus mit der Tatsache umgeht, dass er gesessen hat. Für eine Straftat, die ich immer noch nicht kenne.

Im Bus ist Klaus die Ruhe selbst, bringt mich dazu, mich wieder zu setzen und zuzuhören. Unterricht.

»Du hast völlig recht, so sollte ich nicht über deine Mutter reden, wenn sie nicht dabei ist. Ich entschuldige mich … bei dir.«

Diese feine Unterscheidung leuchtet mir nicht sofort ein, doch es geht nahtlos weiter: »Du darfst bitte nicht vergessen, wie lange ich abgemeldet war. Als ich damals eingefahren bin, war Aldi als Billigklitsche der

Unterschicht verpönt. Wer etwas auf sich hielt, ist da nicht hingegangen.«

»Echt?« Jetzt hat er mich wieder am Haken. Weil ich mir das kaum vorstellen kann. Der Wolf zum Beispiel ist ein Schnäppchenjäger erster Güte. Wir haben den Fernseher, DVD-Player und sogar die Stühle am Esstisch aus dem Discounter. Das meiste Elektronikzeug in unserer Wohnung ist von Aldi.

»Der Wolf hat sogar ein kleines Buch, in dem für ein Jahr aufgelistet ist, welcher Supermarkt wann die nächsten Aktionen startet. Und mit was.«

Nun ist es an Klaus, zu staunen: »Ein Buch? Mit zukünftigen Angeboten? So was wie einen Führer?«

Ich nicke stumm. Klaus zerknüllt den Prospekt.

»Das ist ja noch ekelhafter, als diese Geiz-ist-geil-Kampagnen!«, sagt er. »Die Bauern müssen ihre Höfe wegen dieses Schwachsinns aufgeben. Wir fressen im Februar Spargel aus Griechenland und im Dezember Erdbeeren aus Kenia. Wahrscheinlich mit Dünger und Pestiziden verseucht. Meinst du, die ausländischen Bauern verdienen daran? Vernünftig?«

Er erwartet keine Antwort auf diese Frage.

»Wenn die Pleite gegangenen deutschen Bauern ihr Arbeitslosengeld oder Sozialhilfe bekommen, können sie sich trotzdem, Aldi sei Dank, ab und zu ein Fläschchen Champagner leisten. Oder sich mit russischem Wodka für einsfünfzig die Flasche totsaufen. Großartig! Die Welt hat einen verdammten Sprung in die falsche Richtung gemacht!«, sagt Klaus und steht auf, als der Bus hält. Die letzten Sätze hat er so laut gesagt, dass die Mithörer nicht mehr die Ohren spitzen müssen. Als sich die hydraulischen Türen hinter uns schließen, bin ich froh, den öffentlichen Teil dieser Veranstaltung hinter mir zu haben. Eine Frau aus dem Bus winkt Klaus sogar durch das Fenster zu!

Ich bin hier am anderen Ende der Stadt schon gewesen. Aber dass es in dieser Straße eine – O-Ton Klaus – »Erstklassige Bio-Metzgerei« gibt, wusste ich nicht. Die altmodische Glocke über der Tür bimmelt, als wir das Geschäft betreten. Eine rundliche Frau im Kittel und mit rosigen Wangen begrüßt Klaus mit Namen, als wir uns vor die Glastheke stellen. Frau Hitzacker. Anscheinend die Chefin, denn der Laden heißt »Metzgerei Hitzacker«. Ich sehe mich um, während die Metzgerin mit einer Engelsgeduld der etwa hundert Jahre alten Oma vor uns »zwei Scheiben davon« und »drei Scheiben, ach nein, machen se von dem da vier« in durchsichtige Folie legt, alles einzeln wiegt und mit einem Bleistift die Preise auf das Einwickelpapier schreibt.

Statt eines Barcode-Scanners steht eine riesige mechanische Kasse am Kopfende der Theke. Sie dürfte in etwa so alt sein wie die Kundin vor uns. Während Oma das Sortiment der Kühltheke scheibchenweise einmal komplett durchkauft, sehe ich Klaus genervt an. Besonders, als die Alte auch noch lang und breit erzählt, dass ihr »Enkelchen« zu Besuch kommt, und »der isst doch so gern Wurst«. Na toll. Was für eine Freakshow!

Klaus grinst mich an und scheint völlig begeistert.

»So hat man vor nicht allzu langer Zeit noch eingekauft«, sagt er leise zu mir. Und ich versuche nachzurechnen, wie viele Jahre er mit »vor nicht allzu langer Zeit« meint. Drei Viertel meines Lebens, meine Fresse! Also, ich kann mich jedenfalls nicht an Einkäufe in solchen Geschäften erinnern.

»Tante-Emma-Laden« hat Mama manchmal solch altmodische Schaufenster genannt, in denen, wie hier zum Beispiel, ein rosa Schwein aus verblichenem Plastik mit einer Schürze und Hackebeil aufrecht steht und lächelnd eine von der Sonne ausgemergelte Plastik-Wurstkette in die Luft reckt. Man erwartet unwillkürlich tote Fliegen auf den Auslagen oder verdörrte Blumen in Vasen. Ich muss immer an Friedhöfe denken, wenn ich in die Schaufenster solcher Geschäfte sehe. Vielleicht, weil von denen mittlerweile noch kaum welche existieren. Klaus findet das anscheinend schade. Ich sehe hier zwar keine toten Fliegen. Aber die Einrichtung, so sauber das Ganze auch sein mag, ist definitiv älter, vielleicht sogar dreimal so alt wie ich!

»Möchtest du eine Scheibe Wurst?«, fragt die Metzgerin. Als wäre ich fünf!

„Gern«, antworte ich lächelnd. „Und dazu bitte zwei Pils.«

Klaus lacht auf, während ich das gerollte Röhrchen Fleischwurst von der großen Gabel mit den zwei Zinken nehme. Die Metzgerin lächelt schmal.

»Was darf's denn sein, Herr Brenner?«, fragt sie, während ich der Oma kauend die Tür aufhalte. Ich weiß nicht, wieso, doch in Klaus' Beisein mache ich solche Dinge, auf die ich sonst nie kommen würde.

»Zwei schöne Sirloin-Steaks für meinen Sohn und mich. Und eine aale Worscht, bitte.«

Ich drehe mich an der Tür um, als ich den fremden Klang in Klaus' Stimme höre. Nicht »alte Wurst«, nein »aale Worscht«! Ich erkenne den hessischen Sound sofort wieder, weil Acki aus Frankfurt kommt und ab und zu auch so gedehnt spricht. Besonders, wenn er sauer wird, klingt »Aggis« Aussprache so breit und nuschelnd. Wie die »aale Worscht« eben.

»Was ist Sirloin? Und wieso kaufst du alte Wurst?«, frage ich Klaus. Die Metzgerin hat sich von meinem Gag erholt und freut sich über meine Neugierde. Sie schneidet von einer der dunklen Würste, die hinter ihr in einer dichten Reihe an Haken hängen, eine fingerdicke Scheibe ab. Sieht aus wie Salami, finde ich.

Und obwohl ich noch den Geschmack einer ziemlich durchschnittlichen Scheibe Fleischwurst auf der Zunge habe, explodiert dieses Stück Wurst in meinem Mund. Natürlich nur der Geschmack, aber der ist ...
»Wow!«, sage ich kauend. Die rotwangige Frau und mein Vater nicken. »Das ist echt lecker«, ergänze ich. Dann hält die Metzgerfrau zwei riesige Fleischlappen vor Klaus in die Luft und sagt: »Schön mager. Genau, wie Sie es gern haben, Herr Brenner.«
Als sie Zahlen auf diesen kleinen Schildern in der Registrierkasse von unten in das Sichtfenster hüpfen, wie Figuren in einem Kasperltheater, halte ich den Atem an. Während Klaus seine Geldklammer aus der Jeanstasche zückt, rechne ich aus, dass das winzige Stück alte Wurst, das ich eben probiert habe, ungefähr so teuer wie mein Busfahrschein gewesen sein muss!
»Hammer, ist das teuer!«, sage ich, als wir uns verabschiedet haben und vor dem Schaufenster (ohne Fliegen) auf dem Bürgersteig vor der Metzgerei Hitzacker stehen.

23.

»Hast du schon getötet?«
Seine leise gestellte Frage erwischt mich wie ein Schlag. Die Luft oberhalb der Pfanne mit den schwarzen Rillen flimmert vor Hitze. Ich blinzle. Öl kommt da keins rein, habe ich gerade gelernt, das würde bei den Temperaturen nur verbrennen. Unterhalb der dicken Rillen in den gusseisernen Zwischenräumen innerhalb von Sekunden verkokeln.
»Schmeckt schlecht und macht Krebs. So ähnlich wie der ganze Grillwahnsinn, den die Deutschen gern veranstalten, sobald es über 18 Grad warm wird.« Klaus hat Spaß. In der Unterrichtsstunde »Wie man ein Steak brät« geht es um Pfannen, Temperaturen und Zeiten, die genau einzuhalten sind. Aber seine Frage ist wieder eine dieser unvorhersehbaren Überraschungen, die ich an unseren Treffen echt hasse!
»Wie meinst du das?«, frage ich. Vorsichtig und wohl wissend, dass er das ganze Thema nun wieder auf links drehen und mich überrumpeln wird. Wie er es eigentlich immer macht, seit ich ihn neu kennengelernt habe.
»Ich erinnere mich daran, dass wir mal Angeln waren«, sagt er. Und massiert kraftvoll das Öl, zusammen mit Pfeffer und Salz, in den zweiten Fleischlappen.
»Du warst noch ziemlich klein. Wir haben an irgendeinem See geangelt. Keine Ahnung, wo das war. Wir haben tatsächlich ein paar Fische gefangen.«
»Was für welche?«, frage ich. Als wenn es einen Sinn machen würde, zu wissen, welche Fische wir …
»Keine Ahnung«, winkt Klaus ab. Obwohl er von Fisch redet, konzentriert er sich auf Fleisch. Er legt die ölmassierten Scheiben in die Grillpfanne. Es zischt aggressiv. Der aufsteigende Duft lässt mir das Wasser im Mund zusammenlaufen. Klaus' Küche ist winzig.

Trotz des offen stehenden Fensters füllt sich der Raum in Sekunden mit diesem wahnsinnigen Bratenduft und ich habe HUNGERHUNGERHUNGER!
»Hast du?«, fragt er.
»Was denn?«
»Getötet.«
»Nein, Scheiße!«, antworte ich.
»Hör auf zu fluchen. Damals am See hast du einen Riesenaufstand gemacht, als wir die gefangenen Fische töten wollten. Erinnerst du dich?«
Ich sehe so was wie ein Foto vor meinen Augen. Ich, in Sandalen und kurzer Hose, auf einem großen Stein. Die Sandalen fühle ich eher, Riemen und Sohle, sehe auch die Fische, dick und silbern. Doch das Zischen und der Geruch in der Küche rauben mir fast den Verstand.
»Nein«, sage ich.
»Wir mussten die Viecher wieder freilassen, so einen Zirkus hast du gemacht. Das war ganz schön peinlich für mich.«
»Wieso peinlich?«
»Wegen deinem Aufstand musste auch der Vater, der uns und seine Tochter mitgenommen hatte, seine Fische damals wieder ins Wasser werfen. Ein Nachbar mit Angelgeschäft.«
Nachbar? Tochter? Angelgeschäft? Ich kann mich wirklich nicht erinnern. Klaus wendet das Fleisch. Die Grillpfanne hat auf der einen Seite der Steaks dunkle Streifen hinterlassen. Wie lautete diese Minutenregel noch mal? Egal, wenn es noch lange dauert, werde ich ohnmächtig!
»Du isst also täglich Fleisch und Wurst, Fisch und Meeresfrüchte. Aber selbst erlegen oder ertragen, wie die Tiere sterben, das kannst du nicht? Richtig?«
Wir sind, trotz (oder gerade wegen) dieses betörenden Geruchs und des Gesprächsthemas wieder in der Ka-

tegorie »merkwürdig« gelandet. Will er mir den Spaß verderben? Obwohl diese Steaks so unglaublich teuer waren? Ist das Teil seines Unterrichts? Oder was soll das jetzt?

Ein Geistesblitz, vielleicht Selbstschutz, weil nach der Minutenregel die Steaks gleich auf den Teller müssen. Auf MEINEN Teller MUSS ein Steak, deshalb antworte ich wie aus der Pistole geschossen mit einer Gegenfrage, die Klaus für den Rest des Abends fast stumm werden lässt.

»Was ist denn mit dir?«, frage ich. »Hast du schon getötet?«

Der Zusatz »Warst du deshalb im Knast?« bleibt unausgesprochen. Aber er hängt schwerer im Raum als der Bratenduft. Mir verdirbt die Frage nicht den Appetit. Oh, nein. Sir Loin! Doch Klaus dreht sich um und verlässt wortlos die Küche.

»Was ist mit den Steaks? Wenn man etwas anfängt, muss man es auch durchziehen! Das sind doch deine Worte, oder nicht?«

»Mach du sie fertig«, höre ich aus dem Wohnzimmer, »du hast gesehen, wie das geht.«

24.

Wir haben schweigend gegessen und ich bin direkt danach abgehauen. Die Steaks waren richtig gut, auf jeden Fall. Nur war die Stimmung zwischen uns absolut im Keller. Ich habe es einfach satt, auf Zehenspitzen durch Klaus' persönliches Tabuthemen-Minenfeld zu stolpern. Die Fragen »Was hast du damals getan? Was hast du vor? Wofür ist dieser Plan? Was machst du in dem zur Werkstatt umgebauten Schlafzimmer?« lagen viel schwerer auf meiner Zunge, als das teure, supertolle Fleisch aus der Bio-Metzgerei von Frau Hitzacker. Auch, wenn ich meins selbst angebraten hatte. Zumindest die eine Seite.

Die nächsten Tage herrschte erst einmal Funkstille. Vielleicht hatte Klaus mich und meine Neugier satt. Vielleicht waren ihm auch einfach nur die Themen für Training, Unterricht oder „schräg" ausgegangen, wer weiß das schon. Mama erzählte zwischendurch, dass sie Klaus bei einer »Kippenpause«, wie sie das nennt, vor dem Baumarkt getroffen hat. Er schleppte zwei große Tüten aus dem Markt. Sie haben drei, vier Sätze gewechselt. Keine tiefschürfenden Gespräche, diese Zeiten waren vorbei.

»Was hat er gekauft?«, frage ich. Mit einer großen Portion geschauspielerten Desinteresse.

»Keine Ahnung«, sagt Mama, »aber die Tüten waren so schwer, dass er sie nicht an den Henkeln tragen konnte. Er musste sie auf dem Arm schleppen. Was weiß ich ...« Damit ist das Thema für sie beendet und es gibt Abendbrot. Leider hat Klaus mir mit seiner kleinen Discount-Exkursion den Spaß an etwa drei Vierteln der Lebensmittel verdorben, die in unserem Haushalt serviert werden. Danke, Klaus! Weswegen ich jetzt die Packungsaufschriften nach Herkunftsländern und Inhaltsstoffen absuche. Ein paar Tage lang

gehe ich dem Wolf und Mama mit meinen kritischen Anmerkungen auf den Geist. Dann sehe ich ab und zu Biosiegel, oder den Spruch »Hergestellt und verpackt in Deutschland« auf den Sachen. Einige genörgelte Wochen später kommt tatsächlich nicht mehr alles fertig aus der Packung und auch nicht mehr alles von Aldi.
Aha, denke ich, nun etwas freundlicher, denn Klaus' Argumente, die ich Mama als meine verkauft habe, scheinen zu ziehen.
Danke, Klaus!
Mit dem Wolf bin ich natürlich immer noch nicht auf einer Linie. Dass er mir schon wieder eine gescheuert hat, schwebt wie eine dunkle Wolke über uns. Da kann er sich sein »Hey, Kumpel« und »Was ist los, Tiger?« sonst wohin stecken.
Aber ein Gutes hat die viele Zeit, die ich plötzlich zu Hause verbringe, anstatt mit Klaus herumzuhängen. Ich spiele wieder viel mehr mit Claudi! Wenn wir drin bleiben müssen, weil das Wetter spinnt oder es schon dunkel ist, puzzeln wir wie die Blöden. Leider fehlen bei diesem 500-Teile-Märchenschloss Neuschwanstein drei Puzzleteile, stellen wir fest, als wir fast fertig sind. Claudi fängt an zu heulen, weil es ihr Lieblingspuzzle ist. Ich kann sie gar nicht beruhigen. In der gleichen Nacht, als sie endlich eingeschlafen ist, klaue ich ihr die Filzstifte und durchsuche die Bude nach Pappe, die genauso dick ist, wie das Zeug, aus dem die Puzzleteile gestanzt wurden. Dann mache ich Schablonen der fehlenden Teile, indem ich die Pappe unter das fertige Puzzle schiebe. Zum Glück konnte ich am Abend verhindern, dass Claudi das ganze Märchenschloss aus Frust über die fehlenden Teile in die Tonne kloppt. Mit ihren Kleine-Mädchen-Wutanfällen erinnert sie mich an den Wolf. Das Ausflippen hat sie von ihm, fällt mir auf. Irgendwie gibt

mir diese Erkenntnis einen Stich. Nur einen kleinen. So, als wäre das Mädchen mit den Zöpfen und dem hinreißenden Lächeln überhaupt nicht meine richtige Schwester. Was sie natürlich ist! Auch als Halbschwester. Aber das ist ein Scheißwort, das ich nicht hören will.

Ich zeichne die Umrisse der Löcher, die die drei Puzzleteile hinterlassen haben, auf der Pappe nach. So weit der einfache Teil. Das Ausschneiden ist dann schon eine ganz andere Sache. Zuerst probiere ich es mit der Küchenschere. Fehlanzeige. Viel zu stumpf, viel zu groß für die winzigen Rundungen, das geht nicht. Mit dem Cutter aus meiner Modellbaukiste sehen die runden Verbindungsdinger aus wie kleine Würfel und passen natürlich nicht mal halbwegs. Bei der dicken Pappe kriege ich das mit dem Cutter also auch nicht hin. Außerdem schneide ich mir fast den Zeigefinger ab und blute einen Teil des Esstischs voll. Zum Glück nicht die Ecke, wo das Puzzle liegt.

»Was machst du?«, fragt der Wolf, als er aus dem Fernsehsessel aufgestanden ist. Er gibt immer so ein halb gestöhntes, halb geseufztes »Ach, jajajaja«-Geräusch von sich, wenn er sich hochwuchtet, um zu pinkeln, oder um sich ein neues Bier zu holen.

»Ich kriege diese kleinen Scheißdinger einfach nicht richtig hin«, gifte ich ihn an, wische das Blut mit dem gesunden Zeigefinger vom Tisch und lecke es ab.

Der Wolf sieht mich ein paar Sekunden lang mit glasigen Augen an. Schimpft er gleich? Oder was?

»Was ist?«, frage ich ihn, nun den blutenden Finger im Mund. Er sagt: »Warte mal.« Dann geht er. Und statt mit einer neuen Flasche Bier, kommt er mit einer kleinen Nagelschere und einem Pflaster für meinen Finger aus dem Badezimmer zurück. Ich werde tatsächlich von ihm verarztet. Dann reicht er mir die

Schere mit der gebogenen Schneide und sagt: »Aber nicht Mama verraten, okay?«
Ich nicke, probiere, die engen Rundungen mit der kleinen Schere zu schneiden, und yeah!, damit geht es.
»Wenn die Teile richtig gut werden sollen«, sagt er und deutet auf die Löcher, »dann würde ich auf den grauen Karton weißes Papier kleben, damit du sie anständig bemalen kannst. Warte …«
Er kommt kurz darauf mit einem Pritt-Stift und einem Blatt Papier aus dem Drucker zurück.
»Aber dann muss ich den ganzen Fieselkram ja doppelt ausschneiden. Das sieht doch niemals gut aus!«
»Kleb erst das weiße Papier auf die Pappe. Dann den Umriss nachzeichnen und ausschneiden«, schlägt er vor.
Auf einmal finde ich den Wolf richtig gut. Er geht wieder aus dem Wohnzimmer. Diesmal kommt er mit der üblichen Flasche Bier zurück, aber auch mit einer großen Rolle durchsichtigem Klebeband. Wie Tesa, nur breiter.
»Schneide drei oder vier Exemplare von jedem Teil aus«, sagt er. Dann fängst du nicht immer wieder von vorn an, wenn du dich vermalst. Die Turmspitze da oben sieht ziemlich kompliziert aus«
Die Aussicht auf das endlose Gefummel einer Serienproduktion fehlender Puzzleteile gefällt mir zwar nicht, aber er hat recht. Wenn ich diese Dinger ausgeschnitten habe, heißt es ja noch lange nicht, dass das Bemalen sofort so hinhaut, wie ich es mir vorstelle.
»Darf ich dir helfen?« Seine Frage überrascht mich. Irgendwie freue ich mich sogar und nicke. »Klar!«
Er zeichnet die Umrisse, nachdem ich das weiße Papier auf den Karton geklebt habe. Ich schneide aus. Das Nachmalen der fehlenden Stellen im Bild stellt sich tatsächlich als der schwierigste Teil der ganzen Sache heraus. Wir einigen uns darauf, mit dem einfachsten

Stück anzufangen. Wolfs Vorschlag, das Himmelteil im eingebauten Zustand zu bemalen, finde ich übertrieben. Ist ja nur blau, das Ding. Aber als ich den Stift ansetze, wird mir klar, wie viele unterschiedliche Blaus es gibt. Wieder bittet mich der Wolf zu warten und rennt raus. Dann kommt er mit der Blechkiste von Claudis gesamten Buntstiften zurück. Es sind über hundert Stück! Allein Blau ist achtmal vertreten. »Und die kannst du mischen!«, strahlt der Wolf und verwuschelt mir lächelnd die Haare. »Das geht mit Filzstiften nicht.«

Wir zwei Puzzle-Restauratoren leisten ganze Arbeit. Es ist das erste Mal, dass der Wolf und ich zusammen an etwas arbeiten. Und es läuft wie geschmiert. So, als wären wir schon seit Jahren ein Team. Eine Sekunde lang bedaure ich, dass ich mich ihm gegenüber oft wie ein abweisender Arsch benehme. Nicht, dass ich ihm gleich in die Arme fallen möchte, aber irgendwie freundlicher zu werden, das nehme ich mir vor.

Den Himmel kriege ich mit den Buntstiften hin. Doch wir verbraten natürlich mehr als fünf Teile, bis die neue Turmspitze wieder halbwegs ins Bild passt. Aber hey, das ist ein verdammtes FOTO von Schloss Neuschwanstein, Claudi! Schwieriger geht es ja wohl nicht. Zuletzt kapiere ich auch, was der Wolf mit der breiten Tesarolle will. Er klebt eins der Teilchen aus der Ausschussware mit dem Bild nach unten auf das durchsichtige Klebeband. Dann dreht er es um und zeigt es mir.

»Damit kriegen wir den Glanz und die Oberfläche hin wie beim Original«, lächelt er. »Außerdem wird es so wasserfest.«

Ich kann sehen, wie stolz er auf seine Idee ist, und lobe ihn lang und breit dafür:

»Mann, Alter. Das ist echt cool!«

Als wir fertig sind, kann man die drei fertigen, eingesetzten Ersatzteile kaum von den originalen Puzzleteilen unterscheiden, zumindest nicht im Licht der Lampe.

»Ich bin gespannt, wie das bei Tageslicht aussieht«, murmele ich, sortiere die Buntstifte ein und ordne das ganze Zeug auf dem Tisch. Erst später fällt mir auf, dass der Wolf gar nichts mehr macht, sondern mich nur mit einem seltsamen Blick ansieht. Irgendwie weggetreten.

»Was ist?« Ich befürchte insgeheim, dass er sich zu den ganzen Bieren in der Küche wieder heimlich ein paar Klare reingezogen hat.

Es dauert einen Moment, bis er antwortet.

»Weißte was, du bist der beste große Bruder, den Claudia sich wünschen kann«, nuschelt er. Dann streichelt er mir wieder über die Haare, nimmt seine Bierflasche und dreht sich schnell um. Ich sehe es in seinen Augen glitzern.

Der Wolf wird doch jetzt nicht heulen, oder?, frage ich mich. Warum denn?

25.

Am nächsten Morgen bin ich als Erster auf, obwohl samstags keine Schule ist. Mama und der Wolf schlafen am Wochenende meistens lange. Der Wolf hat sich noch einige Flaschen Bier reingezogen, die leeren Kannen stehen in der Küche neben dem Kühlschrank. Mama war mit »ihren Mädels« unterwegs. Keine Ahnung, was die da so alles treiben. Essen, trinken, quasseln und so weiter. Sie hat jedenfalls mitten in der Nacht beim Heimkommen in der Küche einen Höllenlärm veranstaltet, weil sie im Dunklen über Wolfs Leergut gestolpert ist. Sie hat die Flaschen mit Klirren und Klimpern bis in den Flur gekickt. Doch anstatt sauer zu werden, wie sie es im nüchternen Zustand immer wird, wenn der Wolf oder ich Zeug rumstehen lassen, hat sie beim Aufräumen nur leise gekichert. Kicherei ist das beste Zeichen dafür, dass Mama total hinüber ist. Sie wird so was von albern, wenn sie »ein Glas zu viel« hatte, dass ich es nicht aushalten kann. Mich nervt sie dann total!
Jedenfalls freue ich mich darauf, was Claudi sagen wird, wenn sie das Puzzle sieht. Letzte Nacht bin ich nicht zu ihr ins Bett, um sie nicht zu wecken. Nachdem ich vier Toast mit Nutella und einen kalten Kakao gefrühstückt habe, regt sich Claudi immer noch nicht. Mir reicht es, ich gehe sie wecken. Zur Feier des Tages bringe ich ihr sogar eine Tasse Kakao ans Bett. Ich will endlich sehen, wie ihre Augen leuchten, wenn sie das fertige Puzzle sieht.
»Claudi! Clauuuudiii …« Nichts. Die Kleine ratzt.
Normalerweise bin ich der Morgenmuffel in der Familie. Wenn ich noch im Halbschlaf durch die Bude krieche, tanzen mir alle anderen schon hellwach auf der Nase rum. Claudi hüpft bereits beim ersten Sonnenstrahl aus dem Bett und kann morgens RICHTIG

anstrengend werden. Besonders, wenn ich mich noch mal rumdrehen will. Aber diesmal ist es genau umgekehrt. Ich halte ihr die kalte Tasse Kakao unter die Nase. Keine Reaktion. Komisch, bei Mama klappt das immer, denke ich. Aber klar, das kalte Zeug duftet ja auch nicht wie eine Tasse schöner heißer Kaffee. Ich streiche ihr über die Stirn, und erst da merke ich, dass mit meiner kleinen Schwester etwas nicht stimmt. Claudi ist total verschwitzt. Sie schmatzt verschlafen, als ich sie wach zu rütteln versuche. Mann, die ist echt tierisch heiß!

»Das ist Claudi doch immer«, murmelt Mama, als ich an ihrem Bett stehe und sage, dass Claudi heiß ist und sie krank sein muss. »Lass sie einfach noch ein bisschen schlafen.« Spricht's und dreht sich auf die andere Seite. Im Schlafzimmer der beiden riecht es nach Alkohol, kaltem Rauch und Furz. Ich werde unsicher, ob ich mir nur einbilde, dass Claudia nicht in Ordnung ist. Denn ein kleiner Heizofen ist sie tatsächlich immer, wenn man neben ihr im Bett liegt.
Ich gehe noch mal rüber und sehe mir meine Schwester genauer an. Schwitzen tut sie sonst nicht so viel. Und wenn ich sie rüttle und anspreche, reagiert sie, als würde sie aus einem tiefen Traum nicht aufwachen können. Mein Herz schlägt mir auf einmal bis zum Hals. Ich renne ins Schlafzimmer von Mama und Wolfgang zurück und rüttle an der Schulter vom Wolf.
»Hey, Claudi geht's nicht gut!«
Der Wolf schmatzt verschlafen und hat offensichtlich auch keinen Bock aufzuwachen.
»Wolf, die Claudi ist krank!«, sage ich.
»Was hat sie denn? Jammert sie?«, murmelt er.
»Nee, die ist nur heiß und will nicht aufwachen.«
»Claudi ist immer heiß. Lass sie einfach schlafen«, sagt er und dreht sich weg. Das gibt es doch nicht! Was ist

denn hier los? Hat jemand letzte Nacht meine Familie betäubt? Auf einmal geht es nicht mehr darum, Claudia das Puzzle zu zeigen. Ich laufe wieder zu Claudi und probiere ihr etwas von dem Kakao einzuflößen. Fehlanzeige. Sie wird nicht richtig wach, labert nur wirres Zeug und die Hälfte von der braunen Brühe landet auf ihrem Schlafanzug und im Bett. Immer wieder starre ich in den Flur zum Schlafzimmer. Ich will keinen Aufstand machen, echt nicht, aber mit Claudi STIMMT ETWAS NICHT, verdammt!
Ich schnappe mir das Telefon und zögere. Soll ich wirklich?
Klaus geht nach dem zweiten Klingeln ran. Ich erzähle ihm, was los ist.
»Was heißt das, du kriegst sie nicht wach?«, fragt er.
»Die waren gestern beide lange auf und wollen jetzt ihre Ruhe haben«, versuche ich die Sache zu erklären, ohne gleich die Pferde scheu zu machen. Irgendwie habe ich ein schlechtes Gewissen, so idiotisch das auch ist. Schließlich habe nicht ich, sondern Anna und der Wolf haben zu viel getrunken.
»Ich rede nicht von Anna, ich meine deine Schwester. Was macht sie genau, wenn du sie zu wecken versuchst?«
»Na, nix!«, antworte ich verstört. »Nur schwitzen und verschlafen vor sich hinbrabbeln.«
»Habt ihr ein Fieberthermometer?«, will Klaus wissen.
»Klar«, ich weiß sogar, wo es liegt.
»Miss bitte mal Claudias Temperatur«, sagt Klaus.
»Wo denn? Im Po?«, frage ich unsicher. Denn dort haben sie bei mir früher immer Fieber gemessen. Ich kann nicht behaupten, dass mir die Vorstellung gefällt, Claudia das Thermometer in den Hintern stecken zu müssen.
»Nein«, sagt Klaus, »Im Mund zu messen reicht. Aber du musst es vorher ein paar Mal ausschlagen.«

»Ausschlagen?«, frage ich verwirrt.
»Ja. Du musst die kleine Flüssigkeitssäule in den dünnen Teil des Thermometers zurückschlagen oder schütteln oder schleudern. Wie auch immer! Hast du das kapiert?«
»Ähh …« Ich stehe bereits im Badezimmer. Das Funktelefon in der einen Hand, wühle ich in der Schublade. Als ich das Thermometer endlich gefunden habe, kapiere ich überhaupt nicht, was er meint.
»Welche Flüssigkeit? Da ist nur einen kleines Display.« Ich drücke etwas, das wie ein Einschalter aussieht. Es piept.
»Ist das ein Fieberthermometer?«, will Klaus verwundert wissen.
»Ja«, sage ich.
»Dann soll Claudia es für zwei Minuten in den Mund nehmen, okay?«
Mit dem Telefon am Ohr gehe ich ins Kinderzimmer und stecke meiner Schwester die Spitze des Thermometers in den Mund. Sie blinzelt ärgerlich im Schlaf, lässt mich aber machen.
»Sag mal, hab ich das eben richtig verstanden? Anna und Wolfgang schlafen immer noch?«, fragt Klaus.
Wir betreten dünnes Eis. Ich will nicht zu viel verraten. Aber anlügen will ich Klaus auch nicht.
»Die Claudi ist immer heiß, haben sie gesagt.« Das stimmt ja so weit.
»Haben die beiden gestern getrunken?«, will Klaus wissen. Ich winde mich, will nicht wirklich antworten. Dann piept es.
»41,5«, lese ich von dem kleinen Display ab.
»Okay«, sagt Klaus. Dann schweigt er einen Moment lang.
»Was soll ich machen?«, will ich wissen.
»Du misst jetzt bitte noch einmal. Währenddessen erkläre ich dir die Möglichkeiten.«

»Alles ... äh, alles klar«, sage ich.
ÜBERHAUPT NICHTS ist klar! Ich drücke wie ein Bekloppter auf dem kleinen Knopf des Thermometers herum, bis es wieder piept. Mein Herz schlägt mir bis zum Hals. Claudi ist krank, Anna und der Wolf schlafen ...
»... und das wäre die schnellste Möglichkeit an einem Samstagmorgen Hilfe zu holen, hast du verstanden?«, dringt Klaus' Stimme endlich wieder zu mir durch.
»Was? Ich habe nicht ...«
»Wenn das Thermometer wieder die gleiche Temperatur anzeigt, solltest du die 112 wählen und einen Notarzt rufen. Es gibt auch spezielle Kindernotärzte«, wiederholt er. »Du musst auf jeden Fall Anna wecken. Sie kann nicht so weggetreten sein, dass sie nicht wach wird, um sich um Claudia ...«
Es piept wieder. Ich sehe auf das Display und mir rutscht das Herz endgültig in die Hose.
»42«, sage ich. »Jetzt steht es auf 42, Klaus ...«
Diesmal keine Pause. Ich bin noch nicht ganz fertig, da bekomme ich klare Anweisungen:
»Ruf die 112 an. Die sollen einen Notarzt schicken. Beschreib denen das Fieber, den Zustand und wie alt Claudia ist. Wo ihr wohnt und so weiter. Dann weckst du deine Eltern!«
»Kann ich Mama nicht zuerst wecken?«
Kleine Pause, dann höre ich Klaus' ruhige Stimme fragen:
»Das hast du schon versucht, oder?«
»Ja«, hauche ich.
»Johnny«, sagt Klaus sanft, »Claudia hat eine gefährlich hohe Temperatur. Sie muss zum Arzt. Und zwar sofort! Du bist alt genug, um einzuschätzen, ob deine Eltern schnell genug auf den Beinen und fit sein werden, um die richtige Entscheidung zu treffen.«

»Meine Eltern«, murmele ich. Das Wort klingt plötzlich schlecht, obwohl Klaus es nicht abfällig gemeint hat.
»Kannst du kommen?«, bitte ich. Neben mir stöhnt Claudia und wischt sich den Schweiß aus dem geröteten Gesicht.
»Ich hab da nichts zu suchen, muchacho«, sagt er. »Das ist 'ne echte Zwickmühle, denn falls die beiden Ärger machen, wenn ich auftauche …«
»Bitte Klaus! Ich rufe auch sofort den Notarzt an.«
Die Entscheidung ist getroffen. Offensichtlich die richtige, denn er zögert nicht länger:
»Gut … Ich bin in zehn Minuten da.«

26.

Es wird ein furchtbarer Samstag!
Dem Mann bei der Feuerwehr muss ich vorlügen, dass meine Eltern einkaufen sind, damit der Rettungsdienst überhaupt anrückt. Ich bin ganz offensichtlich nicht der erste »Jugendliche«, der sich mit dem Mann am Telefon einen Scherz erlaubt. Doch als er Claudi im Hintergrund stöhnen hört und ich kurz davor bin, den Arsch hysterisch anzuschreien, schickt er den Notarzt.
Ich beruhige mich, und Claudia bekommt einen kalten Waschlappen von mir auf die Stirn gelegt. Das gefällt ihr nicht, und sie beginnt zu weinen. Wach wird sie nicht. Doch weinen und schreien kann sie auch mit geschlossenen Augen. Im Flur tut sich immer noch nichts, also reiße ich die Tür zum Schlafzimmer von Mama und dem Wolf auf.
Da liegen sie. Meine Eltern, denke ich und starre angewidert auf das Bett. Meine Fresse! Dann reiße ich das Fenster auf. Ob ich die beiden aufrecht und angezogen kriege, bis der Notarzt ankommt? Schaffe ich das, sie aussehen zu lassen, als kämen sie gerade vom Einkaufen?
Keine Chance, wird mir klar. Ich zerre den beiden die Decke weg und versetze sie mit Geschrei in Alarmbereitschaft. Es scheint Stunden zu dauern. Ich höre schon die Sirene!
Kurz darauf klingelt es. Nur einmal, nicht Sturm. Zwei Männer in rot-gelben Leuchtwesten kommen in die Wohnung. Nichts von wegen Laufschritt oder so. Sie betreten Claudias Zimmer so vorsichtig, als könnten sie etwas von ihrem kostbaren Spielzeug auf dem Boden zertreten. Ich wundere mich, dass die Typen es nicht eiliger haben.

Während der eine seinen Koffer öffnet und der andere leise auf Claudi einredet, taucht der Wolf in T-Shirt, Unterhose und Socken im Türrahmen auf.

»Was'n hier los?«, will er gähnend wissen. Hinter ihm erscheint Mama und knotet sich den Bademantel zu.

»Ich habe den Notarzt gerufen«, sage ich.

Pause.

»Wir müssen die Kleine sofort mitnehmen«, sagt der Arzt.

Pause.

»Hallo«, sagt Klaus. Ich sehe ihn hinter dem Wolf und Anna im Türrahmen stehen. Alle drehen sich um.

Lange Pause.

Dann wird es richtig übel!

27.

Die Männer schweigen sich einen Moment lang hasserfüllt an. Dann greift der Wolf hinter sich und zieht in einer einzigen fließenden Bewegung einen monströsen Krummsäbel hinter seinem Rücken hervor. Noch bevor ich etwas tun oder sagen kann – ich befinde mich in einer ganz eigenen Art von Zeitlupe –, höre ich von der anderen Seite das metallische Geräusch einer Schusswaffe, die durchgeladen wird. Und richtig: Als ich den Kopf zu Klaus wende, sehe ich, wie dieser eine abgesägte Schrotflinte auf seinen Gegner richtet. Ich brülle »NEEIINNN!«, doch aus meinem Mund ist kein einziger Ton zu hören.
Das ist 'n schlechter Film, denke ich. Um nicht Zuschauer eines blutigen Duells werden zu müssen, will ich die Tragödie verhindern. Ich werde mich heldenhaft zwischen Säbel und Flinte werfen und diesen Kampf beenden. Selbst, wenn ich dabei draufgehen sollte!
Doch als ich mich bewegen will, fühlt es sich an, als hätte man meine Füße in Stahlbeton gegossen. Mit übermenschlicher Kraftanstrengung versuche ich, die Beine zu bewegen. Es geht nicht!
Ich höre das flüsternde Zischen des Säbels, den der Wolf mit aller Kraft Richtung Klaus schwingt, dann den ohrenbetäubenden Schuss aus dessen Flinte. Pulverdampf hüllt uns ein, Schreie sind zu hören …
Zu spät! Ich war zu langsam!
Es ist endgültig zu spät …

28.

»Johannes, wach auf!«
ichkannnicht
»Johannes, bitte, mach' die Augen auf!«
mirtutallesweh!
FLATSCH
Ein kalter Lappen auf meinem Gesicht holt mich in die Wirklichkeit zurück.
Dieses Mal müssen keine Rettungssanitäter mit der Trage kommen. Der Hausarzt reicht. Für ihn war völlig klar, dass Claudi mich anstecken würde. Was wir uns eingefangen haben, heißt »Pfeiffersches Drüsenfieber«. Eine echte Scheißkrankheit, die man zum Glück nur einmal im Leben bekommt. Danach ist man immun, sagt jedenfalls der Doc. Ich soll im Bett bleiben und viel trinken. Meinen Gag, zwei große Pils zu bestellen, findet keiner lustig. Die Stimmung ist gedrückt, obwohl sich bei Claudi herausgestellt hat, dass ihr, außer der Infektion und dem Fieber, weiter nichts fehlt.
Aber die Sache im Hausflur, die Claudi glücklicherweise nicht mitbekommen hat, weil die Sanitäter sie rausgetragen hatten, tja, die war echt übel für alle Beteiligten. Das war kein lustiger Film, sondern 'ne ganz ernste Kiste. Um es kurz zu machen: Es kann sein, dass Klaus wieder in den Knast muss. Wenn der Wolf ihn anzeigt, hat Klaus verloren. Die beiden sind sich im Hausflur an die Gurgel gegangen. Denn Klaus hat Mama und dem Wolf vorgeworfen, die elterliche Fürsorgepflicht – O-Ton Klaus – vernachlässigt zu haben. Daraufhin ist Anna ausgeflippt und hat ihn rausgeschmissen. Dann wollte der Wolf von mir wissen, ob Klaus mich dazu »angestiftet« hat, den Notarzt zu rufen. Ich war wie versteinert und habe gar nichts gesagt, aber Klaus hat aus dem Hausflur für mich ge-

antwortet. Ich habe nicht verstanden, was er gesagt hat, aber der Wolf ist augenblicklich ausgeflippt und auf Klaus losgegangen. Es fielen Beschimpfungen wie »Knacki«, »Säufer« und Drohungen wie »auf die Schnauze hauen« (Wolf) und »Jugendamt informieren« (Klaus). Das Ende vom Lied war eine handfeste Rangelei im Treppenhaus. Anna und ich versuchten einzugreifen, aber da war es bereits zu spät. Obwohl der Wolf fast zwei Köpfe größer ist als Klaus, wurde er von meinem Vater mit nur einem einzigen Schlag ausgeknockt. Mama und ich hatten alle Hände voll zu tun, dass die Schiefers, unsere Nachbarn im ersten Stock, nicht die Bullen und einen neuen Notarzt bestellten. Klaus ist abgehauen und wir haben den Wolf in die Wohnung gezerrt und aufs Sofa gelegt. Als er wieder zu sich gekommen ist, hat er natürlich Gift und Galle gespuckt. Anzeigen und verklagen wollte er Klaus. Ich glaube, er war so sauer, weil es ihm peinlich war, einfach von Klaus umgehauen worden zu sein. Irgendwie erniedrigend.

Mama wollte die Sache auf sich beruhen lassen. Sie hatte ein total schlechtes Gewissen, wegen der Sache mit Claudi. Sie war wenigstens selbstkritisch. Aber der Wolf kann Fehler nicht zugeben. Das macht ihn nur noch wütender. Ich habe mir den ganzen Blödsinn noch ein paar Minuten lang angehört, dann bin ich in mein Zimmer gegangen. Und schon zwei oder drei Stunden später ging es mir nicht mehr gut. Da der ganze Stress mit Claudi gerade erst passiert war und es noch keine Diagnose gab, ist Mama angst und bange geworden. Sie hat den Hausarzt gerufen und der Wolf ist zu Claudi ins Krankenhaus gefahren.

Ich weiß noch, dass ich die ganze Zeit bis der Arzt kam, aufstehen und »alles regeln« wollte. Irgendwie hatte ich mir in den fiebrigen Kopf gesetzt, dass ich zu Klaus müsste. Ich wollte ihn unbedingt davon überzeugen, dass er sich bei dem Wolf entschuldigt. Er sollte wenn nötig auf Knien um Verzeihung bitten, wollte ich ihm unbedingt vorschlagen. Wohl wissend, dass Klaus eher wieder in den Knast gehen würde, als sich bei meinem Stiefvater dafür zu entschuldigen, dass er das Richtige für Claudi getan hat. Die ja noch nicht einmal seine richtige Tochter ist. Klaus hat sich um die Familie gekümmert.

»Familie«, das Wort muss ich im Fieberwahn immer wieder gestammelt haben. Das ganze Durcheinander unserer Familie flog mir plötzlich um die Ohren. Klaus war nicht mehr Annas Mann und ist nicht Claudis Vater, aber meiner. Anna ist die Mama von meiner Schwester und mir. Der Wolf ist nicht mein, aber Claudis Vater. Und mit Anna verheiratet. Ich bekam Panik. Es drehte sich alles. Klaus, mein echter Vater, geht nicht über Los, zieht keine Kohle ein, sondern wandert direkt in den Knast. Wie beim Monopoly. Der Wolf, der ab und zu ausklinkt und mich haut, wurde selbst umgehauen und ist jetzt noch wütender. Und meine liebe Mutter steht dazwischen. Ihre Mundwinkel hängen vor lauter Kummer immer tiefer. Ihre Falten, die Augenringe, das alles lässt sie zusätzlich noch trauriger wirken. Weil sie sich alt und hässlich findet. Meine Güte! Meine Panik verwandelte sich eine schmerzhaft große Liebe zu Mama. Ich liebte sie auf einmal so sehr, dass ich mich im Bett aufsetzte und Anna an mich drückte, bis sie blaue Flecken auf dem Rücken bekam. Hat sie mir später gezeigt. Ich schwitze und heule wie verrückt, es klingelt und ich schreie »Mama! Geh nicht weg! Geh bitte nicht …« Wie ein Baby.

Dabei will sie nur die Tür aufmachen. Ich falle ins Bett zurück, schließe die Augen und bin sofort weg.

Dann kommt der Arzt.

29.

»Pfeiffersches Drüsenfieber wurde von einem Kinderarzt erfunden«, erzählt Claudia mir später vom Nachbarbett aus. Sie ist von ihrer abenteuerlichen Fieberreise in die Notaufnahme zurückgekehrt, wieder quietschfidel und quasselt mich den ganzen Tag lang voll. Aber das nervt mich nur, wenn ich zu Schlafen versuche.
»Rate mal, wie der Kinderarzt heißt, der das erfunden hat!«, fordert sie. Ich mache ihr die Freude.
»Priesemut?«, rate ich. Claudi grinst. Sie kapiert sofort, dass ich sie zu veräppeln versuche. Schließlich sind »Nulli und Priesemut« ihre Lieblingsfiguren aus der Sendung mit der Maus. Einer von den beiden ist ein Hase. Ich weiß aber nicht mehr, wer. Ich gucke das nicht, lasse mich nur rufen, wenn »Shaun das Schaf« läuft. Die Filme mit den englischen Knetefiguren finde ich nämlich geil.
»Nein, du Depp!«, ruft Claudi und lacht. Sie ist die Einzige, die mich ungestraft so nennen darf. »Der das erfunden hat, heißt Pfeiffer. Ist doch klar.«
Ich nicke. Ist klar.
»Pfeiffer hat das Drüsenfieber nicht *er*funden, sondern wahrscheinlich die Erreger *ge*funden«, sage ich. Claudi will natürlich wissen, was Erreger sind und wie man sie findet. Ich seufze so leise, dass sie es nicht hört. Dann fange ich an zu erklären.

30.

Das Schlimmste am Kranksein ist die Langeweile. Ich kann mich nicht erinnern, in meinem Leben schon mal fünf Tage am Stück liegend in der Bude verbracht zu haben. Furchtbar! So viele Spiele kann man gar nicht spielen. Die gibt es gar nicht! Zumindest nicht in unserem Haushalt oder in der Stadtteilbibliothek. Da Bücher eher Claudis als mein Ding sind, bringt Mama für sie Tonnen von Bilderbüchern mit und bietet mir an, ein paar Filme besorgen.
»Was willst du denn sehen?«, fragt sie.
»Alles mit Steve McQueen«, antworte ich. Mama hebt die Augenbrauen, zuckt dann mit einem »ist gut« die Achseln und zieht los. Dass sie mich nicht fragt, warum ich mir uralte Schinken aus den Siebzigern mit einem bestimmten Schauspieler ansehen will, wundert mich. Woher der Wind wirklich weht, kapiere ich erst, als sich Mama neben mich setzt, um mit mir zusammen *Thomas Crown ist nicht zu fassen* zu gucken. Wir haben es uns auf der Couch gemütlich gemacht. Ein komisches Gefühl, an einem Wochentag um 11:00 Uhr morgens in eine Decke eingewickelt mit der eigenen Mutter vor der Glotze zu hängen. Aber der Wolf ist nicht da, Claudi über einem der Bilderbücher eingeschlafen und Mama hat sich freigenommen, um uns zu pflegen. Sie hält eine Tasse Tee umklammert und seufzt neben mir leise, wenn McQueen ein cooles Gesicht macht. Was er eigentlich ständig tut. Als McQueen anfängt, nach dem Schachspiel mit der Blondine zu knutschen, hält es sie kaum noch im Sitz.
»Gegen Steve ist George ein Niemand«, gurrt sie.
»Welcher George … ah, klar«, sage ich, als mir aufgeht, dass sie Clooney meint.
»Und Brad Pitt?«, frage ich. Sie deutet mit dem Kinn auf den Bildschirm.

»Ich stehe auf richtige Männer, nicht auf Bürschchen«, antwortet sie. Ich greife nach ihrer Tasse, doch sie zieht sie schnell weg.
»Was ist denn? Warum darf ich nicht mal trinken?«, frage ich.
»Du, ähh ... bist doch noch, äh ... ansteckend«, stottert sie. »Ich hole dir einen Tee, Moment ...« Sie steht auf und geht in die Küche. Komisch, sie hat mir doch erklärt, dass man immun sei, wenn man das Fieber einmal hatte. Und Mama hatte es als Kind!
Ich rieche an ihrer Tasse. Da ist nicht nur Tee drin, sondern auch eine ganz ordentliche Portion Rum, bemerke ich. Warum hat sie das denn nicht gesagt? Als Mama wiederkommt, antwortet sie auf meine Frage, dass ihr kalt sei, deshalb der Schuss Rum. Dabei scheint sie sich zu schämen. Ich teile meine Decke mit ihr und denke mir nichts weiter dabei.
Der Film ist insgesamt nicht so der Hammer. Ein steinreicher Penner raubt zum Spaß Banken aus. Oder besser: Er lässt die Banken von anderen Jungs ausrauben und flirtet mit einer Versicherungstussi, die ihn überführen und festnehmen will. Wie soll McQueen damit den Actionfilm erfunden haben, wie Klaus behauptet? Lächerlich.
»Können wir noch einen gucken?«, bettele ich.
»Nee, Jo. Die anderen heben wir uns für morgen und übermorgen auf. Ein Film pro Tag reicht.«
Während der Abspann läuft, dreht sich Mama zu mir um und fragt:
»Sag mal, hast du eigentlich im Moment eine Freundin?«
»Mama!«, protestiere ich und strampele mich aus der Decke frei, um zu fliehen. Aber sie legt mir die Hand auf die Brust.
»Ich wollte ja nur mal fragen, weil du darüber nie sprichst«, sagt sie und steht auf.

Weil es nichts zu erzählen gibt, hätte ich antworten können. Tue es aber nicht. Um mich nicht weiter in Verlegenheit zu bringen, fragt sie, ob ich einen frisch gepressten Orangensaft möchte. Ich nicke begeistert. Seit Klaus mir den Unterschied von frisch gepresstem Saft zu der gelben Plörre aus dem Tetrapack gezeigt hat, habe ich versucht, das Getränk in unserer Familie einzuführen. Tagelang habe ich vom Geschmack und den Vitaminen erzählt, und wie lecker das frisch gepresste Zeug sei. Aber bisher waren Mama und der Wolf zu faul oder zu geizig, Orangen zu kaufen.

»Haben wir überhaupt 'ne Presse?«, frage ich. Weil mir so was noch nie in unserem Haushalt aufgefallen ist.

»Ich habe eine besorgt, damit ihr schneller gesund werdet«, lächelt Mama. »Außerdem hatten die bei uns im Markt elektrische Pressen für neun Euro fünfundneunzig im Angebot. Toll, oder?«

»Im Sonderangebot« murmele ich. Etwas enttäuscht, dass Mama nur wieder wegen eine Billigheimer-Aktion diese Anschaffung gemacht hat. Klaus hat recht, dieses Geiz ist geil-Ding ist wirklich wie eine Seuche! Von wegen »damit ihr schneller gesund werdet«! Wenn sie für eine Presse den normalen Preis hätte zahlen müssen, gäbe es immer noch die gelbe Zuckerplörre mit einem Prozent Plastikfruchtanteil. Da bin ich sicher! Aber vielleicht tue ich ihr ja auch Unrecht.

»Was meinst du?«, reißt mich ihre Frage aus den Gedanken. Ich sehe in Mamas fragendes Gesicht.

»Im ›Angebot‹ ist alles. Wenn sie etwas billiger verticken, nennt man es ein ›Sonderangebot‹«, antworte ich.

»Klugscheißer«, sagt sie lächelnd. Und nach einer Pause: »Weißt du, dass ich manchmal richtig stolz auf dich bin?«

Bevor ich etwas erwidern kann, geht Mama mit einem leisen »Ich mache dann mal den Saft«, aus dem Zimmer. Aber natürlich weiß ich, was sie meint. Denn Mama schämt sich immer noch wegen der Nummer mit Claudias Fieber.

Dass ich mit der Einführung von frisch gepresstem Orangensaft die Probleme in unserer Familie viel schlimmer machen würde, konnte ich zu diesem Zeitpunkt noch nicht ahnen.

31.

Johannes und die Mädchen. Das ist ein Thema, nach dem ich für meinen Geschmack viel zu oft gefragt werde. Den Erwachsenen kann ich ja immer irgendwas erzählen. Aber mittlerweile fragt mich auch schon Acki danach. Dabei hat er es gerade nötig! Als Acki mit Eva zusammenkam, hat er Stein und Bein geschworen, dass sich nichts ändern würde …

»Gar nichts, Jo. Ehrlich! Zwischen uns bleibt alles beim Alten!«

Von wegen. Am Anfang habe ich noch verstanden, dass die frisch Verknallten unbedingt jede Minute ihres weiteren Lebens wie siamesische Zwillinge verbringen mussten. Aber dieses aneinandergeklammerte Verliebtsein dauert ewig! Ich bekomme Acki nur noch in der Eva-und-Acki-Arm-in-Arm-Version zu Gesicht. Er hat mich nicht ein einziges Mal besucht, während ich mich hier zu Tode langweile. Das ist echt hart. Er war mein bester Freund! Und Stefan ist gerade nach Hamburg gezogen. Jetzt habe ich außer den Jungs vom Basketball eigentlich keine Kumpels mehr. Noch schlimmer: Mama und der Wolf wollen nicht, dass ich mich mit Klaus treffe, »bis diese Sache geregelt ist«, wie Mama sich ausdrückt.

»Was gibt es denn da zu regeln?«, will ich wissen. »Der Wolf darf Klaus nicht anzeigen! Wenn er das tut, geht Klaus zum Jugendamt und bringt euch in Schwierigkeiten. Und dann soll er wieder in den Knast kommen? Das ist doch Schwachsinn!«

»Ich weiß es ja«, sagt Mama und schaut total traurig aus ihrem bunten Obi-Kittel. Sie kann sich nicht länger frei nehmen. Claudi ist wieder auf dem Damm und geht sogar wieder in den Kindergarten. Ich habe immer noch erhöhte Temperatur, deshalb muss ich zu Hause bleiben und mich ruhig verhalten.

»Liegen und viel trinken«, hat der Arzt gesagt. Obwohl mich das echt wahnsinnig macht, nicht rauszukommen. Als Mama weg ist, sehe ich mir Steve McQueens letzten Film an. *Jeder Kopf hat seinen Preis.* Der ist echt cool. Allerdings scheint Steve da irgendwie nicht mehr ganz so fit zu sein wie früher. Das Ding ist aus den Achtzigern, so alt war er doch da noch nicht, überlege ich. Nachdem ich bei Wikipedia nachgelesen habe, dass man während der Dreharbeiten zu seinem letzten Film Krebs bei Steve festgestellt hat, werde ich ganz traurig.

32.

»Der arme Kerl ist mit fünfzig gestorben«, sage ich.
»Der ›arme Kerl‹«, antwortet Klaus und dehnt meine Redewendung dabei ironisch, »war einer der größten Hollywoodstars seiner Zeit. Der hatte in seinen fünfzig Jahren mehr Abenteuer, als wir beide bis zu unserem Achtzigsten zusammen erleben können. Und zwar Gutes und Schlechtes, mein Sohn. Von Kohle und Frauen mal ganz abgesehen.«
Ich muss unwillkürlich grinsen. Das ist eine typische Klaus-Betrachtung. Wir sitzen auf einer Bank auf der Terrasse von Bennis Muckibude. Zum Glück liegt sie auf der von Obi angewandten Seite. Ich will auf keinen Fall, dass Mama mitbekommt, dass ich rausgegangen bin, obwohl ich noch Fieber habe. Und Klaus zu treffen ist schließlich ganz verboten. Aber ich war echt einsam in unserer Bude und hatte Sehnsucht. Nach Klaus. Das klingt komisch, was, ist aber so. Als ich ihn zur Begrüßung drücke, sehe ich Sterne. Vielleicht, weil ich mit dem Rad dann doch zu viel Gas gegeben habe. Aber ich kann mit dem Ding einfach nicht langsam fahren. Klaus sieht mich kritisch an.
»Alles in Ordnung mit dir? Du bist ziemlich blass um die Nase.«
»Jaja, bin okay«, sage ich und blinzle, damit die kleinen tanzenden Sterne verschwinden.
»Ist Claudia auch wieder gesund?«
»Der geht es besser als mir. Sie geht schon wieder in den Kindergarten«, antworte ich.
Klaus nimmt mich am Arm, führt mich auf die Terrasse und holt uns Wasser.
»Ist dieses Drüsenfieber eigentlich ansteckend?«, fragt Klaus.

»Nur, wenn du mich küsst«, antworte ich und grinse.
»Ich hatte es von Claudi, aber jetzt habe ich's hinter mir, echt!«
Klaus nickt und mir geht plötzlich ein Licht auf. »Jetzt kapiere ich, warum Acki nie vorbeigekommen ist. Der hatte Angst davor, sich und seine angewachsene Eva mit dem Pfeifferschen Fieber zu infizieren!«
»Was ist eigentlich bei dir mit Mädchen los?«, fragt Klaus. Er sieht dabei ganz harmlos über die Brüstung in den Hof des Getränkediscounters. Ja klar, Steve McQueen und die Frauen, Acki und Eva – ich hätte mir denken können, dass Klaus auf dieses Thema kommt. Ist ja nicht das erste Mal. Er bekommt die Standardantwort:
»Klaus. Lass mich in Ruhe!«
Doch dieses Mal will er sich nicht mit einem Lächeln und einem Schulterknuffen zufriedengeben. Er dreht sich zu mir um, sieht mich todernst an und fragt: »Bist du vielleicht schwul?«
»Was soll denn der Scheiß?«, frage ich lauter als beabsichtigt. Denn diese blödsinnige Gegenfrage höre ich nicht zum ersten Mal. Und sie macht mich richtig sauer!
»Ich meine das nicht böse. Ist völlig okay, wenn du's bist. Ich will einfach nur verstehen, warum mein fünfzehnjähriger Sohn keine Freundin im Arm hat wie alle anderen Jungs in deinem ...«
»Ist es denn wirklich so außergewöhnlich, dass ich mit fünfzehn ... keine Freundin habe?«, unterbreche ich Klaus. Schon wieder zu laut. Das *noch* vor *keine Freundin* muss ich mir mühsam verkneifen.
Klaus zuckt mit den Schultern. Dann nickt er und sieht mich offen an: »Ja«, sagt er, »ich finde es merkwürdig.«

Aha, jetzt ist es raus. Ich werde dunkelrot. Mein Vater hält mich für schwul oder für einen Versager. Am besten beides: ein schwuler Versager!
Das Schlimme an der Sache ist: Ich weiß einfach nicht, warum ich solo bin! Ich bin mir ziemlich sicher, dass ich auf Mädchen stehe. Ist ja leicht zu beweisen, schließlich hatte ich eine Erektion im Jeansladen. Oder wenn ich mir einen runterhole, dann denke ich an …
Na ja, das geht jetzt zu weit. Jedenfalls denke ich an Mädchen und Frauen, nicht an Jungs. Damit halte ich das Thema »schwul« für abgehakt.
Aber wie soll man seiner Umwelt erklären, dass man einfach noch nicht so weit ist? Natürlich fand ich Eva auch toll. Aber die war tabu, weil Acki verrückt nach ihr war. Also, das ist er noch, aber jetzt hat er sie ja. Und sonst gibt es an unserer Schule keine Mädchen, die mich interessieren. Außer vielleicht …
»Vielleicht«, unterbricht Klaus meine Gedanken und legt mir einen Arm um die Schulter, »bist du ja noch nicht so weit. Vielleicht bist du ein Spätzünder.«
»Klingt jedenfalls besser als Versager. Oder schwul«, brumme ich. Immer noch sauer, doch auch wieder einmal verblüfft. Denn Klaus scheint die Gabe zu besitzen, meine Gedanken lesen zu können.
»Was hast du gegen Schwule?«, fragt Klaus.
»Nichts«, antworte ich. Dann fällt mir eine Frage ein, die ich Klaus schon immer stellen wollte: »Sag mal, wie hast du das eigentlich all die Jahre im Knast gemacht? Ich meine …«
Klaus weiß natürlich, was ich meine. Er reckt seine recht Hand in die Luft, und hält sie, als würde er damit ein Rohr greifen. Ich habe gerade einen Schluck Wasser im Mund und verschlucke mich, als ich kapiere, was er andeutet.
»Aber an Feiertagen oder wenn ich mich mal so richtig überraschen wollte ..«, sagt Klaus und grinst mich

an. Statt weiterzusprechen hält er wortlos seine linke Hand in die Höhe. Ich pruste das Sprudelwasser lautstark über die Brüstung der Terrasse. Wir lachen Tränen.

Es tut gut, draußen zu sein und die Nase in die Sonne zu halten. Es tut auch gut, wieder mit Klaus zusammen zu sein. Auch, wenn wir über diese ganze Familiensache überhaupt noch nicht geredet haben. Mir ist klar, dass es dazu bald kommen wird. Für Klaus war zuallererst wichtig, dass Claudi und ich wieder gesund sind. Wir sehen einen Moment lang dem Gabelstapler zu, der unten ziemliche geschickt zwischen vollen und leeren Getränkekisten herumrangiert.
»Ich hab 'ne Überraschung für dich«, sagt Klaus nach einer Weile. Er hat die Augen geschlossen und hält sein Gesicht der Sonne hin.
»Was denn?«
»Ist keine Überraschung mehr, wenn ich es dir jetzt verrate.«
»Ach, komm schon!«, bettele ich und denke gleichzeitig, dass er genau so'n Klugscheißer sein kann wie ich.
»Wie lange hast du heute Zeit?«, fragt er. Ich überlege laut.
»Claudi schläft bei Oma, der Wolf ist auf Kegeltour und Mama ist nicht vor neun zu Hause.«
»Das reicht wahrscheinlich nicht ganz, aber okay. Es ist ein Anfang«, sagt Klaus und steht auf.
»Wo gehen wir hin?«, will ich wissen.
»Sagt dir *Grand Theft Auto V* etwas?«, fragt Klaus mit Pokerface. Ich nicke.
»Klar, das Spiel kommt diesen Herbst irgendwann raus.«
»Echt? Wieso habe ich es dann schon jetzt auf der Xbox?«, fragt Klaus ungerührt.
Mir klappt der Kiefer auf die Knie.

»Und ich darf spielen? Obwohl es ab achtzehn ist?«
»Ich finde, du bist reif genug dafür. Aber du kannst natürlich deine Mutter gern um Erlaubnis fragen, wenn du möchtest«, antwortet er mit einem Grinsen.
Ja, klar. Sonst noch was?, denke ich.
»Wo hast du das Spiel denn vor dem offiziellen Erscheinungstermin her?«
Klaus flüstert verschwörerisch: »Ich bin ein Ex-Knacki, muchacho. Schon vergessen?«
Ist. Das. Geil!
Ich zerre Klaus von der Terrasse durch Bennis Laden zum Ausgang. Ich bin dermaßen scharf auf dieses Spiel, auf das ich SEIT JAHREN warte. Vor lauter Aufregung passe ich nicht auf, schließe mein Rad von der Laterne ab und sehe Mama erst, als ich meinen Namen höre.
»Johannes?« So nennt mich Mama nur, wenn sie richtig sauer ist. Sie steht mit einer Kollegin rauchend vor dem Baumarkt. Aber die Zigarettenpause ist schlagartig vorbei, denn sie drückt die Kippe in den Sandbehälter und überquert den Parkplatz mit wehendem Kittel.
Au weia. Ich sehe mich nach Klaus um, doch der ist wie vom Erdboden verschluckt. Zuerst denke ich bitter, dass er ein Feigling ist. Aber dann kapiere ich, dass er mir nur weiteren Ärger ersparen will. Denn ohne Erlaubnis das Haus zu verlassen ist eine Sache. Ohne Erlaubnis das Haus zu verlassen und den Mann zu treffen, dessen Umgang mir verboten wurde, erhöht die Schwere der Straftat um hundert Prozent. Wenn jemand so etwas weiß, dann er.
»Johannes! Was machst du hier?« Mama ist ganz atemlos vor Aufregung. »Du sollst im Bett liegen!«
»Ich …«, muss jetzt ganz schnell improvisieren, » … wollte nur ein bisschen trainieren.«

Ich halte meiner Muttern den linken Bizeps vor die Nase. »Die Woche im Bett hat mich total schlaff und weich gemacht, fühl mal.«

»Ach, Jo … Du kommst auf Ideen. Du sollst aber nicht in diesen Laden gehen, das weißt du doch!«

Da ist sie wieder, die gute alte Mama. Die ihren Sohn für einen unvernünftigen kleinen Jungen hält und ihn beschützen statt bestrafen wird.

»Außerdem musst du dich schonen. Fahr nach Hause und leg dich wieder hin, ja?«

Ich druckse herum und winde mich noch ein wenig. Als hätte ich die Sache mit dem Training wirklich für eine gute Idee gehalten. Im Geiste fahre ich in Klaus' Bude schon an der Xbox durch die Straßen von Liberty City. Doch dann kommt Mama leider auf eine ihrer mütterlichen Einfälle, die ich gar nicht lustig finde.

»Ich rufe dich in einer halben Stunde zu Hause an, Schatz.«

Good bye *Grand Theft Auto*, denke ich und nicke mit gesenktem Kopf. Mama glaubt, ich hätte ein schlechtes Gewissen. Sie küsst mich auf die Stirn. Ich habe die Hoffnung, Klaus nach ihrem Kontrollanruf noch besuchen zu können. Wenigstens für eine Stunde, flehe ich stumm.

»Wenn du um sechs Uhr im Bett liegst, wenn ich komme, habe ich noch eine Überraschung für dich«, sagt sie lächelnd und sieht zum Obi-Eingang hinüber. Die Kollegin, mit der sie zusammen vor der Tür geraucht hat, ist wieder im Gebäude verschwunden.

»Ich mache heute früher Schluss. Extra wegen dir!«, sagt sie.

»Lieb von dir«, antworte ich. »Danke, Mama.«

Ich könnte heulen.

33.

Ich weiß jetzt, wie Klaus das Ding drehen will!
Ich denke, er hat einen Fehler gemacht. Er hat nicht darüber nachgedacht, dass ich eins und eins zusammenzähle. Diese komische Karte und die Filme … Aber ich muss vorn anfangen.
Mamas Überraschung war ein neuer McQueen-Film. Wir haben *Le Mans* geguckt. Dieser Streifen über das 24-stündige Autorennen in Frankreich. In der Stadt Le Mans, wie der Name schon sagt. Um 'ne lange Geschichte kurz zu machen, wie Klaus immer sagt: Das Ding war der LANGWEILIGSTE FILM EVER! Die reden kaum zwanzig Worte in dem Streifen. Handlung null, echt NULL! Stattdessen heizen die Fahrer Tag und Nacht mit alten Ferraris und Porsches im Kreis. Eben vierundzwanzig Stunden lang!
Cool war bloß, dass Steve McQueen tatsächlich diese rechteckige Uhr getragen hat. Ich meine, man sieht sie nur etwa 'ne Sekunde am Handgelenk von McQueen. Aber ich habe die Nummer per Standbild schon etwas ausgedehnt, versteht sich.
Das ist also der Grund, warum die Uhr bis heute so ein Kultteil ist, denke ich. Dann beginnt Mama zu nörgeln, weil es nicht weitergeht und ich muss mir das Rennen bis zum Ende ansehen. Gähn. Dass ausgerechnet sie sich diesen Rennfahrerfilm ansieht, darauf kann Steve sich echt was einbilden, wenn er könnte. Wir trinken frisch gepressten Orangensaft. Als meiner leer ist und ich von ihrem Glas trinken will, bringt sie es schnell in Sicherheit. Normalerweise ist sie nie so geizig.
Auf meine Frage nuschelt sie nur: »Ist'n bisschen Alkohol drin, Jo«, steht auf und geht in die Küche, um mir einen neuen Saft zu pressen. Ich probiere einen Schluck von ihrem Glas. Und WOW. Da ist mehr als nur ein WENIG Alkohol drin!

Eine Sache ist mir erst viel später im Bett aufgefallen, nachdem ich *Le Mans* gesehen hatte: Lightning McQueen, das rote überhebliche NASCAR-Sportgeschoss aus dem Film *Cars* ist doch nach Steve benannt worden, oder? Ich hatte mir immer vorgenommen, das zu googeln. Und habe es bis heute vergessen. Aber nicht vergessen habe ich den Moment, als es plötzlich »Klick« bei mir gemacht hat! Während dieses todlangweilige 24-Stundenrennen in der Glotze lief, kam mir plötzlich die Idee, dass Klaus den Bruch zwar plant und vorbereitet. Aber durchführen lässt er ihn von ANDEREN! Genau wie in *Thomas Crown ist nicht zu fassen*.

Nicht zu fassen, dass ich darauf nicht früher gekommen bin! Das erklärt zwar noch nicht die Geheimnistuerei um sein abgeschlossenes Schlafzimmer und was er dort zusammenschraubt. Aber auch das werde ich noch herausfinden.

34.

»Dann zeig ihn an.«
»Was?! Ich soll Klaus verpfeifen?« Ich hätte niemals mit einem MÄDCHEN über die Sache reden sollen, aber nun war es zu spät. Wir sitzen auf der Mauer vor der Schule.
»Ich meine, immerhin könnten dabei ja auch Leute draufgehen, oder? Wenn der Bruch wirklich so läuft, wie in einem dieser Filme, meine ich.«
Ich denke nach. Sie hat recht. Bei den ganzen Raub- und Überfallfilmen geht immer irgendwas in die Hose und einer dreht durch, schießt um sich, und die Sache läuft aus dem Ruder. Tote und Verletzte gehören – jedenfalls im Film – bei solchen Verbrechen IMMER dazu.
»Er hat auch alle *GTAs*«, murmele ich. Gedankenverloren.
»Alle was?«, will sie wissen und beugt sich zu mir. Ich kann sie riechen. Sie riecht gut.
»*Grand Theft Auto*. Ist ein Computerspiel.«
»Ist das so 'ne Ballersache?«, fragt sie und lächelt schüchtern.
MANN. IST. DIE. SÜSS! Denke ich.
»Nee«, sage ich und muss dann, »doch, ja auch« hinzufügen. »Da geht es jedenfalls auch um Verbrechen und so.«
»Ich würde zur Polizei gehen.«
»Hey, das ist mein Vater!«
»Trotzdem«, sagt sie. Und kaut auf ihrer Unterlippe.
Ich hätte ihr nichts von Klaus und dem Bruch erzählen sollen, verdammt! Das Gefühl, einen schweren Fehler begangen zu haben, schleicht sich wie ein bitteres Gift in unser Gespräch. Gut, ich wollte natürlich auch ein bisschen angeben. Denn Cora kam auf mich zu und hat mich wegen der Sache mit dem Porsche

angequatscht. Als Klaus mich damit abgeholt hat, hatte sie auf dem Schulhof gestanden. Sie hatte mich nach dem Typ gefragt, der »wie Vin Diesel« aussah. Sie fand ihn cool und auch ein bisschen *scary*, wie sie sagte. Ich konnte natürlich nicht nur einfach »Das ist mein Vater«, sagen. Nein! ich musste unbedingt damit angeben, WIE cool und *scary* Klaus wirklich sein kann. Cora, die Halbamerikanerin, ist die Art von Mädchen, bei der man nicht mal im Traum daran denkt, sie anzusprechen. Irgendwie hat sie wegen dieser ganzen Deutschland-Amerika-Sache mal eine Klasse wiederholt. Jedenfalls ist sie ein Jahr älter als ich, obwohl wir in der gleichen Stufe sind. Aber sie wirkt mindestens drei Jahre älter als die ganzen anderen Mädels. Die sie deswegen natürlich hassen und links liegen lassen. »Amitusse« wird sie genannt oder »Cowbitch«. Wobei ich das schon wieder lustig finde. Denn Cora trägt echt coole Stiefel und sieht irgendwie so aus, als hätte man sie direkt aus Texas eingeflogen. Was ungefähr stimmt, obwohl Cora aus Atlanta stammt. Das liegt, glaube ich, weiter südlich.
»Nicht ganz. Atlanta liegt von Houston in Texas ungefähr achthundert Meilen weiter östlich. In Georgia«, erklärt Cora. Ihr breites Amerikanisch-Deutsch lässt mich grinsen.
»Was ist?«, fragt sie unsicher und fummelt verlegen in ihren hellblonden Locken.
»Nichts«, lächle ich. Und finde Cora wohl deswegen so gut, weil sie komplett auf bunte Augen, bemalten Mund, lila Harre, peppige Schuhe und diesen ganzen Modeschmuck-Schwachsinn verzichtet. Keine Ohrringe, Strasssteinchen oder Designer-Gürtelschnalle. Nur Boots, Jeans und ein weißes Männerhemd. Basta. Und genauso riecht sie. Irgendwie frisch, nach – ich weiß es nicht, aber es passt perfekt zu ihr. »Sommerbrise« hört sich wie bescheuerter Werbescheiß an, als

würde man einen Weichspüler anpreisen. Aber das ist es bei Cora nicht. Sie riecht …
»Was willst du denn unternehmen?«, fragt sie. »Ich meine, wegen Klaus.«
Ich zucke mit den Schultern. Keine Ahnung.
»Vielleicht solltest du die Beweise genauer unter die Lupe nehmen«, schlägt sie vor und pustet sich eine Locke aus der Stirn.
»Zu Befehl, Frau Staatsanwältin«, sage ich in einem gespielten Ton, der mir fast wie von selbst über die Lippen kommt.
Cora lacht. Dann sagt sie:
»Erzähl mir mehr über den Kraftfahrzeugdiebstahl.«
»Wie bitte?«
»Grand Theft Auto«, sagt sie mit diesem breiten amerikanischen Akzent, für den ich sie sofort küssen könnte, »ist die offizielle U.S.-amerikanische Bezeichnung für Autodiebstahl.«
»Woher weißt du das?«, will ich wissen. Sie hat einen schwarzen Punkt über der Oberlippe, wie dieses Model, diese Dings …
»Mein Dad ist Anwalt«, sagt sie und lächelt.
Mann, was ist mit mir los? Was passiert hier? Ist es jetzt so weit? Passiert das wirklich?
»Stehst du auf Computerspiele?«, frage ich. Es klingt, als kratze man mit einer rostigen Schraube in einer alten Blechdose herum. Der Anlasser von Wolfs altem Golf hört sich so ähnlich an. Ich räuspere mich.
Cora wartet auf ihren Einsatz. Das tut sie wirklich, denn ganz offensichtlich will sie, dass ich ganz genau verstehe, was sie WIRKLICH meint.
»Nee«, sagt sie, »Computer und Spiele sind eigentlich überhaupt nicht mein Ding.« Dann rückt sie etwas näher auf der Mauer an mich heran.
Ich muss dem Impuls widerstehen, erschrocken von ihr abzurücken.

Hey, WAS passiert hier? Ich werde fast ohnmächtig, als Cora meine Hand nimmt, mir in die Augen sieht und sagt:
»Aber ... anyway! Ich lerne gern dazu ... Jo!«

35.

Ich habe jetzt seit fast einer Woche nicht mehr mit Klaus gesprochen. Es kommt mir viel länger vor. Nachdem wir auf dem Parkplatz zwischen Bennis Studio und dem Baumarkt getrennt worden waren, hatten wir kurz telefoniert. Er erklärte mir, dass er Anna auf dem Parkplatz aus dem Weg gehen wollte, damit ich keinen Ärger kriege. Das habe ich natürlich verstanden. Aber als er mir dann später erklärte, dass er für ein paar Tage weg musste, fand ich das Scheiße. Auch wegen *GTA V*, klar. Denn ich hatte echt lange genug auf das Spiel gewartet.
»Wo musst du denn hin?«
»Ich habe was zu erledigen. Sobald ich wieder im Land bin, melde ich mich bei dir. Versprochen.«
Für einen Moment war ich versucht, ihn um den Wohnungsschlüssel zu bitten. Er hatte mir schon mal den Schlüssel gegeben, als ich auf ihn warten sollte. Aber da ging es um eine Stunde, nicht um Tage. Also wusste ich, wie seine Antwort lauten würde. Daher ließ ich es.
»Soll ich dir meinen Schlüssel dalassen? Ich weiß, dass du ganz wild auf dieses Spiel bist. Dann kannst du schon mal anfangen.«
Mir stockte der Atem, bevor ich »Klar, danke!«, sagen konnte.
»Kein Problem, ich vertraue dir. Ich hoffe, du schmeißt keine wilden Drogenpartys in meiner Bude.« Klaus lachte. Ich lachte ebenfalls. Obwohl mir in der gleichen Sekunde eine Idee kam, die ich sofort wieder zu unterdrücken versuchte.
»Wie lange bist du denn weg?«, fragte ich.
»Paar Tage, vielleicht bis Montag oder Dienstag.«

Also mindestens drei Tage, rechnete ich aus. Das ganze Wochenende. Ich musste mich zusammenreißen, um gelassen und normal zu klingen.
»Wie komme ich an den Schlüssel?«
»Ich gebe ihn meiner Nachbarin, Frau Clemens. Sie ist Grundschullehrerin in Rente. Also benimmst du dich besser, wenn du ihn holst. Und in meiner Wohnung ebenfalls. Die Frau hat trotz ihrer achtzig Jahre Ohren wie ein Luchs.«
Ich lachte fröhlich, obwohl meine Gedanken gerade den Turbo einschalteten.
Ich könnte Cora am Samstag einladen, mit mir zusammen völlig unbeobachtet und ungestört *Grand Theft Auto* zu spielen. Wir hätten Zeit genug *Grand Theft* von eins bis fünf durchzuspielen, wenn sie Spaß daran hatte. Ich könnte aber auch etwas zu Essen einkaufen und sie mit einem Essen überraschen. Vielleicht würden wir sogar …
»Muchacho! Hörst du mir zu?«
»Was?«, fragte ich.
»Es kommt nicht mehr als ein Gast zu Besuch«, sagte Klaus. „Nur *einer*!«
»Habbich«, antwortete ich.
»Kein Alkohol, keine Kippen. Und andere Drogen sowieso nicht«, setzte er nach.
»Checked!«, antwortete ich.
»Die wichtigste Regel kommt noch: Mein Schlafzimmer ist tabu. Es bleibt abgeschlossen. Das ist die Twilight Zone, die *verbotene Zone*. Haben wir uns da verstanden?«
Ich konnte es nicht lassen, ich MUSSTE die Frage stellen.
»Wirst du mir irgendwann erzählen, was du hinter der Tür treibst?«
»Willst du 'ne sturmfreie Bude oder nicht?« So ist Klaus. Klar und bündig.

»Klar will ich!«, brüllte ich in den Hörer. Etwas zu aufgeregt.
»Dann hör auf, mich zu nerven, muchacho!«
Er legte auf, bevor ich ihm eine gute Reise wünschen konnte.
Ich war total aufgeregt. Küche, Diele, Bad und ein Wohnzimmer mit Anlage und einer brandneuen Breitbildglotze, auf der man mit der Xbox so richtig Gas geben konnte. Oder DVDs gucken, bis die Augen bluten. Ich schrieb auf dem Handy eine Nachricht an Cora. Weil ich die Abfuhr auf meine Einladung nicht live erleben, sondern lieber auf dem Display lesen wollte. Dann muss man nicht reagieren, sondern konnte die Schmach löschen und Schwamm drüber.
Ich schrieb: »How about Saturday? Grand Theft Auto. Drinks for free. Ich koche?«
Das Fragezeichen passte eigentlich nicht hinter mein Angebot. Aber ich WAR ein EINZIGES FRAGEZEICHEN!
Doch nicht lange, denn Cora rief fünf Minuten später an und sagte »Ja«, ohne zu zögern.
»Acht Uhr?«
»Okayyy«, krähte Cora fröhlich via Telefon. »Wir treffen uns bei deinem Dad?«
»In der Mühlenstraße 13«, sagte ich. Die Erektion in meiner Hose, als ich Coras Begeisterung hörte, war reine Vorfreude. Ohne Hintergedanken. ECHT WAHR!

36.

»Das geht auf keinen Fall!«, sagt Anna ein paar Stunden später.
In meiner Version der Geschichte ist unser Verein zu einem Auswärtsspiel unterwegs. So kann ich nach dem Mittagessen abreisen und woanders übernachten, ohne blöde Fragen zu beantworten.
»Heute ist Wolfgangs Vierzigster!«, sagt meine Mutter. Die Entrüstung, dass ich dieses großartige Ereignis verpassen könnte, ist ihr überdeutlich anzusehen. Sie presst seit Stunden Orangen wie eine Geisteskranke, weil sie die Gäste überraschen will. »Mit dem besten Wodka Orange, den sie jemals getrunken haben.«
»Was soll ich denn hier mit Wolfs Kegelbrüdern herumhängen? Das Spiel ist wichtig!«
Ich mache einen ziemlichen Aufstand, bis wir uns darauf einigen, dass ich bei der nachmittäglichen Familienfeier mitmache und erst gegen fünf verschwinde. Das passt, denn die Läden in der Fußgängerzone haben samstags fast alle länger Uhr auf.

37.

Ich zucke zusammen, als es klingelt. Mann, so aufgeregt war ich noch nie!
»Hallo.« Selbst dieses kurze Wort kann man stammeln. Cora trägt ein Kleid, ihr Haar hat sie hochgesteckt. Das ist ungewöhnlich für das Pferdestehlmädel, fällt mir auf. Ich bin begeistert. Der rote Fummel umfließt ihren Körper. Ich kann sogar ihre Brustwarzen sehen!
»Hey«, sagt sie.
»Komm rein«, sage ich, »der Salat ist schon fertig.«
Cora grinst. Und ich werde noch unsicherer.
»Mädchen mögen Salat«, hat Klaus mal bei seinem Steak-braten-Kurs verraten. »Wir sind die schweren Jungs. Wir essen Fleisch, bis wir umfallen. Aber Mädchen mögen Früchte und Gemüse. Sie haben Angst, dass sie zunehmen, dick und unattraktiv werden. Mit 'nem leichten Menü bist du immer auf der sicheren Seite. Wenn du aber testen willst, ob deine Süße wirklich etwas taugt, servierst du Steaks und Salat.«
Cora betritt Klaus' Wohnung und sieht sich interessiert um. In meinem Hinterkopf läuft noch Klaus' Lehrstunde zum Thema „Kochen":
»Irgendjemand hat mal vor langer Zeit, das war in den Achtzigern, glaube ich, die blödsinnige Theorie aufgestellt, dass Steak und Salat beim Abnehmen helfen. Neben diesen ganzen Kohl- und Eierdiäten und dem anderen Scheiß, mit dem Frauenzeitschriften ihre Seiten füllen, hat sich dieses Gerücht langfristig durchgesetzt. Ich habe keine Ahnung, warum eine schöne Ofenkartoffel mit Kräuterbutter nicht zu Steak und Salat passen sollte, aber bitte.«
Cora fliegt eine bildschöne Schleife vom Flur ins Wohnzimmer. Sie geht auf den Balkon, an der Anlage und der Xbox vorbei, zwinkert mir zu und wirft dann einen Blick in die winzige Küche.

»Gefällt es dir?«, höre ich mich fragen.
»Mit anderen Worten: Wenn du ihnen ein schönes, kurz gebratenes Stück Fleisch und einen Salat servierst, signalisiert das ... Nummer eins: Der Koch kennt sich aus. Zwo: Der Koch respektiert unser uraltes, genetisches Bedürfnis nach Fleisch ... und drei: Der Koch gesteht der Genießerin diesen Genuss zu. Zusammen mit der Option, durch den Salat ...«
»Wo ist dein Vater?«
Seine Stimme verstummt abrupt. Ich bin mit dem Salat fertig. Mit angerösteten Pinienkernen und frischen Cocktailtomaten, diese kleinen Dinger. Nicht die großen roten, die nach Wasser schmecken.
»Wo ist Klaus?«, fragt Cora.
Die schwere Eisenpfanne, in der Klaus alles brät, steht schon auf dem Herd. Die Steaks sind mit Öl eingerieben und liegen auf dem Holzbrett bereit. Pfeffer, Salz, es ist alles am Start. Ich muss nur noch ...
»Wo ist dein Vater?«, fragt Cora. Sie kneift die Augen zusammen und sieht mit der Falte auf der Stirn noch süßer aus. Das Farmgirl hat sich extra für mich in Schale geschmissen. Ein wirklich freudiger Gedanke.
»Wir haben sturmfreie Bude!«, sage ich. Vielleicht eine Spur ZU begeistert. »Was möchtest du trinken?«
Ich habe Cola mit allem, Cola light, Cola ohne alles, Bier mit Limette, Bier ohne, Bier ganz ohne Alkohol. Stilles Wasser und lautes Wasser. Weißwein (gekühlt, Tipp von Klaus) und Rotwein (Zimmertemperatur, auch ein Tipp von Klaus) Viermal musste ich zum Supermarkt und zurück. Allein für die Getränke!
»Ein Wasser!«
Wieso klingt sie so angepisst?
»Mit? Oder ohne?«, frage ich.
»Egal«, sagt sie. Und sieht aus dem Fenster. Als wäre es da draußen viel interessanter als hier.
»Wo ist Klaus?«, fragt Cora.

»Er musste ein paar Tage weg und hat mir den Schlüssel dagelassen«, sage ich.

Sie dreht sich zu mir um: »Das heißt, er kommt überhaupt nicht?« Sie macht ein Gesicht, als sei gerade eine Katastrophe passiert.

»Heute nicht, nein«, antworte ich.

Cora nippt an ihrem Wasser, dann nimmt sie ihre Jacke. In meinem Magen wächst ein Klumpen mit beunruhigender Geschwindigkeit. Hier stimmt etwas nicht. Cora ist völlig anders als sonst.

»Das hättest du mir sagen müssen!«, sagt sie. Als hätte ich einen riesigen Fehler gemacht. Doch ich habe keine Ahnung, wovon sie spricht.

»Was hätte ich denn …«

»Dass Klaus überhaupt nicht *da* sein wird!«, unterbricht sie mich wütend. »Ich wollte ihn kennenlernen.« Sie geht zur Tür.

»Aber … das Essen …« stammele ich. Und bemerke, dass ich gerade auf dem besten Weg bin, mich lächerlich zu machen. Cora geht zur Tür, ohne mich eines weiteren Blickes zu würdigen. Als ich kapiere, was läuft, rollt der Klumpen wütend in meinem Magen hin und her.

»Es ging überhaupt nicht um *mich*, richtig?«, rufe ich. Cora reagiert nicht, aber das ist egal, da ich die Antwort kenne. »Du wolltest meinen Vater anmachen!«

»Blitzmerker«, antwortet Cora, dreht sich ein letztes Mal zu mir um, als sie die Wohnungstür aufreißt. Sie sieht plötzlich viel älter aus. Irgendwie gemein.

»Du Hure!«, rufe ich. Es tut mir leid, sobald ich es ausgesprochen habe. Doch Cora lächelt nur, als könnte ich (der Wurm) sie sowieso nicht treffen. Damit schon gar nicht.

»Ach«, säuselt sie. »Aber wenn ich's hier mit dir machen würde, wäre ich eine Heilige, oder was?«

Mit diesen Worten lässt Cora mich in der Tür stehen und verschwindet auf den klackenden Absätzen ihrer Boots im Treppenhaus.

Die Kugel in meinem Bauch explodiert in einem Feuerball aus Frust und Wut. Ich will in die Küche gehen und mit der Eisenpfanne das ganze verdammte Essen zu Brei schlagen. Die verdammten Flaschen aus dem Fenster werfen. Stattdessen setze ich mir die bereits geöffnete Flasche Rotwein (»Dann kann er atmen, reagiert mit dem Sauerstoff und schmeckt besser« – noch ein Tipp von Klaus) an den Hals. Zuerst muss ich einen Würgereiz unterdrücken. Aber als das Zeug in meinem Magen ankommt, löscht es den brennenden Klumpen augenblicklich. Ich fühle mich besser. Bekomme sogar Appetit.

Scheiß auf Cora, denke ich und setze die Pfanne auf den Herd. Von so 'nem blöden Groupie lasse ich mir nicht den Appetit verderben. Als ich das Fleisch kurz darauf in die Pfanne lege, zischt es böse. Ich lache auf, weil ich mir vorstelle, es sei Coras Hintern, der in dem heißem Fett brutzelt. Ich bemerke, dass ich schon leicht einen an der Mütze habe. Bei dem Geruch des bratenden Fleischs läuft mir das Wasser im Mund zusammen. Ich trinke noch einmal vom Rotwein, aber der ist mir zu warm. Also hole ich den Weißwein aus dem Kühlschrank, öffne die Flasche und probiere. Nicht schlecht, denke ich, wende die Steaks und schalte den Fernseher ein.

38.

Als ich am Kragen hochgerissen werde, fühlt sich meine Zunge wie der dicke Perserteppich in Klaus' Reich an, auf dem ich kurz zuvor noch gelegen haben muss. Bier- und Weinflaschen rollen klimpernd über die Fliesen, als ich durch die Bude gezerrt und in voller Montur in die Duschkabine geschleift werde. Das Ganze geht so schnell, dass ich meine Atemnot dem eiskalten Wasser zuerst nicht zuordnen kann. Durch verquollene Augen sehe ich, dass es hell ist. Es ist Sonntag, meldet mein pochender Schädel, auf den ein beißender Strahl eiskalten Wassers gelenkt wird. Ich will fliehen, aber ein behaarter Arm hindert mich daran. Am Ende des Arms erkenne ich Klaus' Gesicht. Er scheint äußerlich nicht aufgebracht oder wütend zu sein. Das ist ein GANZ übles Zeichen. Denn wenn Klaus gar keine Reaktion mehr zeigt, hat man schlechte Karten. Anders als der Rest der Menschheit flippt er nicht aus, wenn er sich ärgert. Wenn es ganz hart kommt, wird Klaus wortkarg und leise. Seine Mimik reduziert sich ebenfalls. Weiter habe ich diese Entwicklung noch nicht verfolgt. Doch ich kann mir vorstellen, dass direkt nach Überschreiten dieser Grenze körperliche Gewalt zum Einsatz kommt.
Ich pruste und fuchtele unter der Dusche herum, bis er mich wieder herauszerrt.
»Ich kann das erklären«, stammele ich. Meine Kopfschmerzen fühlen sich an, als würde jemand mit einem Schraubenzieher durch mein Ohr hindurch am Gehirn ein paar Wartungsarbeiten durchführen. Ohne Betäubung.
Ein Handtuch fliegt mir an den Kopf. Klaus sagt immer noch nichts, sondern schiebt mich durch den Flur am Wohnzimmer vorbei.
»Hey, ich räume das gleich auf, okay?«

Anscheinend nicht, denn Klaus schiebt mich wortlos durch die Bude. Meine Turnschuhe quietschen entrüstet auf und hinterlassen nasse Fußspuren auf den Fliesen. Aus irgendeinem Grund tut mir das unglaublich leid. Ich möchte noch etwas sagen, aber Klaus schiebt mich einfach in den Hausflur und knallt mir wortlos die Tür vor der Nase zu.
Ja, ich habe etwas falsch gemacht. Ich habe es begriffen, denke ich. Mit einer Pfütze auf dem Boden und dem Handtuch in der Hand stehe ich einen Moment unschlüssig im Flur herum. Bin noch gar nicht richtig wach. Trotz der kalten Dusche laufe ich nur auf drei Zylindern. Im Inneren von Klaus' Wohnung klimpern wieder Flaschen, dann rummst es.
Kurz darauf wird die Tür noch einmal aufgerissen. Ich denke schon, dass er mich wieder reinholt, doch das passiert nicht. Vier Dinge fliegen mir in den Arm: die Xbox mit den beiden Controllern und die Hülle mit *Grand Theft Auto V*.
Rumms. Tür zu.
Das war's. Ich bin raus. Deutlicher kann man 'ne Kündigung nicht kassieren, oder?

39.

Ich hänge das feuchte Handtuch vorsichtig über den Türknauf von Klaus' Wohnungstür und schlurfe mit vor Nässe quatschenden Schuhen die Treppe hinunter. Was für ein furchtbares Wochenende! Erst die Sache mit Cora, die sich über mich an meinen Vater heranmachen wollte, und dann … Was ist eigentlich genau passiert?, überlege ich. Habe wohl vor dem Fernseher gegessen und so nach und nach die ganzen Getränke aus dem Kühlschrank geholt. Mein Film riss, als es bereits dämmerte. War ich in der Nacht eigentlich auch mal kotzen? Ich glaube schon, der Geschmack in meinem Mund und das Kratzen im Hals könnten davon stammen. Mann, es geht mir echt dreckig!
Als ich durch die Haustür auf die Straße trete, sticht mir das Sonnenlicht fast die Augen aus. Ich taumele mit der Xbox unter dem Arm in die Fußgängerzone.
»Junge, du wirst dir noch den Tod holen«, höre ich die besorgte Stimme meiner Mutter im Kopf. Denn die leichte Brise zerrt eisig an meinem nassen T-Shirt. Ich zittere, obwohl die Sonne scheint. Keine Ahnung, ob das Zittern mit dem Suff der vergangenen Nacht oder der Verdunstungskälte zu tun hat. Wahrscheinlich mit beidem. Der Wolf hat morgens manchmal das Zittern, wenn er am Abend zuvor zu viel Gas gegeben hat. Zum ersten Mal weiß ich, wie man sich am Morgen danach fühlt.
Keine Ahnung, warum er sich abends so oft zuknallt. Das Gefühl ist doch echt beschissen. Aber es geschieht mir nur recht, denke ich noch. Dann fällt mir auf, dass etwas nicht stimmt. Zuerst komme ich nicht darauf, was das sein könnte. Nach hundert Metern Fußgängerzone, die mir wie eine Weltreise vorkommen, kapiere ich, dass für einen Sonntagmorgen ziemlich viele Leute unterwegs sind.

Wo wollen die alle hin?, frage ich mich und gähne. Eine ältere Frau starrt meine nassen Klamotten an. Sie schüttelt den Kopf. Ja, sie ist sicher noch nie von ihrem Vater zur Turboerweckung unter die Dusche gezerrt worden. Wieso ist Klaus eigentlich schon zurück?, frage ich mich. Bei der Vorstellung, dass er mich mit Cora in seiner Bude am Sonntagmorgen überrascht, zucke ich zusammen. Aber wieso gibt er mir die Schlüssel, wenn er eh nur einen oder zwei Tage wegbleibt? Wollte er mich überprüfen? Kontrollieren, ob ich mich anständig benehme? Tja, durch diese Prüfung dürfte ich wohl durchgefallen sein. Scham steigt in mir auf. Wird aber schon bald abgelöst. Von einem blöden Gefühl wegen der nächsten Prüfung. Am Montag steht als Erstes eine Mathearbeit auf dem Plan, für die ich noch mindestens drei oder vier Stunden lernen muss. Bei meinen Kopfschmerzen dürfte das die gerechte Strafe für die Sauferei sein, die …
Die Geschäfte sind geöffnet, bemerke ich. *Das* ist es! Wieso sind sonntags die Geschäfte auf? Die große Uhr über dem Haupteingang des alten Rathauses zeigt 10:30 Uhr. Ich zücke mein Handy und stelle fest, dass der Akku leer ist. Scheißding, denke ich, entweder ist der Akku platt oder die Prepaidkarte leer. Mir geht schlagartig auf, dass ich die Frage anders stellen muss. Wegen der zwingenden und völlig logischen Schlussfolgerung fällt mir fast die Xbox aus der Hand.
Wenn die Geschäfte geöffnet sind, kann nicht Sonntag sein! Es ist …
Oh. Mein. Gott!

40.

»Montag«, sagt der Mann, und fügt unnötigerweise noch einmal die eben erst von mir abgelesene Uhrzeit hinzu: »Halb elf. Warum bist du denn so …«
Nass, will er sicher fragen. Doch ich höre ihn nicht mehr. Ich renne, so schnell ich kann. Wohin? Keine Ahnung. Eigentlich sollte ich in die Schule rennen. Aber die Matheklausur ist schon lange gelaufen. Eine absolute Katastrophe, die meine Versetzung in Gefahr bringt. Und es gibt – neben dem, was mir an dem bereits viel zu schnell vergangenen, furchtbaren Wochenende widerfahren ist, kaum eine Sache, die ich im Moment schlimmer finden würde, als sitzen zu bleiben. Ich habe eh schon wenig Freunde in meiner Stufe. Aber eine Stufe drunter? Eine tiefer noch mal völlig von vorn anfangen zu müssen – der Gedanke treibt mir den Angstschweiß auf die Stirn.
Ich kann es nicht fassen: Ich habe den ganzen verdammten Sonntag einfach verschlafen! Wie hatte Klaus bei dem Streit im Hausflur zum Wolf gesagt: »Müdigkeit ist der Schmerz der Leber.«
Jetzt verstehe ich, was er meinte. Als ich mir vor dem Fernseher die Kante gab bis es dämmerte, habe ich mich für 36 Stunden abgeschossen! Ganze Arbeit!
Habe ich Klaus eigentlich auf den Teppich gekotzt oder es wenigstens bis zum Klo geschafft? Mann, was für ein furchtbarer Mist!
Ich werde nach Hause gehen, entscheide ich. Aber was erzähle ich denen? Die haben mich doch sicher schon vermisst. Hoffentlich haben Mama oder der Wolf nicht die Bullen gerufen! Mama sitzt wahrscheinlich in Tränen aufgelöst zu Hause, und der Wolf sucht mit Claudi die Stadt nach mir ab.
Mein Herz rast. Die ganze Sache wird mir zu viel. Außerdem verdurste ich gleich. Meine ausgedörr-

te Teppichzunge fühlt sich an, als würde sie mir aus dem Hals hängen und über das Verbundsteinpflaster der Fußgängerzone schleifen. Ich renne, obwohl ich eigentlich nicht mehr kann. Die Sohlen meiner Turnschuhe schleifen über den Boden.
Da vorn links ist ein Buchladen mit einem Wasserspender, fällt mit ein. Mit so winzigen zylindrischen Pappbechern. Lächerlich klein für meinen Megadurst. Ich werde die Winzlinge zehntausendmal füllen oder mich direkt unter den Hahn von dem Spender legen und das gekühlte Wasser in meinen Mund laufen lassen. Ich renne schneller. Drogeriemarkt, Optiker, Apotheke, kleiner Weiß-nicht-was-Laden. Dann kommt der Buchladen. Sie haben immer Grabbeltische mit Billigbüchern vor der Tür. Heute nicht.
Die ganze Front ist ein einziger breiter Ein- und Ausgang. Heute nicht. Bemerke ich aber erst, als ich im vollen Lauf gegen die geschlossene Glasfront renne.
Es ist doch Montag, die Geschäfte sind geöffnet!, denke ich im Fallen. Das Licht im Laden ist an. Aber die Tür ist trotzdem geschlossen.
Ich liege vor dem Buchladen auf dem Rücken wie ein toter Käfer und bekomme keine Luft mehr. Plastiksplitter von der Xbox haben sich schmerzhaft in meinen Arm und Bauch gebohrt. Den linken Arm, mit dem ich die Kiste gehalten habe, spüre ich überhaupt nicht mehr.
Hinter der Glasfront erscheint ein Mann mit Farbe im Gesicht und einem weißen Overall. Er deutet auf ein Schild an der Glastür, auf dem steht »Wegen Renovierung …«
»Durst«, murmele ich.
Der Mann schüttelt den Kopf und deutet auf seine Ohren, was so viel heißen soll, wie: »Ich kann nix verstehen!«

Ich wische mir etwas aus den Augen und kann endlich »… geschlossen« lesen. Das Zeug an meiner Hand ist keine rote Farbe. Es ist Blut. Es läuft mir von der Stirn ins Auge, aber vorher lese ich noch einmal: »Wegen Renovierung geschlossen«

Wenn ich Luft bekäme, ich würde lachen. Es geht aber nicht. Jemand stützt meinen Kopf. Eine weibliche Stimme fragt, was passiert ist. Ich erkläre der Frau, dass ich total in Cora verliebt bin, dass die aber meinen Vater aufreißen wollte und ich deshalb die Mathearbeit verpasst habe. Dass der Wolf nicht mein Vater ist. Es dauert ziemlich lange, weil ich eine so trockene Kehle habe, dass ich kaum noch sprechen kann. Außerdem verklebt mir das verdammte Blut die Fresse, und:

ICH BEKOMME KEINE LUFT!

»Nicht sprechen«, sagt die weibliche Stimme. Sie klingt nett, finde ich. Nicht so, wie das fiese Amimädchen. Wie heißt die noch mal? Ich frage die Frau, ob sie mir eine Entschuldigung schreibt. Wegen der Mathearbeit, denke ich. Vielleicht auch eine für Klaus?

»Bleib einfach liegen«, sagt die Stimme sanft. Ich sehe nun gar nichts mehr. Aber da Frauen neugierig sind, fragt sie nach: »Was für eine Entschuldigung denn? Für die Schule?«

Ja auch, denke ich, schüttele aber trotzdem den Kopf. Irgendwie ist Samstag, Sonntag und Montag zur gleichen Zeit. Ich kann das nicht alles erklären.

»Für Klaus«, sage ich »Für … mir fällt der Name nicht mehr ein. Cora?

»Wie heißt meine Schwester noch mal?«, frage ich die Stimme.

»Hilfe ist unterwegs«, sagt die Frau.

»Die sollen noch zwei Pils mitbringen«, versuche ich meinen besten Gag anzubringen. Niemand lacht.

Dann wird mir schlecht und ich kotze der Frau vor die Füße.

41.

Verdacht auf Gehirnerschütterung, Platzwunde über der rechten Augenbraue, Schnittwunden an Arm und Bauch. Außerdem Dehydration (das ist der Fachausdruck für Flüssigkeitsmangel) und eine komplizierte Stauchung am Ellenbogen des linken Arms, plus Rippenprellung. Dort, wo ich mir die verdammte Xbox beim Aufprall reingerammt habe.
Der behandelnde Arzt will mit meinen Eltern über den »Drogenkonsum« reden. Wegen der Fahne, die ich bei der Einlieferung hatte, haben die im Krankenhaus gleich noch einen Alkoholtest drangehängt, und – Was für eine Überraschung! –, wenn ich mit einem Auto in die Fensterscheibe gebrettert wäre, hätte ich jetzt zwar keine einzige Schramme, aber auch keinen Führerschein mehr.
Mama und der Wolf besuchen mich. Sie sind besorgt, stellen aber keine Fragen. Noch nicht.
Ich bin total erschöpft. Außerdem bringt mich der Schmerz im Ellenbogen und in der Brust um den Verstand. Aber der Arzt will mit Schmerzmitteln wegen der Belastung meiner Leber durch den Alkohol vorsichtig sein.
»Hey!«, will ich ihm zurufen, »Wir sind das gewohnt. In meiner Familie werfen sie die Schmerzpillen schon vor der Party ein, damit sie am nächsten Morgen keinen dicken Kopf haben.« Aber natürlich halte ich die Klappe.
Nachmittags kommt Acki vorbei. Tatsächlich erscheint Adam mal ohne seine Eva. Ein echtes Wunder.
»Und?«, fragt er.
»Frag nicht.«
»Dein Date mit Cora ist nicht gut gelaufen, hmm?«
Ich antworte nicht.
»Die Alte war eh nix für dich.«

»Sagt du mir jetzt!«
»Nee«, antwortet Acki, »das habe ich schon immer gesagt. Hatte dich wohl in den letzten Tagen etwas aus den Augen verloren. Die Braut sucht was anderes. Die will mit uns überhaupt nichts zu tun haben. Die ist ‚ne DILF.«
Ich recke mich nach dem Sprudelwasser auf dem Beistelltisch und der Schmerz in der Brust durchzuckt mich, während ich frage: »Was ist denn DILF?«
Acki reicht mir die Flasche und grinst über beide Ohren, als ich sie ansetze. Es ist merkwürdig, ich habe mindestens schon drei von den grünen Flaschen leer gemacht, aber mein Durst bleibt standhaft.
»Klaus ist ein DILF«, sagt Acki.
Ich kapiere kein Wort.
»Dann kennst du MILF auch nicht, oder?«, fragt er.
»Nie gehört«, sage ich.
»Mothers I'd like to fuck«, sagt er. »Hast du nie American Pie gesehen?«
»Diesen Teenie-Film, in dem ein Typ sein Ding in einen Kuchen steckt? Und von seinem Vater in der Küche erwischt wird?«, frage ich.
Acki nickt begeistert. »Der ist lustig! Einer von den Jungs steht auf die Mutter eines Freundes. Er will sie gern, du weißt schon ...«
»Ich kenne nur den Trailer. Der war echt schwach«, sage ich und nehme noch einen Schluck. Dann kapiere ich, was Acki mit »DILF« gemeint hat, und pruste die ganze Ladung Wasser über das frisch gestärkte Oberbett mit dem Krankenhaus-Logo.
»Du meinst, Cora will Klaus ...«
»... poppen«, ergänzt Acki. Und diesmal grinst er nicht. »Natürlich will sie das. Cora hat dich nur benutzt, um an deinen Vater heranzukommen.«
Ich sehe aus dem Fenster. Acki hat recht. Mir war das Gefühl, nicht der Richtige zu sein, in Klaus' Wohnung

in dem Moment gekommen, als Cora mich hat stehen lassen. Enttäuscht darüber, dass der richtige Mann nicht zugegen war.

Die Zusammenfassung in einer Kombination aus vier Buchstaben – DILF, Dads I'd like to fuck – so glasklar präsentiert zu bekommen, macht aus meinen Gefühlen für Cora etwas Schlechtes. Aus Verliebtheit wird plötzlich schmerzhafte Idiotie.

»Nimms nicht so schwer, Alter«, sagt Acki. Er hat leicht reden. Sobald er aus diesem Zimmer marschiert, landet er wieder in den Armen seiner Süßen.

»Mit Eva ist auch Schluss«, fügt er hinzu. Ich setze mich auf. »Was, echt wahr? Wieso denn?«

„Sie hat einen anderen … Du kennst doch Luis aus der b.«

Autsch. Schon wieder diese verdammte Klasse, denke ich. Gegen Luis hat Acki echt keine Chance. Sorry, Alter. Aber das behalte ich natürlich für mich.

Ich habe noch nie gesehen, dass Acki Tränen unterdrücken muss. Aber jetzt ist es so weit. Seine Lippen sind nur noch ein Strich. Seine Augen feucht. Er zuckt die Schultern. Einmal, dann noch einmal. Aus dem linken Auge rinnt eine Träne. Er ist ganz stumm, wischt sie eilig weg, bevor sie den Nasenflügel erreicht. Ich will ihn in den Arm nehmen, aber er steht zu weit weg. Also beuge ich mich vor und kassiere dafür einen richtig fiesen Schmerz meiner verletzten Rippe. Der Schmerz schießt mir bis in die Zehen. Auch mir treten Tränen in die Augen. Diesen beschissenen Doktor und seine Leberschontherapie hasse ich mehr als alles andere in diesem Moment. Mehr als Cora. Mehr als Klaus.

Nur Acki versteht mich. Im Moment zwar falsch, weil er meine Tränen für Mitgefühl über seinen Verlust hält. Er kommt auf mich zu und nimmt mich in den Arm.

Sein Schluchzen ist kaum zu hören. Meins dafür umso lauter, denn er drückt mich an sich und in mir knirscht etwas GANZ GEWALTIG. Irgendwo reiben Knochen an Muskeln oder Haut. AUA!
»Du bist mein Freund, Alter!«, heult Acki. Ich packe ihn, ganz fest, bekomme keine Luft mehr.
Klar, bin ich dein Freund, will ich sagen. Sogar dein bester Freund, aber könntest du bitte nicht so fest … Er drückt mich noch einmal. Mir wird schwarz vor Augen. Dann sehe ich kleine Sterne, sie sind silbern. Schließlich lässt Acki endlich los und sieht mich an.
»Was hast du?«
Auf jeden Fall keine Luft mehr, um ihm zu erklären, dass er mich fast umgebracht hätte.
»Alles … cool«, stöhne ich.
»Brauchst du was?«, fragt Acki. Mein bester Freund.
»Wasser«, stöhne ich. Er schüttelt die grüne Flasche, in der kaum noch was drin ist, dann rennt er raus. Ich rechne mir aus, dass er für diese Aufgabe lange genug brauchen wird, bis ich wieder cool bin.
Schmerz auf zwei Ebenen. Körperlich hat Acki mir die verdammte Rippe wie einen Speer in die Eingeweide gerammt. So fühlt es sich jedenfalls an. Natürlich kann er nichts dafür. Außerdem bin ich gerade ebenfalls von einem Mädchen verlassen worden, das verbindet mich mit Acki. Obwohl er und Eva vorher mit Sicherheit mehr Spaß hatten, als ich mit nur einem einzigen vergeigten Abendessen. Ich bin ja noch nicht einmal zum Küssen gekommen. Was aber noch viel mehr schmerzte, war die Tatsache, dass ich meinen Vater zum zweiten Mal verloren habe.
Zuerst ist er verschwunden, weil er ein Verbrechen begangen hat, erwischt wurde und in den Knast musste. Dieses Mal habe ich sein Vertrauen verspielt. Weil ich Mist gebaut habe.

42.

Ich bin eine ganze Woche abgemeldet, die ich liegend im Krankenhausbett verbringen muss. Ich hatte gedacht, der Hausarrest wegen des Drüsenfiebers wäre schlimm. Doch das hier ist DIE HÖLLE!
Du wirst zu Zeiten aus dem Schlaf gerissen, die echt unmenschlich sind. Und der Befehl »Licht aus« kommt am frühen Abend, wenn man gerade erst auf Touren gekommen ist. Obwohl lähmende Langeweile die eigentliche Hölle darstellt. Einer aus dem Team leiht mir zwar seinen iPod. Aber wie oft kann man das neue Album von Rihanna schon hintereinander hören? Siebenmal? Neunzehn?
Claudi ist echt rührend. Sie ist bei jedem Besuch von Anna und dem Wolf mit am Start. Und jedes Mal bekomme ich ein neues selbstgemaltes Bild von ihr. Auf dem ersten hängt mein Arm in einer Schlinge vor der Brust (was er nicht tut), beim nächsten hatte sie die Idee »dass du dein Bein im Bett ganz hoch halten musst«, weswegen ich auf dem Bild an meinem rechten Bein aufgehängt ins Bett baumele. Anna und der Wolf drucksen herum und murmeln etwas von »Das war aber nicht so toll, was du da gemacht hast ...« und »Das nächste Mal passt du aber besser auf« und so'n weichgespültes Zeug. Ich hatte einen Höllenterror wegen der Mathearbeit und meines Blutalkoholspiegels erwartet, den der Arzt ja unbedingt mit meinen Eltern besprechen musste. Wieso sie darauf nicht näher eingehen und warum der Wolf eine kleine Platzwunde auf der Stirn hat, erfahre ich aber nicht von meinen Erziehungsberechtigten, sondern von Claudi. Sie beugt sich zu mir und flüstert, während Mama sich auf dem Flur um eine Vase für die Blumen kümmert. Noch so 'ne komische Sache: Wieso bringt mir meine Mutter Blumen ins Krankenhaus? Das ist echt das Allerletzte,

was ich hier gebrauchen kann. Egal, jedenfalls flüstert Claudi: »Die Geburtstagsparty von Papa ist nicht so gut gelaufen.«

»Was meinst du damit?«, frage ich. Wohl wissend, dass Claudia am Samstag nicht zu Hause geschlafen hat.

»Papa war wohl ziemlich betrunken und hat sich gestritten. Die Männer haben sich geschlagen. Die Polizei war sogar da.«

»Aber nicht mit Klaus, oder?«, frage ich. Claudi kichert: »Den hat Papa doch nicht eingeladen, Dummi. Nee, ein Kegelbruder war das.«

Als ich Mama später ganz unschuldig frage, wie die Party war, wird sie dunkelrot. Vor Wut, denke ich zuerst. Doch dann merke ich, dass sie sich schämt. Schon wieder!

»Was ist passiert?«, frage ich.

»Ach, Junge«, sagt sie müde und traurig. »Lass mal gut sein. Ich glaube, wir schweigen besser über beide Geschichten ...«

43.

Das Fernsehprogramm tagsüber ist unterirdisch! Besonders, was mein Zimmernachbar Erwin den ganzen Tag sehen will. Er ist über sechzig und wurde einen Tag nach mir eingeliefert. Erwin quasselt in einer Tour, wenn er nicht gerade in die Glotze starrt. Zum Glück bringt ihm seine Tochter einen Kopfhörer, dessen Kabel sie in den Fernseher steckt. Von da an müssen Ärzte und Schwester, Pfleger und Besucher unter diesem verdammten Kabel durchtauchen, das Erwin und die Glotze unter der Decke verbindet. Der Typ ist echt süchtig nach TV.
Ich fange an zu lesen. Damit ich so tun kann, als höre ich Erwin nicht, und er mich nicht dauernd vollquasselt, trage ich fast ständig die Ohrstecker des iPod. Doch wenn ich noch einmal *We Found Love* von Rihanna hören muss, werde ich wahnsinnig! Also schnappe ich mir zuerst die *BILD*-Zeitung, die Ännchen ihrem Vater jeden Tag mitbringt. Dann lese ich die liegengebliebene *GALA* vom Februar von der ersten bis zur letzten Seite durch. Obwohl meine Augen bluten, bei dem Schrott, der da drin steht. Am dritten Tag bringt mich die junge Lernschwester Heidi auf die Idee, etwas aus der Bücherei des Krankenhauses auszuleihen.
»Sag mir einfach, was du magst«, sagt Heidi, »ich bring's dir dann mit.
Hm. Was ich mag. Ich habe keine Ahnung, was ich an Büchern mag. Weil ich sonst nie lese.
»Was liest du denn?«, will ich von Heidi wissen. Und befürchte insgeheim, dass irgendwelche schrägen Liebesromane oder Pferdebücher in ihrer Lieblingsliste auftauchen. Oder Fantasy-Kram, in dem kleine Mädchen in Tarzanverkleidung zusammen mit Fabelwesen die Welt unter Wasser, die Welt unter einem Rasen oder die Welt von *Gorgon 4* retten. Das sind nur

ein paar der Gründe, warum ich nicht auf Bücher stehe. Die meisten haben einfach nichts mit der richtigen Welt zu tun. Mit dem Mist, der uns täglich um die Ohren fliegt. Aber weit gefehlt, denn Heidi ist viel cooler, als sie in ihren Gesundheitslatschen und dem weißen Krankenhauskleidung auf den ersten Blick wirkt.
Erwin ist zu irgendeiner Behandlung unterwegs, und sie macht sein Bett, während sie sagt:
»Ich stehe total auf Krimis. Je blutiger, desto besser. Oder Thriller.«
»Im Ernst?« Ich frage nicht, was der Unterschied zwischen einem Krimi und einem Thriller ist. So ganz blöd und ungebildet will ich mich nicht präsentieren. Mir fällt zum ersten Mal der kleine Ohrstecker bei Heidi auf. Der ist cool, weil er nicht im Ohrläppchen, sondern ganz oben, in der Muschel etwa auf elf Uhr steckt.
»Toller Ring«, sage ich. Sie kommt an mein Bett und lächelt.
»Davon habe ich noch mehr«, sagt sie. Und ich erkenne dass im Zwischenraum, in der Lücke zwischen ihren beiden oberen Vorderzähnen ein kleiner Brilli oder so was steckt.
»Cool«, sage ich leise. Anscheinend kann ich ihr kein besseres Kompliment machen, denn sie legt ganz lässig eine Hand auf meine Decke. Wahrscheinlich denkt sie nicht darüber nach, an welcher Stelle genau sie ihre Hand platziert. Sagen wir, es ist ungefähr die Stelle meiner Körpermitte, an der sich (unter der Decke natürlich) SOFORT etwas zu regen beginnt.
Ich bete stumm, dass Heidi es nicht bemerkt. Ich singe den Song »… deine Welt sind die Be-herge …«, der sich jedes Mal als Endlosschleife in meinem Hirn einnistet, wenn Claudi die uralte Kinderserie *Heidi* sieht und ich vor dem Vorspann nicht rechtzeitig flüchten kann.

»Guck mal, hier.« Heidi spreizt Daumen und Zeigefinger. Das, was bei uns als Meeresbewohnern vor Urzeiten mal Schwimmflosse gewesen sein könnte, ist ebenfalls durchstochen. Aber nicht nur einmal, nein! Ein winziges Kettchen spannt sich wie ein Spinnennetz im Zwischenraum der beiden Finger. Festgetackert mit goldenen Nieten in dem feinen Fleisch von Heidis Hand.

»Tut das nicht weh?«, frage ich. Und komme mir sofort blöd vor. NATÜRLICH tut es weh, sich verschiedene Körperteile durchbohren zu lassen.

»Ich lasse mich gern stechen«, sagt Heidi. Und erhöht den Druck ihrer Hand auf die Decke.

Oha. Die macht das die ganze Zeit mit Absicht, kapiere ich. Die Frau macht mich an!

Meine Erektion ist jetzt so hart, dass ich auch Erwins Matratze drauflegen könnte. Heidi würde sie trotzdem spüren.

Sie lächelt und zeigt ihre Zungenspitze. Und was ragt dort in Silber aus dem Mund? Genau! Ein Piercing! Ich werde fast verrückt, sodass sie ihre Frage zweimal stellen muss.

»Wie alt bist du, Kleiner?«

»Sechzehn«, stammele ich. Mit der vagen Hoffnung, mich an Heidis Der-Junge-ist-okay-Grenze heranlügen zu können. Doch sie schüttelt nur den Kopf und erhöht den Druck ihrer Hand auf die Bettdecke in meiner Mitte.

»Warum bist du nicht so ehrlich wie dein Schwanz?«, fragt sie.

»Ich, äh …«, stammele blöd herum. Heidi übernimmt den offiziellen Teil der Vorstellung, um mir aus der Peinlichkeit herauszuhelfen.

»Johannes Franke, geboren am 17. Juli um 17:07 Uhr in genau diesem Krankenhaus. *Wie alt* bist du noch mal?«

»Fünfzehn«, murmele ich mit dem schlechtem Gewissen eines ertappten Lügners. Heidi hatte die ganze Zeit Bescheid gewusst. Hier existiert natürlich eine Akte über mich.
»Genau«, sagt Heidi, »aber bis zum 16. dauert es ja nicht mehr lange, gell?«
Sie nimmt die Hand vom Bett, nicht ohne vorher noch einmal kurz den Druck zu erhöhen und unauffällig über die Decke zu reiben.
So ein Miststück, denke ich erregt.
»Da du von Büchern offensichtlich genauso wenig Ahnung hast wie von Mädchen, werde ich etwas in der Bibliothek für dich aussuchen, einverstanden?«
Heidi zeigt mir ihr breites Lächeln und ist plötzlich wunderschön!
»Tut mir leid, dass ich dir damit« – sie deutet auf meine Mitte – »nicht helfen kann. Aber ich will mich nicht strafbar machen und meinen Job verlieren. Das verstehst du sicher.«
Ich nicke. Im Moment verstehe ich zwar gar nichts mehr, außer, dass ich gerade von einer Schwesternschülerin angemacht worden bin. Von der wahrscheinlich coolsten Schwesternschülerin, die es gibt.
»Wenn wir uns noch kennen, wenn du sechzehn wirst«, sagt Heidi an der Tür ohne sich umzudrehen, »ist das natürlich wieder eine völlig andere Sache.«
»Wie alt bist du denn?«, rufe ich ihr hinterher. Aber da ist Heidi schon weg.
Ich bin wie auf Droge. Bis Erwin kommt, habe ich das ganze Rihanna-Album noch viermal gehört und laut dazu mitgesungen. Ich bin total übermütig. Ich will, dass Heidi wiederkommt und mich zur Ordnung ruft. Dass sie schimpft, mich bestraft. Oder sonst was tut … Mann, ich bin völlig verknallt! Überlege, wie die Schwesternschülerin in den vergangenen Tagen

rein und raus kommen konnte, ohne von mir bemerkt zu werden.

Claudi und der Wolf rufen mich schließlich zur Ordnung. Mein Gesang ist über den ganzen Flur zu hören. Claudi findet das lustig, sie hat mich noch nie singen hören. Dank der Kopfhörer muss es ganz schön schräg geklungen haben, wie ich *We Found Love* mitgesungen habe.

Dieser Besuch und Claudis Zeichnung, wie ich im Krankenzimmer mit einem Ganzkörpergips vor dem Bett herumstehe, gehen wie im Rausch an mir vorüber. Als meine Familie gegangen ist und der nörgelige Erwin im Rollstuhl wieder ins Zimmer geschoben wird, leider nicht von Heidi, würde ich ihm am liebsten die Glatze küssen.

44.

Was auch immer Cora mir angetan hat. Es ist vergessen. Die Enttäuschung über die Erniedrigung der Farmerstochter aus Atlanta hat sich erledigt.
Bye-bye, Baby singe ich ihr stumm hinterher, ohne überhaupt zu wissen, woher ich diesen Song kenne. Ist er von mir? Wohl eher nicht. Damit verabschiedet sich ein weiteres Problem ganz sang- und klanglos aus meinem Leben – bleibt nur noch Klaus.
»Viele Probleme erledigen sich auch ohne eigenes Zutun ganz wie von selbst«, ist einer seiner Sprüche. »Leute, die ständig alles zu regeln versuchen, erliegen dem Irrtum, dass sie ihr Schicksal in der Hand haben. Sie ignorieren die Tatsache, dass alles vorbestimmt ist. Auch ihr Schicksal.«
Wenn das bedeutet, dass ich hier einfach auf dem Rücken liegen kann, mit Musik auf den Ohren, und sich eine der geilsten – Entschuldigung: Wahnsinnig tollsten! – Mädchen der Stadt um mich kümmert, ohne dass ich dafür einen Finger krumm machen muss? Okayyyyy! Denn genau das passiert. Ich musste einfach nur dehydriert gegen eine Schaufensterscheibe knallen. Aber in dem Punkt hat Klaus natürlich recht. Geplant war das alles nicht. Es war Schicksal.
Auch, dass ich von Klaus nichts gehört habe. Obwohl ich es mit dem Krankenhaus-Telefon zweimal versucht und ihm auf Band und Mailbox gesprochen habe, weil meine Prepaidkarte im Handy (wie immer) leer ist. Er weiß, dass ich im Krankenhaus bin. Allein diese Tatsache sollte einen Vater doch dazu bringen, dass er …!
Aber was rege ich mich auf. Er weiß, wo er mich finden kann. Wenn er kommt, werde ich mich in aller Form bei ihm entschuldigen. Mehr kann ich nicht tun.

45.

Heidi bringt mir tatsächlich zwei zerlesene Taschenbücher mit.
»Die sehen aber mitgenommen aus«, beschwere ich mich. Ein Witz, Leute! Ich versuche, charmant und humorvoll zugleich zu sein. Aber ich dachte, die zerfledderten Dinger kämen aus der Bücherei. Dabei waren es zwei von Heidis privaten Lieblingsromanen, was ich allerdings erst später erfahren sollte.
»Diese Bücher sind zerlesen, weil sie gut sind!«, sagt Heidi und rauscht aus dem Zimmer. Ziemlich beleidigt.
»Danke!«, rufe ich hinter ihr her. Aber das hat sie nicht mehr mitbekommen. Die Kriminalromane sind von Patricia Highsmith und Janwellem van de Wetering, lese ich. Highsmith klingt irgendwie britisch. Und der Typ klingt nach Holland. *Uitsmijter* und so.
Erwin dreht sich zu mir und keucht irgendwas von wegen »heißer Feger« oder ähnlichen Mist.
»So reden Sie nicht von meiner Freundin!«, belle ich zurück. Erwin zieht den Kopf ein wie eine Schildkröte. Ich meine es völlig ernst. Vielleicht ist sie nicht MEINE Freundin, über diese Sache bin ich mir noch nicht so ganz im Klaren. Aber zumindest ist Heidi EINE Freundin, die man vor Übergriffen alter Säcke schützen muss. Auch wenn sie nur reden.
Ich weiß hundertprozentig, dass dieses wild aussehende Mädchen mit den pechschwarzen Haaren und dem weißen Kittel Klaus gefallen würde. Und umgekehrt. Aber nicht auf diese billige und fiese Groupie-Art, wie Cora sich an Klaus ranschmeißen wollte. Ich glaube, Heidi van … hat einen absolut unaussprechlichen Nachnamen, weil sie einen holländischen Vater hat.
»Einen niederländischen! Nicht ›holländischen‹, Johannes!«

»Ist ja gut!«
»Sag ihn noch mal«, bittet Heidi in der Raucherecke glucksend.
Ich versuche noch einmal, ihren Namen von dem kleinen Schild auf ihrem Kittel richtig abzulesen: »Heidi fan Niuwenn … äh … huitzen.«
Sie verschluckt fast ihre Zigarette vor Lachen. Das Einzige, was mich an ihr wirklich stört, ist, dass Heidi in jeder freien Minute eine Kippe im Mund hat. Die Raucherecke vor der Tür im Seitenflügel hat zwar den Vorteil, dass ich Heidi van Holland, wie ich sie der Einfachheit halber insgeheim nenne, dort oft treffe. Aber erstens ist meine Schwesternschülerin meistens nicht allein, und zweitens …
»Ist Rauchen die gefährlichste Scheiße, die man sich überhaupt antun kann.«
»Aha«, sagt sie. Und zieht an der Kippe.
»Ich verstehe das nicht. Du bist Krankenschwester, wie kannst du da Rauchen? Du musst doch wissen, dass …«
»Noch nicht«, sagt sie. »Ich bin in der Ausbildung.«
»Aber einen Raucher zu küssen, ist, wie einen Aschenbecher auszulecken«, sage ich, und komme mir etwa eine Sekunde lang RICHTIG klug vor. Bis …
»Ach nee«, sagt Heidi und beugt sich interessiert vor. »Wie viele Aschenbecherinnen hast du denn schon ausgeleckt?«
»Ich, äh …« zögere etwas zu lang und Heidi nickt. »Dachte ich's mir doch, Jungfrau Jo.«
»Nenn mich nicht so!«, protestiere ich.
Diese Wortgefechte sind nie böse, sondern eher wie ein tierisch schnelles Tischtennis-Spiel zwischen Heidi und mir. Ihr Ball, mein Ball, ihre Seite, meine Seite. Es geht ständig hin und her. Allein dafür würde ich mein Krankenhausbett am liebsten aus dem Zimmer in die Raucherecke schieben. Wenn die »echte« Schwester

Gerber nicht immer so einen Höllenaufstand wegen jedem Dreck machen würde. Selbst dass ich hier stehe, darf die Gerber nicht wissen!
»Ich mache dir einen Vorschlag«, sage ich.
»Bin ganz Ohr«, antwortet sie. Und inhaliert extra tief. Um mich zu ärgern.
»Wenn du diese Schwesternschulensache erfolgreich hinter dich bringst …«
»Du meinst sicher meine Ausbildung zur Gesundheits- und Krankenpflegerin«, ergänzt sie mit einem amüsierten Grinsen, das ihr Nasenflügelpiercing ein wenig vibrieren lässt.
Seeexyyy. Ich muss mich konzentrieren. »Richtig«, sage ich. »Wenn du die Prüfung bestanden hast, hörst du auf. Am gleichen Tag! Was hältst du davon?«
Sie schluckt trocken.
»Das ist aber noch über zwei Jahre hin«, sagt sie.
»Ist doch egal!«, sage ich.
»Wer soll das denn überprüfen?«
»Wie ›wer‹? Ich natürlich!«, pruste ich los.
Ich kapiere die Frage nicht. Ich kapiere auch nicht, warum sie so gerührt über meinen Vorschlag zu sein scheint. Man könnte meinen, Heidi werde gleich in Tränen ausbrechen, weil ich …
»So wichtig bin ich dir?«, fragt sie leise. Und sieht mir in die Augen. Wir kennen uns zwar erst seit drei Tagen, aber ja …
Ich schaffe es tatsächlich, NICHT leichtfertig mit den Schultern zu zucken und »logo« oder ähnlichen Blödsinn zu antworten. Weil mir gerade klar wird, dass hier gerade etwas ganz Besonderes passiert. Als ich den Vorschlag gemacht habe, hatte ich darüber nicht nachgedacht. Aber jetzt, wo es raus ist …
»Ich möchte, dass du gesund bleibst und mindestens hundert Jahre alt wirst«, sage ich leise. Sehe dabei zu

Boden, weil mir das kitschig vorkommt. Obwohl es die Wahrheit ist.

Heidi van, so nenne ich sie von nun an offiziell, hat sehr feingliedrige, weiche Hände, spüre ich. Obwohl sie damit kräftig zupacken kann. Sie nimmt mein Gesicht ganz vorsichtig in ihre Hände, hebt meinen Kopf, bis unsere Blicke sich treffen und sagt: »Das wird die erste und letzte Aschenbecherin sein, die du jemals küssen wirst, Johannes.«

Ihre Lippen treffen meine. Sie hat die Augen kurz vorher geschlossen. Ich warte damit, bis ich dieses Rauschen im Kopf höre, als ich Heidis Zungenspitze spüre, die mir ganz vorsichtig über die Oberlippe streift. Es ist ein unbeschreibliches Gefühl. Und obwohl ich noch nie in meinem Leben an einer Kippe gezogen habe, weil ich schon den Geruch nach Rauch hasse, der wegen meiner Eltern ständig in meinen Klamotten hängt, und obwohl Heidi ihre Zigarettenkippe gerade erst ausgedrückt hat, schmeckt ihr Kuss wie ein Wunder. Es ist das Schönste, was ich bisher erlebt habe. Mir fallen eine Million Beschreibungen für das Gefühl ein, das mich durchströmt, als ich ihre Taille umfasse und den Kuss zu erwidern beginne. »Geil« beschreibt es nicht einmal annähernd. Es ist viel mehr! Der Kuss trägt mich weit davon. Doch viel zu schnell hört es auf und ich stehe mit Heidi plötzlich wieder in der Raucherecke.

»Soll das heißen …«, frage ich und will eigentlich von ihr erfahren, ob wir jetzt miteinander gehen. Ob wir befreundet sind, Mann und Frau. Ja, Mist, wie soll ich das denn formulieren? Aber Heidi hilft mir:

»Das soll heißen, Liefdje, dass ich soeben mit dem Rauchen aufgehört habe!«

Sie stellt ihr Einwegfeuerzeug neben die angebrochene Schachtel Zigaretten auf den Fenstersims, der den Durchblick in den Flur und das trostlose Treppenhaus

freigibt. Es beginnt zu nieseln, doch für mich scheint die SONNE! Heidi winkt mir zu und verschwindet mit einem Lächeln im Flur.
BANG! Ich bin verliebt in diese Frau!

46.

Bevor ich Heidi zum ersten Mal ohne Schwesterntracht sehe, bevor ich mir also wirklich ein Bild davon machen kann, was für ein Typ sie ist, passieren in kürzester Zeit eine Menge Dinge. Eigentlich nur kompletter Scheiß. Richtig fiese Sachen.
»Aber … wer weiß, wofür es gut ist«, hätte Klaus gesagt. Wenn er noch mit mir reden würde. Ich habe immer noch nichts von ihm gehört.
Zuerst einmal erscheinen meine Eltern grau und blass im Krankenhaus. Sie wollen mich abholen, denn ich werde entlassen. Bin zwar noch ein wenig wackelig auf den Beinen, aber wer ist das nicht – nach einer Woche Krankenhausfutter?
»Was ist los?«, frage ich, und Anna beginnt zu weinen, während der Wolf unverständliches Zeug stammelt. Ich vermisse Claudi, die einzige Person in unserer Familie, die in klaren, kurzen Sätzen spricht.
»Wo ist Claudi?«, frage ich. Da bricht auch beim Wolf der Damm und er setzt sich lautlos weinend auf die Kante meines zerknautschten Krankenhausbetts.
»Was ist denn *los*?« Ich stehe mit der fertig gepackten Tasche im Raum. Erwin ist nicht da, er bekommt irgendeine Behandlung. Wir haben uns vorher knapp verabschiedet. Mit Heidi ist es natürlich etwas ganz anderes. In der idealen Welt, in der immer alles nach Plan läuft, käme Heidi jetzt rein und würde Anna und dem Wolf die Flosse geben. Dann würde ich sie als »Heidi van Nieuwenhuizen, meine neue Freundin« vorstellen. Dafür hatte ich mir extra die korrekte Aussprache ihres Nachnamens mühsam draufgeschafft. Doch als Heidi die Tür leise öffnet und den Kopf hineinsteckt, erkennt sie sofort, dass etwas nicht stimmt. Ich zucke stumm mit den Schultern und sie macht das Zeichen für »Ich warte hier vor der Tür«.

»Wo ist meine Schwester?«, frage ich erneut. Der Kloß in meinem Hals verleiht meiner Sorge erst den richtig verkorksten Klang. Ich denke an Unfalltod, Entführung oder so was. Die ganzen furchtbaren Ängste eben, mit denen man vom Fernsehen jeden Tag überfüttert wird, ob man will oder nicht. Anna und der Wolf brabbeln gleichzeitig los.

»Jugendamt«, ist das Einzige, was ich richtig verstehen kann.

»Was?«, frage ich entsetzt. Obwohl ich erleichtert bin, keine grausigen Schlüsselworte wie »entführt« oder »überfahren« hören zu müssen.

»Sie haben Claudi in einer Pflegefamilie untergebracht!«, sagt Anna. Sie klingt übertrieben theatralisch. So, als würde meine Mutter auf einer Bühne stehen und einer riesigen Zuschauermenge ihr Leid klagen wollen.

»Wieso?«, frage ich. Ich habe eine Ahnung, dass hier viel mehr im Busch ist. Dass meine kleine Schwester nicht einfach nur vom Jugendamt abgeholt und in eine Pflegefamilie gebracht worden war. Was ich als Nächstes sage, klingt ungewohnt hart in diesem Zimmer. ICH klinge völlig anders, als sonst: »Jetzt reißt euch zusammen, verdammt noch mal! WAS! IST! PASSIERT?«

Der Wolf scheint für eine Millisekunde zu überlegen, ob er zulassen kann, dass ich hier die Ansagen mache. Aber grau und klein, wie er ist, zieht er den Schwanz ein und lässt Mama den Vortritt, die mir nun die ganze Geschichte erzählt. Der feige Hund!

»Sie haben Claudia gestern abgeholt, also die vom Jugendamt. Ein netter Herr und eine Dame. Sie haben unsere Süße …« Hier schluchzt sie theatralisch, als warte sie auf den ergriffenen Applaus hunderter mitfühlender Zuhörer. »Sie haben Claudia zu einer Pflegefamilie gebracht, und …«

»Warum denn?«, unterbreche ich Anna.
»Was?« Sie tupft sich die Augen. Aber mir kann sie nichts vormachen.
»Die kommen nicht einfach so vorbei und zerren ein Kind von seinen Eltern weg. Was ist passiert?«
»Deine Schuld«, zischt der Wolf. Erst jetzt merke ich, dass er nach Kneipe riecht, nach Kippen und Bier. Es ist noch viel zu früh dafür, aber ich ertappe mich bei dem Gedanken, ihn damit zu entschuldigen, dass der ganze Stress vielleicht ... NEIN! Ich ziehe die Notbremse.
»Ich war im Krankenhaus, das bin ich noch. Was habe ich damit zu tun?«, frage ich ihn.
»Der behandelnde Arzt hat deinen Befund dem Jugendamt mitgeteilt.«
»Befund?« Ich kapiere nichts.
»Meine Güte, dass du besoffen gegen die Scheibe gerannt bist!«, ruft der Wolf. Viel zu laut. Er hat selbst richtig einen in der Kiste, kapiere ich jetzt. Wie sonst nur abends nach den Tagesthemen.
Mir wird plötzlich bewusst, dass sich Heidi vor der Tür im Flur darauf freut, meine Eltern kennenzulernen. Hoffentlich sind diese Türen dick genug, um Schmerzensschreie von Patienten zu dämpfen, denke ich. Und die Ausraster meiner großartigen Erziehungsberechtigten, die es so weit gebracht haben, meine kleine Schwester zwangsweise zu Pflegeeltern transportieren zu lassen. Aber doch nicht, weil *ich* besoffen durch eine geschlossene Glastür rennen wollte. Wieso haben sie nicht schon früher Stress gemacht, wenn ich an allem schuld sein soll. Es kann einfach nicht sein ...
»Das stimmt nicht«, sage ich. Lasse den keuchenden Wolf auf der Bettkante links liegen und sehe nur Anna, meine Mutter, an.

Du wirst mich nicht belügen, oder? Sagt mein Blick. Sie sieht zu Boden. Ich weiß, dass sie überlegt, es zu tun. Dass sie mich gern anlügen WÜRDE, es aber nicht KANN. Und in diesem Moment wird mir klar, dass hinter dieser Sache etwas viel Größeres steckt, weswegen Anna das Muster auf dem Fußboden auswendig zu lernen versucht. Anstatt mir in die Augen zu sehen.
Ich warte schweigend. Es ist ihre Entscheidung. Ich zähle bis zehn, sehr langsam. Dann nehme ich meine Tasche und öffne die Tür.
Heidi steht tatsächlich auf der anderen Seite des Flurs und setzt ein strahlendes Lächeln auf.
»Ich werde sowieso herausfinden, was wirklich passiert ist«, sage ich zu Anna. Mir ist jetzt egal, ob Heidi oder von mir aus auch das ganze Krankenhaus mitbekommt, was hier für eine Scheiße läuft.
»Wir sind aus der Wohnung rausgeworfen worden«, sagt Anna. Diesmal ohne Getue, ganz klar und geradeheraus. »Es gab bei Wolfs Geburtstag gegen Ende der Party Zoff. Die Polizei musste kommen. Wir hatten alle ein wenig zu viel von diesem Orangenzeug getrunken, du weißt ja, frisch gepresst, und …«
»Dann hat sich *deine* Mutter im vollen Kopp von Harald angrabschen lassen!«, schießt der Wolf eine gemein klingende Salve dazwischen und ignoriert das noch immer lächelnde Mädchen an meiner Seite. Er gibt mir unabsichtlich einen Stoß, als er an mir vorbeitorkelt und den Flur Richtung Treppenhaus verlässt. Brich dir deinen verdammten Hals!, denke ich hinter ihm her.
»Der Vermieter hatte uns schon letztes Mal, bei der Sache mit deinem Vater und Klaus, verwarnt, oder mit äh, Wolfgang und deinem Vater. Na ja, wie dem auch sei, fristlose Kündigung … Hallo, wir kennen uns doch oder? Ich bin die Mutter von Johannes.« Anna

schaltet innerhalb einer Millisekunde auf fröhlich um, lächelt breit und reicht der völlig verblüfften Heidi ihre Hand, die nicht weiß, ob sie außer Hörweite gehen, oder einfach nur zur Salzsäule erstarren soll.
Das ist eine Wendung in der Taktik meiner Mutter, die ich nur allzu gut kenne. Aus dem Es-ist-so-furchtbar-und-ausschließlich-deine-Schuld-Vortrag für die große Bühne wird eine Uns-ist-ein-kleines-Missgeschick-passiert-alles-aber-nur-halb-so-schlimm-neues-Thema-Sache.
Man sagt, dass Jungs sich nur auf eine Sache konzentrieren können. Ich halte das für Blödsinn. Schließlich kann ich essen und fernsehen, oder popeln und gleichzeitig Fahrrad fahren. Doch nun, da die Lage nicht ernster werden kann, schaffe ich es nicht mehr, die neuen Katastrophenmeldungen zu verdauen und mich gleichzeitig noch um Heidi zu kümmern. Ich lasse meine neue Freundin also einfach im Krankenhausflur stehen und folge meiner Mutter, die ihren Auftritt ganz offensichtlich absolviert zu haben glaubt.
»Hey, wo ist unser Zeug denn jetzt? Wo wohnen wir?«
Mama dreht sich um. Was sie nun sagt, wird dazu führen, dass ich sie in meinem weiteren Leben nie wieder »Mama« oder »Mutter« nennen werde!
»Deine Sachen sind bei Opa.«
„Was für'n Opa? … Opa Schneider?«, frage ich.
„Nur vorübergehend, Jo«, sagt sie und nickt. „Es geht nicht anders. Ich kann einfach nicht mehr.«
Sie will mir tatsächlich noch einen Kuss geben, zum Abschied. Einen Kuss! Erst jetzt begreife ich, was hier wirklich läuft. »Ihr seid überhaupt nicht gekommen, um mich abzuholen. Ihr wolltet mir nur den Schwarzen Peter zuschieben und euch dann verpissen!«
Ich sehe mir Annas Reaktion nicht an. Auch Heidi kann ich nicht in die Augen sehen. Nehme einfach nur meine Tasche und renne. Treppenhaus, Foyer, Wen-

dehammer, Straße ... Mir sind die Arschlöcher egal, die mich anschreien, weil sie zu Boden gehen, die hupenden Autos und die Frau auf dem Fahrrad. Diesmal passiert mir leider nichts. Ich habe nur Glück und bin einfach zu verwirrt, um auf die Idee zu kommen, dass ich die Sache mit der Scheibe doch auch mal mit einer massiven Betonwand ausprobieren könnte. Oder mit einer Autobahnbrücke. Ich renne, bis mir Blut aus der Nase läuft und ich glaube, meine Lunge in kleinen Stückchen auf der furztrockenen Zunge zu spüren. Die Tasche mit meinen Sachen aus dem Krankenhaus verliere ich irgendwo, ohne es zu merken. Aber das Zeug wird mir nicht fehlen. Genauso wenig wie meine Eltern.

Ich brauche nur eins, mein Fahrrad!, denke ich. Es steht noch bei Klaus vor der Tür. Ich hatte es völlig vergessen, deshalb schlage ich diese Richtung ein. Und ich denke: Heidi wird mir fehlen.

Das ist mit Abstand der größte Schmerz. Merkwürdigerweise in meiner Kehle, statt in meinem Herzen. Ich renne einfach weiter und das Gefühl verschwindet. Fast.

47.

Opa Schneider wohnt in einem uralten Eckhaus am Stadtrand. Es ist ein Viertel mit kleinen Arbeiterhäusern, wie er selbst es mal genannt hat. Alte, fast schwarze Dachziegel, grauer Putz, dunkelgrüne Schlagläden, die so oft überlackiert wurden, dass sie allein vom Gewicht der Farbe aus den Angeln fallen müssten. Wer in dieser Gegend seine Hecke nicht mit dem Lineal stutzt und den Rasen zweimal in der Woche mäht, kann gleich wieder ausziehen.
»Besäufnisse, Prügeleien im Hausflur und die Polizei vor der Tür?«, fragt Opa Schneider und runzelt die Stirn.
»Ich weiß auch nicht genau, was passiert ist. War im Krankenhaus.«
Er sieht überrascht auf: »Du? Wieso denn das?«
Ich zucke mit den Achseln. »Kleiner Sportunfall. Nichts weiter.«
Wieder runzelt er die Stirn, als mache er sich Sorgen.
Die Sonne im Gemüsegarten hinter dem Haus lässt Opa Schneider wie einen dieser weißhaarigen Mallorca-Rentner aussehen.

Kurz zuvor hatte ich mein Rad neben dem Eingang abgeschlossen und den Schlüsselbund in meiner Hand betrachtet. Es war ein merkwürdiges Gefühl, drei nutzlose Schlüssel endgültig von dem einzig wichtigen Schlüssel für das schwere Bügelschloss zu trennen. Es kam mir gleichzeitig völlig unwirklich und total richtig vor, mich von Haustür-, Wohnungs- und Briefkastenschlüssel zu trennen, indem ich sie in die Mülltonne warf. Es war eine Wohnung, von der ich beim letzten Mal Zuziehen der Haustür nicht gewusst hatte, dass ich diese Schlösser nie wieder öffnen würde. Das traurige Gefühl von Verlust hatte nichts mit dem Zeug in unserem Zimmer zu tun. Mit der Wohnung war auch unsere Familie weg – einfach verschwunden. Diese Erkenntnis verstopfte mir den Hals, als ich hinter mir plötzlich eine Stimme hörte.

»Na, wer schleicht denn hier herum?«

Genau. Was mache ich hier eigentlich?, fragte ich mich. Die ganze Sache war schon verfahren genug. Da musste ich nicht unbedingt auch noch den Großvater wiedertreffen, den ich als Knirps das letzte Mal gesehen hatte.

»Wie geht es dir?«, fragte er und grinste schief. In seiner Latzhose erinnerte er mich an Peter Lustig, den ehemaligen Besitzer des Bauwagens aus *Löwenzahn*. Claudi und ich mussten Hunderte von Wiederholungen mit ihm gesehen haben. Aber damals hat er mich komischerweise nie an meinen Opa erinnert. Vielleicht, weil ich ihn schon so lange nicht mehr gesehen hatte, obwohl er nur eine knappe Viertelstunde entfernt von der Stadtmitte wohnte. Wenn man zu Fuß war und rannte, bis einem die Lunge aus dem Hals brannte, dauerte es etwas länger.

»Du siehst aus, als könntest du einen Schluck Wasser vertragen, Johannes.«

»Zwei Pils wären mir lieber«, konterte ich mit meinem Standardwitz und einem schiefen Lächeln. Was Opa Schneider ganz offensichtlich alles andere als komisch fand.

»Du trennst deinen Müll nicht«, versuchte ich eine Ablenkungstaktik, die ich von Anna gelernt hatte. Ich deutete auf die eine graue Tonne, in der ich gerade meine Vergangenheit entsorgt hatte.

»Wozu? Kompost kommt in den Garten. Der ganze andere Mist endet sowieso in der Müllverbrennung. Jetzt erzähl doch mal, wie es dir in den letzten Jahren ergangen ist, mein Junge.«

Also gut. Ich brach in Tränen aus und fiel ihm um den Hals.

48.

»Natürlich kannst du bleiben. Ein paar Sachen sind schon hier. Wolfgang hat sie gestern gebracht.«
Opa Schneider hat frische Minze aus dem Garten geholt und mit heißem, nicht kochendem Wasser!, wie er extra betont, übergossen. Mit Eiswürfeln gekühlt und mit Honig gesüßt ist das Getränk der Hit, wenn es heiß hergeht und man Durst hat. Hilft es auch gegen Verwirrung und Trauer? Keine Ahnung, doch der Geschmack katapultiert mich bereits nach dem ersten Schluck wieder in die Zeit zurück, als Oma Schneider noch lebte. Durch das Fenster der kühlen Küche guckt man auf die Straßenecke. Hier ist nicht viel Verkehr, ich sehe ab und zu Anwohner und spielende Kinder auf der Straße. Wir setzen uns ins abgedunkelte Wohnzimmer. Ich erinnere mich an die vielen Western mit John Wayne, die mein Opa liebt, und die wir zusammen gesehen haben. An riesige, meterdicke Oberbetten in hart gestärkten, weißen Bezügen, die wunderbar dufteten. Jeden Morgen nach dem Aufstehen wurden die Federbetten aus dem Fenster gehängt, egal, ob es stürmte oder Schnee fiel.
»Wie geht es dir, Johannes?«
»Das sollte ich eigentlich dich fragen, findest du nicht, Opa?«
»Kannst du mich Werner nennen? Irgendwie sind wir beide zu alt für diesen Opaquatsch.«
»Klar … Werner«, sage ich. Auch wenn mir das komisch vorkommt. Wir sitzen uns wie Fremde gegenüber, schweigen, starren abwechselnd in den Garten und pusten in unsere Gläser. Dabei ist der Minztee schon eisgekühlt.
»Weißt du, wo sie Claudi hingebracht haben?«, frage ich. Er schüttelt den Kopf.
Wir schweigen, starren und pusten.

»Wir könnten morgen früh ins Rathaus gehen und uns erkundigen«, sagt Opa Schneider. Also Opa Werner. Ich meine Werner.
Starren. Pusten. Schweigen.
»Ich hatte eigentlich andere Pläne«, sage ich.
Pusten. Schweigen. Starren.
»Lass hören«, sagt Werner.
»Äh ...« Was soll ich ihm erzählen? Dass ich vorhabe, mich aufs Rad zu schwingen und so weit zu fahren, wie mein Bike mich trägt? Dass ich das alles einfach nur hinter mir lassen und neu anfangen will? Wie soll ich meinem Opa, ja gut, von mir aus auch Werner, wenn er das cooler findet, erklären, dass ich niemals in seiner hundertfach überstrichenen Bude wohnen kann? In der es, tut mir echt leid, Werner, auch einige Meter vom Klo entfernt ganz leicht nach Urin riecht. Wie soll ich dir das verklickern, alter Mann?
»Ich habe in bisschen im Internet recherchiert«, sagt er.
Und ich horche überrascht auf.
Im World Wide Web? Du kommst ins Netz? DU?
Das sage ich natürlich nicht, sondern puste erneut in mein Glas. Woher haben wir bloß diese bescheuerte Angewohnheit?
»Im Netz steht, dass Jugendlichen ab sechzehn Jahren unter besonderen Voraussetzungen vom gesetzlichen Vormund die Erlaubnis erteilt werden kann, eine eigene Wohnung zu beziehen.«
»Was?«
»Es heißt ›Wie bitte‹«, verbessert mich Werner und lächelt. »Ich sagte, dass ich herausgefunden habe, dass du vielleicht selbstständig leben könntest.«
»Mit einer eigenen Bude?«
Werner nickt.
»Und wie soll ich die bezahlen? Ich glaube kaum, dass Anna und der Wolf die Kohle dafür ...«

»Vielleicht kann das Jugendamt einspringen«, unterbricht mich Werner. »Ich bin dafür, du bleibst heute Nacht hier und morgen früh gehen wir einfach mal dorthin, in Ordnung?«
Ich bin echt überrascht von Werner. Puste, starre aus dem Fenster und denke lange nach.
»Du weißt das schon länger, oder?«
»Was meinst du?«, fragt er. Obwohl er ganz genau weiß, was ich meine.
»Hör mal, Werner«, sage ich, und bin selbst überrascht vom Klang meiner Stimme. Es ist dieser neue Verarsch-mich-nicht-Ton, der schon im Krankenhaus bei Anna und dem Wolf Wirkung gezeigt hat. Entweder habe ich das von Klaus gelernt. Oder der Aufprall auf eine Fläche aus Sicherheitsglas hat etwas mit meinem Hirn und den Stimmbändern gemacht. Ich bin kein Kind mehr, wenn ich so rede. Ich bin dann jemand, der die Wahrheit sagt, egal, wie weh sie tut. Genauso erwarte ich absolute Ehrlichkeit mir gegenüber. Schweigen ist okay. Starren und Pusten sind okay. Aber bitte keinen Bullshit, dafür habe ich keine Zeit. Genau das liegt in meiner Stimme, als ich sage: »Hör mal, Werner. Ich weiß jetzt, dass mir weder Anna noch der Wolf die Wahrheit gesagt haben. Von Klaus ganz zu schweigen. Mittlerweile ist es mir auch ziemlich egal, worüber sie gelogen oder was sie mir verschwiegen haben. Die sind für mich gestorben. Wenn du jetzt auch noch anfängst, mich zu verarschen, wird das ein ziemlich kurzer Besuch, verstehst du das?«
Werners Minztee ist ihm offensichtlich immer noch viel zu heiß. Und im Garten gibt es eine Unmenge neuer Sachen zu sehen, die ihm vorher anscheinend noch nie aufgefallen sind. Es dauert eine halbe Ewigkeit, bis mein Opa mit der Pusterei aufhört und mich über sein Glas hinweg ansieht. Dann fragt er leise: »Also die Wahrheit, ja?«

Ich breite die Hände aus, als wolle ich Jesus in seiner Gestik des Guten Hirten Konkurrenz machen: »Die ganze Geschichte.«
Er atmet durch. Dann fragt er: »Wann wirst du noch mal sechzehn Jahre alt?«
Was haben die bloß alle immer mit diesem magischen Datum? Sex mit Heidi, eigene Bude – dieser verdammte Geburtstag bekommt eine geradezu mystische Bedeutung.
»Ist nicht mehr lang hin, dieses Jahr noch.«
»War das im September?«, rät Werner.
»Was soll das werden?«, frage ich mit meiner kein-Scheiß-mit-mir-Stimme. »Das große Sternzeichenraten?«
Mit Blick auf den ausgeschalteten Fernseher, einem riesigen Röhrending, glaube ich mich an Western zu erinnern, in denen John Wayne so gesprochen hat. Ich sollte es damit allerdings nicht übertreiben, nehme ich mir vor. Und überlege, ob Anna ihre theatralischen Fähigkeiten ebenfalls in diesem Wohnzimmer, vor diesem Fernseher erworben hat.
»Also gut«, sagt Werner und strafft sich. Dann steht er auf. »Aber zuerst mache ich uns noch einen Tee. Das wird nämlich etwas dauern. In Ordnung?«
»Wenn wir ihn heiß trinken«, antworte ich. »Ich habe nämlich echt keinen Bock, noch länger zu warten.«
Mein Opa lacht auf, nickt und verschwindet in der Küche.

49.

»Dein Vater war Annas erste große Liebe«, sagt mein Großvater nachdenklich und malt mit dem Finger in dem nassen Rand auf dem Tisch herum, den seine Teetasse dort hinterlassen hat. »Das war eine ganz schön schwierige Kiste damals, denn deine Oma Emmi war natürlich nicht begeistert, dass ein Motorradrocker mit Haaren bis zum Hintern jeden Tag hier vorgeknattert kam, um ihren kleinen Engel abzuholen.«
»Klaus war ein Rocker?« Ich kann es kaum glauben.
»Ach was, kein echter«, sagt Werner und lächelt. »Er sah einfach nur wild aus, mit Haaren bis zum Ar …«, er stockt. Ich winke ihn durch.
»Du weißt schon, was ich meine. Schwarze Lederjacke, Cowboystiefel. Das ganze Programm. Klaus kann ja schon ohne Haare Eindruck machen, aber damals … Ich kann dir sagen!« Werner nickt zur Unterstreichung seiner Erzählung mit dem Kopf wie ein Wackeldackel. »Anna war etwas jünger als du heute. Ein echter Wildfang.«
»Ein was?«
»Wildfang. Das ist ein wildes Pferd.«
»Du vergleichst Anna mit einem Pferd? Wegen ihrem Hintern oder wie?«, grinse ich und genieße meine kleine Gemeinheit.
»Blödsinn. Das ist nur ein Bild für ungezähmte und temperamentvolle Mädchen«, sagt Werner.
»Klingt überhaupt nicht nach Anna«, finde ich.
»Jetzt unterbrich mich nicht dauernd«, sagt Werner.
»Wo war ich?«
»Der Rocker und der Wildfang«, helfe ich aus.
»Genau. Beim einzigen richtig schlimmen Streit zwischen Anna und ihrer Mutter ging es damals um diese Freundschaft. Ich meine, gestritten haben deine Oma und deine Mutter sich eigentlich dauernd. Doch da

ging es eher um Kleinigkeiten, wie zu tiefe Ausschnitte und zu kurze Röcke, wie lange Anna wegbleiben durfte und so was. Sie war nicht besonders gut in der Schule ... Da brauchst du überhaupt nicht zu grinsen. Sie war ein sehr begabtes Mädchen. Kurz bevor sie Klaus kennenlernte, war Anna Klassenbeste. Es stand gerade ihr Wechsel von der Realschule aufs Gymnasium an. Aber dieser Klaus war eben einfach so viel interessanter als alles, was sie bisher erlebt hatte. Also schmierte sie in der Schule ab und der Wechsel zum Gymnasium war plötzlich kein Thema mehr. Da hat Emmi den Fehler gemacht, Anna den Umgang mit Klaus zu verbieten. Ich wusste, dass das ein völlig unsinniger Versuch ist, in das Leben ihrer flügge werdenden Tochter einzugreifen. Aber ich konnte sie nicht davon abhalten. Emmi wollte Anna einfach beschützen, verstehst du?« Werner sieht mich traurig an. »Am nächsten Tag waren sie beide verschwunden.«
»Wohin?«, frage ich.
»Vier Tage lang haben wir nichts gehört. Emmi ist fast wahnsinnig geworden. Wir waren bei der Polizei und haben eine Vermisstenanzeige aufgegeben ... Am fünften Tag bekamen wir dann einen Anruf. Anna und Klaus waren fast an der Grenze von Frankreich zu Spanien. Klaus hatte sein bestes Pferd im Stall gesattelt und war mit unserem kleinen Liebling einfach auf und davon ...« Hier lacht Werner. Es klingt, als würde man Schrauben in einer leeren Blechdose schütteln. Diesmal falle ich auf sein Pferdebild nicht rein und schalte gleich richtig, als ich frage:
»Klaus hatte ein Motorrad?« Werner nickt. »Viele, einen ganzen Stall voll. Er hatte eine eigene Werkstatt, die ihm aber dann ... Na ja, das ist ein ganz anderes Thema.«
»Du musst Klaus ganz schön gehasst haben, was?«

Werner sieht mich einen Moment lang schweigend an. Als die Stille unerträglich wird, räuspere ich mich und lege nach: »War das der Grund, warum Anna und du den Kontakt abgebrochen habt?«
Er schweigt, bis ich meine, die Luft knistern zu hören. Sind das Tränen in seinen Augen? Endlich räuspert er sich.
»Sag mal, Junge. Hat Anna dir denn überhaupt nichts erzählt?«
»Nur, dass Klaus ein Knacki und ein unzuverlässiger Mistkerl ist. So Zeug halt.« Ich komme mir auf einmal ziemlich blöd und naiv vor. Wieso hatte ich mich von Anna mit diesem dürftigen Scheiß über meinen Vater abspeisen lassen? Wieso hatte ich sie nicht viel eindringlicher über Klaus oder meinen Opa ausgefragt? Und wieso habe ich diese ganzen Tabu-Lücken zwischen Klaus und mir zugelassen? Die Antwort lag plötzlich ziemlich deutlich vor mir. Weil ich zu diesem Zeitpunkt noch nicht gegen eine Glastür gerannt bin, die mir fast den Schädel gespalten hatte. Ein Schlag, der meinen Drang, alles, aber auch wirklich ALLES, zu erfahren in mir geweckt hatte. Es ist natürlich nicht der blöde Unfall. Aber der unglaubliche Schmerz nach dem Aufprall war genau das, was ich vorher zu vermeiden versucht hatte. Ich wollte die alten Geschichten ruhen lassen, diese sorgfältig zugeschaufelten Gräber nicht mit Gewalt wieder öffnen. Meine Güte, ich klinge wie Werner. Sagen wir einfach, ich wollte nicht NOCH MEHR verletzt werden. Basta! Plötzlich geht die Geschichte weiter, denn Werners Stimme ist ganz leise zu hören.
»Ich stand mal in meinem Betrieb an der Stanze, als ich plötzlich eine Hand auf meiner Schulter fühlte. Es war Klaus. Bis auf ein Kopfnicken oder einen knappen Gruß, wenn er Anna abholte, hatten wir noch kein einziges Wort gewechselt. Er war etwa vier Wochen vor

diesem Besuch in Annas Leben aufgetaucht, so genau kann ich das nicht sagen. Jedenfalls steht er plötzlich mit seiner Lederjacke über der Schulter und seinem langen Zopf an meinem Arbeitsplatz und grüßt mich freundlich. Hinter ihm stehen die Kollegen und machen Witze, feixen und bringen Sprüche wie: »Werner, wirst du heute von deiner Frau abgeholt?« Solchen Schwachsinn halt. Und das Erste, was mir bei Klaus auffällt, als er sich ganz freundlich und normal mit seinem vollen Namen vorstellt, ist: Der Mann lässt sich nicht unterkriegen oder einschüchtern. Der hat vor nichts Angst. Das war wirklich mein erster Gedanke, als ich ihm die Hand gab und in seine unglaublich blauen Augen sah. Er ignorierte die Idioten um uns herum und war irgendwie eindringlich bei mir … Ich weiß nicht, wie ich das anders formulieren soll. Die Kollegen fühlten sich auf Anhieb unbehaglich und schlichen bereits Sekunden später beschämt von dannen. Es war nicht nur, dass er sich nicht hatte provozieren lassen. Er hatte einfach durch sie hindurchgesehen. Sie waren für Klaus überhaupt nicht vorhanden. Und wenn einer von ihnen Klaus im Weg gestanden, oder, Gott bewahre, sich ihm in den Weg gestellt hätte, na ja … Ich schwöre, dass Klaus dann einfach durch ihn hindurchgegangen wäre. Wie in einem Science-Fiction-Film. Verstehst du, was ich meine?«
Ich nicke, denn das hat Klaus auch heute noch drauf. Auch ohne Matte und Motorradkluft.
»Wenn man Klaus in einen teuren Anzug gesteckt hätte, wäre er glatt als Chef eines riesigen Konzerns durchgegangen«, sagt Werner. »Dabei war er damals erst Anfang zwanzig. Aber er hatte etwas Herrschaftliches oder nenn es Königliches. Dabei war er nicht arrogant, sondern freundlich und zuvorkommend. Damals bat er mich, ob er kurz mit mir sprechen könne. In der Fertigung war es viel zu laut, also gingen wir hinter

die Halle. Ich weiß noch, dass ich bei seinem Besuch überhaupt keine schlechten Nachrichten, Stress oder so etwas vermutete. Obwohl es ja schon ungewöhnlich war, dass er mich auf der Arbeit besuchte. Aber manchmal hat man ja für so etwas einen siebten Sinn.«
»Was fuhr er denn für eine Maschine?« Dass meine Neugier an dieser Stelle völlig fehl am Platz ist, weiß ich bereits, bevor Werner meine Frage ignoriert.
»Ich bot ihm eine Zigarette an, aber er lehnte ab. Nichtraucher, auch kein Alkohol, erfuhr ich.«
»Überhaupt keine Drogen?«, frage ich.
»Doch, eine …«, antwortet Werner und fährt dann fort: »So etwas Ähnliches habe ich damals auch gefragt. Klaus grinste über meine Verwunderung und das blöde Vorurteil und deutete auf seine Harley Davidson. Ein wunderschöner Chopper. Wir gingen zu dem Bike und fachsimpelten eine Zeit lang, dann fragte ich, warum er mich besuchte.
›Ich möchte, dass Sie etwas wissen, Herr Schneider‹, sagte er. Nun wurde mir doch ein wenig mulmig, denn Klaus war auf einmal sehr ernst geworden. Für eine Sekunde befürchtete ich sogar, er würde um die Hand meiner minderjährigen Tochter anhalten. Aber er sah mich mit seinen strahlend blauen Augen und diesem Walrossbart, den damals noch trug an und sagte … Mann, diese Worte werde ich niemals vergessen:
›Ich möchte Sie nur wissen lassen, dass ich Ihre Tochter sehr liebe. Dass ich Anna schätze und respektiere. Mein Respekt schließt Annas Familie mit ein, egal, was Sie über mich denken mögen.‹
Er sagte das mit einer Inbrunst und Überzeugungskraft, dass ich fast gelacht hätte. Du darfst nicht vergessen, dass ich Anna noch für ein Kind hielt.«
Werner lächelt. Seine Geschichte nimmt noch einige Wendungen. Doch Klaus' Botschaft ist die eigentliche

Pointe, kapiere ich etwas später und muss ein Gähnen unterdrücken. Nicht weil es uninteressant wäre oder Werner ein schlechter Erzähler. Im Gegenteil! Aber ich bin gerade erst aus einer Klinik gestolpert und laufe höchstens noch auf zwei Zylindern.

Die wichtigste Neuigkeit zuerst: Ich muss irgendwo zwischen der Bretagne und dem nördlichsten Zipfel von Spaniens Küste gezeugt worden sein. Auf dem wohl abenteuerlichsten Trip, den Anna jemals gemacht haben dürfte. Sie muss mit Klaus' Schmuckstück, einer von ihm selbst umgebauten Harley Davidson Electra Glide von 1966, in sechs Monaten Tausende von Kilometern durch ganz Südeuropa gefahren sein. Frankreich, Spanien, Portugal, Italien, und so weiter. Dafür hatte Anna die Schule abgebrochen und ihr (intaktes!) Elternhaus bei Nacht und Nebel verlassen.

»Würdest du so etwas auch tun?«, fragt Werner.« Ich meine, alles stehen und liegen lassen, um mit deiner großen Liebe die Welt zu bereisen?«

»Sofort«, antworte ich, ohne zu zögern. Denke dabei an Heidi und mich.

»Siehst du, und genau da haben wir das Problem.«

»Wie meinst du das, Werner?«

»Die Jungen müssen raus in die Welt. Und den Alten, die zurückbleiben, denen bricht es oft das Herz.«

Mein ursprünglicher Plan, mit dem Fahrrad ganz allein abzuhauen, kommt mir auf einmal bescheuert und kindisch vor. Ich hake das ab. Nicht ohne Heidi, denke ich. Nicht allein. Dann kapiere ich, was Werner meint.

»Oma Emmi?«, frage ich. Und bemerke, dass ich diese beiden Worte noch nie in meinem Leben laut ausgesprochen habe. Weil ich überhaupt nicht wusste, dass meine Großmutter so heißt. In diesem Moment hasse ich Anna und ihre Geheimnistuerei umso mehr.

Werner sieht mich traurig an. »Zwei Jahre später wurde Emilia krank.«

Jetzt glaube ich zu verstehen, was mich die ganze Zeit gestört hat. »Obwohl das der coolste Trip in Annas Leben war, gibt es …«, ich verbessere mich: »… *gab* es bei uns zu Hause kein einziges Erinnerstück, kein Bild, rein gar nichts von dieser Reise.«

»Anna hat sich damals die Schuld an Emilias Krankheit gegeben. Als ob ihre Reise oder der Schulabbruch damit etwas zu tun gehabt hätten … So ein Quatsch! Aber ich konnte sie nicht davon abbringen«, antwortet Werner, steht auf und geht in sein Schlafzimmer. Er kommt zurück und wirft mir ein Kopfkissen und eine Decke zu. Kein meterdickes Daunenbett im gestärkten Bezug, sondern eine moderne dünne Steppdecke. Die Zeiten ändern sich.

50.

Die Frau vom Jugendamt ist eigentlich ganz nett, aber: Nein, die Adresse von Claudias Pflegefamilie kann sie uns leider nicht mitteilen. Es hat wohl in anderen Fällen Ärger und Übergriffe, Entführungsversuche von Eltern gegeben, die ihre Kinder wiederhaben wollten. Das erfahren Werner und ich im Büro von Frau Krüger. Ich habe allerdings das sichere Gefühl, dass diese Gefahr bei Anna und dem Wolf nicht besteht. Im Krankenhaus kamen mir beide merkwürdig abwesend vor, als seien sie bereits auf der Durchreise oder so.
Frau Krügers Büro im neuen Trakt des Rathauses ist hell und freundlich, mit Spielzeug in einer Ecke und Janosch-Bildern an den Wänden. Ganz im Gegensatz zu der verrauchten Zimmerpflanzengruft mit der gelben Gardine und den toten Fliegen auf der Fensterbank im alten Rathaus, wo ich vor einiger Zeit die Anhörung auf dem Schulamt wegen der Schlägerei an der Schule durchstehen musste.
»Kann ich Claudi denn wenigstens mal anrufen?«, frage ich. »Meinen Eltern sage ich nichts davon, das verspreche ich!«
Frau Krüger schüttelt bedauernd den Kopf.
»Aber die Kleine ist ganz allein in einer völlig fremden Umgebung«, sagt Werner. Er klingt, als müsse er sich mühsam beherrschen, um nicht aus der Haut zu fahren.
Frau Krüger spielt mit einem Stift auf ihrer Schreibtischunterlage herum.
»Sehen Sie, wir haben die Erfahrung gemacht, dass Kinder in Claudias Alter bei totaler Trennung vom alten Umfeld viel angstfreier reagieren. So leben sie sich viel besser in der neuen Umgebung einer Bereitschaftspflegestelle ein. Ständiges Hin und Her schafft

Spannungen und hält die Trennungsängste aufrecht. Das bedeutet nur Stress für die Kinder.«
Totale Trennung? Bereitschaftspflegestelle? Ein Klumpen beginnt in meinem Magen zu wachsen. »Heißt das, Claudi kommt überhaupt nicht mehr zurück?«
»Der Familienrichter hat den Zeitraum auf, Moment …«, Frau Krüger sieht in die Unterlagen, blättert darin herum und ich ärgere mich, dass sie nachsehen muss und es nicht auswendig weiß.
»Sechs Monate. Der Richter hat einer sechsmonatiger Trennungsfrist zugestimmt.«
»Zugestimmt?«, frage ich.
»Ja«, sagt Frau Krüger und nickt. »Die Mutter hatte selbst darum gebeten.«
Anna hat Claudi und mich freiwillig abgegeben? Ein halbes Jahr Auszeit! Wofür?
Die Aussicht, Claudi dermaßen lange nicht sehen zu dürfen, lässt die Angstkugel in meinem Bauch explodieren. Mein Magen verkrampft sich, ich krümme mich und muss mich konzentrieren, um der Krüger nicht auf den Schreibtisch zu kotzen. Werner stützt mich, erkundigt sich besorgt, ob alles in Ordnung ist. Ich nicke unter Tränen, dann bringt Werner mich raus auf den Flur. Dort steht ein kleiner Trinkbrunnen, an den ich mich hängen kann. Nachdem ich ungefähr hundert Liter Wasser geschluckt habe, geht es mir etwas besser. Trotzdem brauche ich noch einen Augenblick auf der Bank neben dem Brunnen. Claudis lachendes Gesicht taucht vor mir auf und ich weine ein bisschen. Mir wird meine kleine Schwester fehlen. Das Gekitzel und Gekicher, die Geschichten vor dem Einschlafen, die ich immer erzählen muss, und Claudis Gefurze im Bett. Auf all das verzichten zu müssen, kann ich mir überhaupt nicht vorstellen. Na ja, die kleinen Stinker werden mir weniger fehlen. Genauso wenig, wie meine Eltern. Mir fällt auf, dass ich eigent-

lich nur Claudi richtig vermisse. Dann erst denke ich an Anna, die seit der Nummer im Krankenhaus bei mir verschissen hat. Und zuletzt kommt der Wolf. Bei ihm ist das Gefühl so, als würde man einen Knopf abreißen, der nur noch an einem einzelnen Faden hängt – ratsch und weg. Ich blinzele durch den Tränenschleier aus dem Fenster. Auf der Straße fahren Autos bei Grün über die Kreuzung. Menschen warten an der Fußgängerampel. Dann halten neue Wagen an und die Menschen überqueren die Straße.
So sind die Regeln, denke ich. Eigentlich ist es ganz einfach.
»Wenn du dich nicht an die Regeln hältst, kommst du unter die Räder«, hat Klaus mal gesagt. Ich vermisse ihn. Es wäre gut, wenn er jetzt hier wäre, denke ich. Aber Opa Schneider – Werner – und er verstehen sich ja nicht. Und von mir will Klaus auch nichts mehr wissen. Immer verstößt irgendwer gegen irgendwelche Regeln und es gibt Probleme. Die Wagen fahren wieder los, die Menschen warten an der Ampel. Dort unten geht alles einfach immer so weiter, als würde mein Leben mir gerade nicht um die Ohren fliegen. Es klickt trocken in meinem Hals als ich schlucke, deshalb gehe ich zu dem Trinkbrunnen zurück. Während ich gierig von dem kühlen Wasser trinke, öffnet sich die Tür von Frau Krügers Büro und Werner kommt heraus. Er grinst verschmitzt. So, als hätte das Jugendamt unsere Familie *nicht* gerade in der Luft zerrissen.
»Komm«, sagt er, nimmt mich bei der Schulter und schiebt mich durch den Gang zur Treppe.
„Was ist?«, will ich wissen.
»Gute Neuigkeiten.«
»Welche denn?«
»Frau Krüger arrangiert für heute Abend ein Telefonat zwischen Claudia und uns«, sagt Werner. Dabei sieht er aus, als würde ihn das mindestens genauso freuen

wie mich. Doch in Wirklichkeit bin ich natürlich enttäuscht.

»Ich will Claudi aber sehen!«, sage ich.

»Jetzt warte erst einmal das Telefonat ab, dann sehen wir weiter … Immer einen Schritt nach dem anderen«, sagt Werner. Er erinnert mich nicht nur wegen dieses Spruchs an Klaus. Mit seinem grimmigen Lächeln und dem entschlossenen Schritt wirkt er, trotz seiner ausgewaschenen blauen Latzhose, überhaupt nicht mehr wie der liebe Fernsehonkel aus Löwenzahn.

»Setze einen Fuß vor den anderen, sonst fällst du auf die Fresse!« So hat Klaus es formuliert. Das schien Jahre her zu sein.

»Wie meinst du das, wann werde ich Claudia sehen? In einem halben Jahr, oder was?«, frage ich und bleibe stehen. Weil ich sicher bin, dieses »Abwarten« wird sich über Monate hinziehen. »Wo soll ich denn so lange bleiben? Was soll ich jetzt überhaupt machen?«, rufe ich in die Vorhalle des Rathauses.

Einige Leute drehen sich zu uns um. Der Mann hinter dem Glastresen schüttelt missbilligend den Kopf.

Werner ist ebenfalls stehen geblieben und sieht mich wütend an. Dann stapft er zu mir zurück. Ich befürchte, er wird die Geduld verlieren, mich anschreien oder mir sogar eine ballern. Er wäre nicht der Erste in unserer Familie, der das tut.

Wolf und Anna, der bei mir auch sogar schon mal die »Hand ausgerutscht« ist, haben Claudi nie geschlagen. Nicht mal einen kleinen Klaps auf den Po hat sie bekommen. Wenn das passiert wäre, hätte es *gebrannt* in der Bude, das steht fest!

Werner sieht mich an. Er schweigt und betrachtet mich. Wie eine seltenes Tier. Oder eine Pflanze, die er noch nie gesehen hat.

»Was ist?«, frage ich. Unsicher und aggressiv.

»Gerade erinnerst du mich an deine Mutter«, sagt er.
Ich starre ihn an.
»Als sie klein war«, setzt er nach.
Ich starre immer noch. Und?
»Das ist in der momentanen Situation kein Kompliment, oder?«, prustet er plötzlich los.
Da muss auch ich lachen.
»Nicht wirklich!«, schnaufe ich. Die Anspannung fällt von mir ab, und ich lache mit Werner, bis wir beide keine Luft mehr bekommen und keuchend vor dem Rathaus nach Luft schnappen. Die Ampel steht auf Rot. Wir warten.
»Hast du das Gesicht von dem Typen im Glaskasten gesehen?«, frage ich. »Der muss uns für völlig bescheuert halten.«
»Wenn er den Kopf noch mehr geschüttelt hätte, wäre ihm die Brille von der Nase geflogen«, sagt Werner und kichert.
»Das war Luftgitarre vom Feinsten«, sage ich.
»Wie bitte?«, fragt Werner.
Ich deute ein Luftgitarrensolo an. Die Ampel wird Grün, aber wir müssen uns an ihr abstützen, statt die Straße zu überqueren. Die Wagen fahren wieder los. Einer hupt. Manche Regeln darf man brechen.
Manchmal muss man einfach hoffen, nicht erwischt zu werden, denke ich. Und weiß auf einmal nicht mehr, ob das von Klaus oder von mir ist.

51.

Der erste Stock des kleinen Eckhauses von Oma und Opa war früher vermietet, soweit ich weiß. Wir haben uns jedenfalls nur im Erdgeschoss aufgehalten, als ich die beiden noch besuchen durfte. Daran kann ich mich noch erinnern. Wohnküche, Flur, von dort ins Wohnzimmer mit der Schrankwand, dem riesigen Fernseher und der Couchgarnitur. Nach links geht es ins Schlafzimmer, das, wie die Küche, nach vorn raus liegt.

An einen Mieter der ersten Etage kann ich mich jedenfalls nicht erinnern, fällt mir auf, als ich im ersten Stock stehe. Werner hat mich die dunkelroten Stufen der engen Holztreppe hochgescheucht. Das Ding ist mächtig steil, ich muss mich an dem grünen Handlauf des Geländers festhalten. Das Gleiten meiner Hand über den Lack in dem gleichen Grün, das auch die Fensterläden ziert, erinnert mich an früher.

Dass ich schon einmal hier oben gewesen sein soll, in Werners »Allerheiligsten«, wie er es jetzt nennt, halte ich für ein Gerücht.

»Das hier war früher das Kinderzimmer deiner Mutter«, sagt Werner. Ich sehe mich ungläubig um. Der Raum ist im Verhältnis zum Erdgeschoss riesig. Nur ein paar dicke Holzbalken ragen an einigen Stellen vom Dachstuhl in den Boden.

»Natürlich waren hier früher einige Wände mehr drin. Oma hatte dort drüben ein Nähzimmer. Und ein Bad gibt es auch«, ergänzt Werner.

Ich sehe mich um. Holzrahmen mit Drahtgeflecht sind in einer Ecke gestapelt. Es duftet unglaublich nach Kräutern und Gewürzen. Von einem Querbalken über uns baumeln gebündelte Sträucher mit getrockneten, ehemals roten Schoten. In einer langen Reihe an der

Wand stehen Holzregale. Ich erkenne IVAR von Ikea, da Claudi und ich das gleiche Zeug im Zimmer haben. »Hatten«, muss ich wohl sagen. Unsere Regale haben wir rot angestrichen. Diese hier sind naturblassen und mit fein geordneten, durchsichtigen Tüten in Reih und Glied gefüllt. Daneben steht ein weiteres Regal mit Gläsern, ebenfalls durchsichtig. Ich erkenne Schoten, wie die an der Decke, in den Farben Grün, Gelb und Rot …
»Wenn wir das Zeug nach unten in die Garage schaffen, kannst du dich hier einrichten«, sagt Werner.
»Was ist das?«, will ich wissen.
»Mein Warenbestand. Für den Webshop«, antwortet Werner. »Aber jetzt ist nicht mehr viel da. Du solltest diesen Raum im Winter sehen. Dann kannst du hier nicht treten.«
»Warenbestand? Webshop?«, frage ich. Soviel ich weiß, war mein Opa Werkzeugmacher, bevor er in Rente gegangen ist.
»Hotandspicy dot com«, sagt Werner. Er lächelt mich stolz an.
»Du verkaufst Sachen übers Internet?«
»Das meiste bei eBay, aber der Webshop läuft seit einem Jahr immer besser. Mittlerweile geht sogar einiges von meinen Sachen ins Ausland. Deshalb musste ich den Namen ändern. Früher war ich der ›Chili-Werner‹.«
Sein Grinsen sieht cool aus. Er platzt fast vor Stolz, weil ich ihn völlig überrascht ansehe.
»Hätteste nicht gedacht, dass der alte Knacker so viel auf dem Kasten hat, was?«
»Nein, ich …« drehe mich um und entdecke einen riesigen Flachbildschirm auf einer Drahtglasplatte, die auf Böcken steht.

»Ist das ein Mac?«, frage ich. Und komme mir blöd vor, weil direkt unter dem Display ein großes Apfel-Logo prangt. Werner nickt fröhlich.
»Wo ist der Rechner?«, frage ich und suche unter dem Schreibtisch nach der Computerkiste. Aber weder dort, noch hinter dem Display finde ich ein Gehäuse.
»Was meinst du?«, fragt er.
»Ich sehe nur Bildschirm, Maus und Tastatur.« Ich deute auf den blitzsauber aufgeräumten Schreibtisch. »Wo ist der Computer?«
Werner tritt neben mich, bringt eine duftende Wolke aus der Kräuterecke mit und weckt den Rechner mit einer Mausbewegung aus dem Schlaf.
»Das ist der Rechner«, sagt er und deutet auf das Display. »Ein iMac. Hast du den noch nie gesehen?«
Ich schüttele den Kopf, sehe noch mal hinter das Display, weil ich es nicht glauben kann.
»Cool«, ist alles, was mir dazu einfällt.
»Willst du meinen Laden sehen?«, fragt Werner und setzt sich. Ich nicke und ziehe mir einen Drehschemel an den Tisch. Werner ruft seine Seite im Netz auf und zeigt mir das Sortiment aus Kräutern, eingelegten und getrockneten Chilis in den Stärken von eins bis zwölf. Über die Namen einiger Sorten muss ich lachen. »Afterburner« und »Bloody Lips« gehören zu den schärferen Sorten. Auf den Logos sind Flammen, Feuer und Totenköpfe zu erkennen. Die schärfste Sorte heißt »Triple XXX« und ist richtig teuer. Kurz denke ich an den Film mit Vin Diesel, dann an meinen Vater und werde schlagartig traurig. Doch dann überrascht mich Werner schon wieder. Sein ganzer Laden hat das Design wie ein Onlineshop für Tattoos oder Bikerzubehör und ist *zweisprachig* aufgebaut – in Deutsch und Englisch!
»Woher kannst du so gut Englisch?«, frage ich.

»Bin in England geboren, in Sheffield«, sagt er, nur halb konzentriert, weil anscheinend neue Bestellungen eingegangen sind. Der Drucker beginnt zu surren und spuckt ausgefüllte Formulare aus.
»Das wusste ich gar nicht«, sage ich verwundert.
»Du weißt 'ne ganze Menge nicht, Junge«, antwortet Werner. Dann steht er auf.
»Hast du Lust auf 'ne *richtig* scharfe Nudel?«, fragt er und nimmt eins von den Gläsern mit den gelben Schoten aus dem Regal. Ich grinse ihn an.
»Die Dinger sollen scharf sein?«, sage ich, natürlich betont herablassend.
Heidi wird diesen Typen lieben, denke ich. Aber bevor sie zu Besuch kommt, müssen wir unbedingt das Klo im Erdgeschoss auf Vordermann bringen, nehme ich mir vor.
»Diese kleinen Freunde sind 'ne echte Mutprobe«, antwortet Werner und hält das Glas mit einem perfekten Pokerface in die Höhe. »Aber wir sollten uns sputen«, sagt er mit Blick auf seine Uhr, »denn in anderthalb Stunden ruft deine Schwester hier an.
»Dann los!« Ich stürme so eilig die Treppe hinunter, dass ich mir auf der Treppe fast den Hals breche.

52.

Eine Dreiviertelstunde vor Claudias Anruf kann ich immer noch nicht sprechen. Meine Zunge scheint zu einem brennenden Ballon angeschwollen zu sein, die Lippen sind nur noch Rauch und Asche. Obwohl mir Werner versichert hat, dass es nichts bringt, hänge ich mich unter den Wasserhahn der Küchenspüle. Das Ergebnis ist das Gleiche – als würde man mit einem Fingerhut einen Waldbrand löschen. Werner nimmt einen Joghurt aus dem Kühlschrank und reicht mir den Becher, zusammen mit einem Löffel.
»Ganz langsam essen, schmier dir auch was davon auf die Lippen. Das kühlt.« Ich nicke stumm, mit Tränen in den Augen. Verflucht! IST. DAS. SCHARF!
In der Zwischenzeit schmeißt Werner die OP-Handschuhe weg. Er hatte sie getragen, als er diese gelben Teufelsdinger geschnitten hat. Die gekochten Spaghetti wurden einfach nur kurz in einer Pfanne mit heißem Olivenöl geschwenkt, in dem kleine Stücke Knoblauch und die etwas größeren Stücke der Chilis schwammen.
»Damit du sie leichter wieder aussortieren kannst«, hatte Werner gesagt. Ich hatte nur cool mit den Schultern gezuckt. Scharf ist nämlich genau mein Ding. Bei den wenigen Besuchen im China-Imbiss hatte ich Claudia und Anna schon mit meinem großzügigen Konsum von Sambal Oelek, diesem roten scharfen Zeug aus dem Glas, beeindruckt. Viel mehr als das konnten diese gelben Mickerlinge ja wohl nicht draufhaben. Dachte ich.
»Mmh … echt lecker«, hatte ich nach der ersten Gabel Nudeln mit kleinem Stück gelber Schote gesagt. Es dauerte einen Moment, aber kleines Stückchen Schote zwo konnte ich nur noch durch einen Tränenschleier sehen. Schotenstückchen drei gab mir den Rest. Es be-

täubte meine Fresse dermaßen, dass mir beim Trinken das Wasser aus den Mundwinkeln auf die Tischdecke lief. Ich hatte Angst, Feuer zu spucken und Werner zu Asche zu verbrennen, als ich mit dem vierten Stück auf der Gabel todesmutig lallte: »Meim, wirkmich, meckt moll!«

»Lass mal gut sein, Johannes.« Werner nahm mir den Teller weg und schüttete meine Portion Spaghetti in den Mülleimer.

»Die restlichen Nudeln bekommst du mit einer schönen Tomatensoße, in Ordnung? Ich habe keine Lust, Ärger mit dem Jugendamt zu bekommen.«

Werner drehte sich zu mir um, unsicher, ob er mit dem Scherz nicht zu weit gegangen war. Aber ich lächelte unter Tränen und keuchte: »Hiss honn hokey.« Was sich auf alles beziehen konnte: den Scherz, die Erleichterung, das Höllenfutter nicht mehr essen zu müssen oder die Tatsache, dass ich »Mexican Inferno«, wie die gelbe Sorte hieß, ganz cool fand.

Meine Fresse.

TUT. DAS. WEH!

53.

»Was ist los? Du klingst so komisch.«
Claudis Stimme zu hören ist die eine Sache. Sie treibt mir neue Tränen in meine Augen, die sich gerade erst von der Attacke der Feuerhölle erholt haben. Tatsächlich ist meine Stimme von den paar lächerlichen Stückchen »Mexican Inferno« ganz brüchig, sodass ich nicht einmal lügen muss, als ich sage:
»Ich habe nur zu scharf gegessen, Claudi. Wie geht es dir?«
»Gut!«, zwitschert Claudia über Lautsprecher des Telefons in Werners Büro im ersten Stock. Werner steht neben mir und grinst. Er hat mich vorher gefragt, ob er bei dem Gespräch dabei sein darf, oder ob ich lieber allein mit meiner Schwester telefonieren möchte. Natürlich lasse ich ihn mithören. Werner war es schließlich, der Frau Krüger diesen Telefontermin aus dem Kreuz geleiert hat. Seiner Argumentation nach ging von einem Telefonat keine Gefahr aus, wenn sich Claudia bei uns meldete, anstatt dass wir eine Telefonnummer von der Frau vom Jugendamt bekämen. Da Frau Krüger während der Fummelei an ihrem Bürocomputer schon zugegeben hatte, dass sie »technisch eine absolute Niete« sein, kapiere ich Werners Taktik in dem Moment, als er etwas vom Telefondisplay abschreibt und dann triumphierend den Zettel hochhält. Ich lese eine Vorwahl und eine Telefonnummer. Die »Niete« Frau Krüger hat nämlich keine Ahnung, dass bei einem Anruf der Pflegeeltern deren Rufnummer im Display angezeigt werden könnte. Doch Werner hatte von Anfang an darauf gehofft – und gewonnen!
»Jo? Hörst du mir überhaupt zu?«, ruft Claudi.
»Was? Nein! Ich meine, ja! Entschuldige, was hast du gesagt?«
»Ich habe gefragt, ob ihr beim Chinesen wart!«

»Ohne dich?«, antworte ich, »bist du malle?« Das ist ihr Wort für verrückt. Sie kichert aufgekratzt.

»Wo bist du denn?«, frage ich, auch auf die Gefahr hin, dass jemand mithören und die Frage als unzulässig verbieten könnte. Aber Claudi plappert ungehindert drauflos: »In einer anderen Stadt, aber nicht weit weg, hat Peter gesagt. Er und Rita sind nett.«

»Geht's dir denn gut?«, frage ich erneut und komme mir blöd vor. Aber ich will unter allen Umständen Formulierungen wie »Heimweh« oder »du fehlst mir« oder so was vermeiden. Nicht, dass die Kleine am anderen Ende der Leitung ausflippt und wir ein halbes Jahr Sendepause verordnet bekommen. Das würde ich nicht überleben.

»Ich habe jetzt zwei neue Schwestern«, flötet Claudi. »Jessica ist zwölf und Nikki acht.« Sie plappert weiter, wie schön es ist, ein eigenes Zimmer zu haben und wie toll sie die ganzen neuen Baby-Born-Sachen findet, die sie bekommen hat. Ihr war nicht klar, dass sie mir erst einen Stein vom Herzen nahm, weil sie sich wohlfühlte, um mir direkt danach einen angespitzten Pflock in meine Brust zu treiben. Dass sie ihre neue Familie so vorbehaltlos akzeptiert, macht mir klar, in was für einer Umgebung wir uns vorher aufgehalten haben. Die vollen Aschenbecher, der ständig laufende Fernseher, die Besäufnisse mit Freunden, oder ohne Freunde – für einen winzigen Moment bin ich eifersüchtig auf meine Halbschwester. Sie hat vom Jugendamt ein Rundum-sorglos-Paket der Extraklasse bekommen. Claudi kann ihr altes Leben einfach abstreifen und auf den Boden fallen lassen, wie ihre nassen Sachen, wenn sie nach einem Regenschauer kichernd und tropfend wieder heimkommt. Ihr Leben wird ganz automatisch runderneuert und weichgespült. Ich dagegen ... spüre eine Hand auf meiner Schulter und höre über Lautsprecher:

»… macht überhaupt keinen Spaß mit dir zu telefonieren. Was ist denn los? Wo bist du?«
Ich reiße mich mit aller Kraft zusammen und versuche, munter und fröhlich zu klingen, als ich antworte: »Ich bin bei Opa Schneider und …«
»Dem ollen Muffkopp?«, kichert Claudi. Ich werde feuerrot, während ich antworte.
»Äh, ja, aber nenn ihn nicht so. Werner ist richtig nett.«
»Echt wahr?«, klingt es verwundert durch den Raum. Ich sehe zu Werner und zucke entschuldigend mit den Schultern. Claudi hatte natürlich nicht die leiseste Ahnung von Opa Werner Schneider. Sie weiß nicht einmal, wie er aussieht. Denn schon vor Claudis Geburt hatte Anna alle Bilder ihres Vaters verschwinden lassen. Ob nur im Keller oder endgültig vernichtet? Keine Ahnung. Es interessiert mich auch nicht mehr.
»Hast du schon mit Anna gesprochen?«, frage ich. Eine kleine Pause. Zuerst denke ich, dass Claudi sich klarmachen muss, dass ich von unserer Mutter spreche, die ich nie wieder »Mama« oder »Mutter« nennen werde!, doch dann raschelt es und eine freundliche Männerstimme ist zu hören.
»Hallo, hier spricht Peter Martens … spreche ich mit Johannes?«
»Äh ja, und mit meinem Großvater, Werner Schneider.«
»Guten Tag«, tönt es freundlich durch den Raum und wir erwidern den Gruß im Chor.
»Nehmen Sie es mir bitte nicht übel, aber meine Frau und ich haben das Gespräch bis hierher mitangehört.«
»Ist schon gut«, antworte ich mit dünner Stimme. Obwohl mir absolut nicht klar ist, was an dieser merkwürdigen Situation überhaupt gut sein konnte. Jemand anders, den ich noch nie gesehen hatte, bestimmt nun über das Leben meiner Schwester. Was,

wenn dieser Typ nur freundlich klingt, in Wirklichkeit aber ein sadistischer, mieser …

»Wir würden es vorziehen, wenn bei diesem ersten Gespräch …« Aha, denke ich. Dann besteht also Chance auf mehr. »… das Thema der ursprünglichen Erziehungsberechtigten erst einmal nicht zur Sprache kommen würde.«

Was soll das gestelzte Gequatsche? Wieso sagt er nicht »Eltern« oder nennt die Namen?, frage ich mich und sehe mich mit gerunzelter Stirn zu Werner um. Der legt wieder eine Hand auf meine Schulter. Langsam gewöhne ich mich daran, dass er alles in Ordnung bringt.

»Is she still listening?«, fragt er – in deutlichem, akzentfreiem Englisch. »I am asking in English so that the girl cannot understand us, okay?«

Eine kleine Pause, dann: »Äh, please wait a Sekunde …«

Der Typ kann echt genial sein, denke ich. Die Antwort auf Werners Frage dauert zwei Sekunden, wieder Geraschel, dann ist eine warme Frauenstimme zu hören, die offensichtlich nicht oft Englisch spricht.

»Hello, sis is Rita. Yes, se girl is here.«

»Please let the girl say goodbye to her brother and bring her out, so that we can talk alone.«

»Okay«

Pause. Dann Claudi wieder: »Hallo, Jo?«

»Ja, Kleine?«

»Kommst du bald auch zu Peter und Rita und wohnst dann bei uns?«

»Weißt du …«

»Dann hättest du drei coole Schwestern, Jo. DREI!«

Oje, Mann. Was soll ich darauf antworten?

»Wir klären das beim nächsten Gespräch. Okay, Muckel?«

»Na gut.« Sie klingt etwas enttäuscht. Nicht sehr.

»Gibst du mir Peter noch mal? Dann kann ich ihn ein paar Sachen fragen.«
»Ist gut, tschüs!«
Tschüs, mach's gut, ich liebe dich und noch tausend Sachen möchte ich Claudi sagen. Doch der Hörer knallt schon auf den Tisch, dann ist Peter zu hören. Im Hintergrund die begeistert kreischende Claudia, die mit »Iiiich koooommeeeehhhhh!« aus dem Zimmer zu stürmen scheint.
Ich bin fertig, kann nicht mehr. Werner kapiert mein Zeichen und übernimmt die Gesprächsführung. Man stellt sich auf Deutsch vor, ist höflich und vorsichtig. Ja, Claudia gehe es sehr gut. Nein, nur Nikki, die Achtjährige, sei außer Claudia noch als Pflegetochter in der Familie. Jessi, die älteste, sei ein leibliches Kind. Undsoweiterundsoweiter. Haus mit Garten in einem Vorort, bekomme ich noch mit. Es klingt, als würde sich Peter Martens bei Werner für den Posten der Geschäftsleitung von »HotAndSpicyDotCom« bewerben.

54.

War ich schon mal so aufgeregt? Keine Ahnung, nö, glaube nicht. In vier Minuten sehe ich Heidi wieder. Wenn sie pünktlich ist. Und dieses Mal privat! Nicht als Klinikhocker, dem das Bettchen gemacht werden muss, sondern als ihr Freund. Ich laufe wie aufgezogen an der Zufahrt zum Krankenhaus auf und ab. Rein wollte ich nicht. Der letzte Auftritt von Anna und dem Wolf steht für mich wie eine schlechte Wolke über dem Gebäude. So, als könne der graue Kasten was dafür, dass die Schergen meine Schwester und mich wie heiße Kartoffeln fallen gelassen haben. So nennt es Werner jedenfalls. Er würde nie etwas Schlechtes über seine Tochter sagen. Aber die Sache mit Anna, Claudi und mir geht ihm schwer ans Herz. Nach dem Telefonat mit den Pflegeeltern war er zuerst kaum ansprechbar.
»Ist vielleicht das Beste so«, hatte er mit heiserer Stimme gesagt und war dann in seinem Garten verschwunden, bis es so dunkel wurde, dass man die Hand vor Augen nicht mehr sah. Wenn Anna in diesem Moment aufgetaucht wäre, er hätte sie übers Knie gelegt und ihr den Arsch versohlt, so viel war klar. Und der Gedanke gefällt mir IMMER NOCH!
Ich sehe auf die Uhr über dem Haupteingang: Drei Minuten.
Die Gehwegplatten unter mir müssen sich an dieser Ecke schon gelockert haben. Bei den Tieren im Zoo nennt man dieses Auf-und-Ab-und-Hin-und-Her »Hospitalismus«, habe ich in Bio gelernt.
Passt ja irgendwie. Vor einem Krankenhaus, denke ich, drehe mich um und gehe wieder um die Ecke. Es wird mit Sicherheit komisch und anders mit Heidi, hier in freier Wildbahn. Denn irgendwie hatte sie in der Klinik ja das Sagen. Auch als Schwesternschülerin.

Licht an. Licht aus. Welches Futter. Welche Pille. Welche Spritze.
Heidi konnte mir zwei Nachtische geben, wenn sie wollte. Einmal waren es FÜNF! Wackelpudding in Rot, das Zeug liebe ich. Oder sie konnte mich richtig hängen lassen, wenn sie sauer auf mich war. Vor den falschen Röntgenraum gestellt. Und ich Idiot warte da geschlagene ZWEI STUNDEN, ohne abgeholt zu werden! Das war ihre Rache dafür, dass ich mal gefragt hatte, ob sie das mit dem Nichtrauchen auch wirklich durchhält. Sie war ziemlich sauer. Muss auf Entzug gewesen sein.
Zweieinhalb Minuten.
Ich habe Heidi noch nie in Zivilkleidung gesehen. Bei dem Gedanken wird mir etwas mulmig. Ich meine, ihre Piercings und Tattoos sind das eine. Aber was ist, wenn sie sich wie die beknackte Eni van de Meiklokjes anzieht, wenn sie frei hat? Ich beruhige mich mit der Tatsache, dass die bescheuerte Moderatorin noch nicht mal ne echte Holländerin (NIE. DER. LÄN. DER. IN! Rootzack!) ist, sondern … Jemand hupt. Ich zucke zusammen und sehe auf. Gilt nicht mir. Mann, bin ich nervös. Vielleicht kleidet sich Heidi privat wie Abby, die Gothic Zopflady aus der Fernsehserie *Navy CIS*. Die Kriminaltechnikerin mit dem furzenden Plüschwalross.
Zwei Minuten.
Meine Fresse. Hoffentlich ist Heidi pünktlich. Sonst müssen die mich hier ausgraben, weil ich einen Tunnel in diese verdammte Straßenecke gelaufen habe. Was Werner wohl von ihr halten wird. Komisch, dass er in zwei Tagen fast so wichtig wie Klaus für mich geworden ist. Vielleicht sogar wichtiger, denn Klaus bleibt stumm. Ich habe es noch ein paar Mal probiert und ihm auf den Anrufbeantworter gesprochen. Mittlerweile finde ich es schon albern, dass er sich so an-

stellt. Und das nur, weil ich mir in seiner Bude die Lampe angezündet habe. Ein kleiner Rotweinfleck auf dem Boden, die Küche fettig, ein bisschen Müll und leere Flaschen. Meine Güte! Schwamm drüber und Hand drauf, oder? Wird nicht mehr vorkommen. Hey, ich bekomme vielleicht meine eigene Bude! Das habe ich Klaus natürlich nicht auf Band gesprochen. Die peinliche Sache mit der Scheibe und die traurige Sache mit der Familie habe ich ihm ebenfalls erspart. Er bekommt unsere Familienkrise noch früh genug mit. Das Letzte, was ich will, ist Mitleid. Dass ich bei Opa Werner wohne, weiß er auch nicht.
Was ich dann überhaupt auf seinen Anrufbeantworter gesprochen habe? Na, so Gestammel wie: »Ja, äh, also ich noch mal. Kannst dich ja melden, wenn du ... oder auch nicht, wär schade, ich würde mich freuen, Entschuldigung noch mal.« Solches Gewinsel halt.
EINE. MINUTE.
Gleich explodiert der Bordstein. Das Ding glüht schon. Heißgelaufen. Küsse ich Heidi mit Zunge? Fasse ich ihr an den Hintern? Oder zücke ich nur die sechs roten Rosen? Die jetzt noch hinter dem Wartehäuschen des Bushaltestelle im Versteck liegen, denn ich habe mich noch nicht entschieden, ob das nicht too much ist. Wenn es etwas gibt, auf das ich mich besonders freue, dann auf Heidis Duft. Seit der durch unzählige Kippen geräucherte Geruch wegfällt, duftet diese Frau göttlich! Zum Umfallen und direkt noch mal neu verlieben. Besonders gegen Ende ihrer Schicht würde ich am liebsten unter ihren Kittel kriechen, denn dann mischt sich ihr Parfüm, das leicht nach Zitrone duftet, mit dem Weichspüler und dem würzigen Duft nach Schweiß. Sie hasst diese Kombination. Mich macht es
A B S O L U T
V E R R Ü C K T !

In der idealen Welt müsste sie jetzt kommen. In Zeitlupe. Aus dem Haupteingang. Doch da raucht nur ein alter Typ im Bademantel und unterhält sich mit einem Taxifahrer. Mir fallen die Rosen wieder ein. Die Rosen! Ich klettere hastig hinter dem Wartehäuschen ins Gebüsch, aber die Rosen sind weg. Einfach verschwunden.

55.

Das kann nicht sein, denke ich. Die lagen doch direkt hier. In dem dunkelgrünen Einwickelpapier sieht die doch keiner, kann die doch niemand gesehen haben. Wer geht denn hier pinkeln? Oder lässt seinen Hund kacken? Ist doch alles viel zu eng. Das Versteck IST MIST, dammit!
»Johannes?«
Das ist sie. Ihre Stimme. Wie peinlich! Wenn ich jetzt aus dem Gebüsch stolpere, sieht es aus, als hätte ich hier pinkeln müssen.
Ich sehe Heidi an der Ecke vorbeihuschen. Dann noch mal. Sie scheint nervös zu sein.
Das freut mich. Ich bin es auch …
Sie scheint unsicher. Ob ich da bin, oder ob ich überhaupt komme.
Das ist weniger schön. Das will ich nicht. Ich passe den richtigen Moment ab, als sie erneut um die Ecke verschwindet, stolpere aus den kratzigen Büschen und renne auf die Ecke zu. Als ich von der Hauptstraße aus ihren Rücken sehe – Heidi geht in Richtung Klinik zurück –, rufe ich laut. Streiche gleichzeitig kleine vertrocknete Blättchen und Stöckchen aus meinem Haar und von der Jacke.
Sie hat mich nicht gehört. Ich beginne zu laufen und brülle HEIIIIDIII!
Während ich an dem Kiosk vorbeirennen will, einem kleinen Häuschen direkt an der Zufahrt zum Krankenhaus, dreht sich Heidi um.
Und jetzt kommt tatsächlich die ZEITLUPE, doch leider nicht die, die ich im Sinn hatte: Ich knalle nämlich beim Laufen gegen eins dieser Aufstellschilder, mit denen für Tageszeitungen und den »Vier-Große-Buchstaben-Dreck« (wie Klaus die *BILD*-Zeitung nennt) geworben wird.

Heidi, die erst freudig gelächelt hat, reißt erschrocken den Mund auf. Vielleicht höre ich etwas, vielleicht auch nicht. Egal, denn: Mein Blick ist während des Sturzes auf die Schlagzeile der *BILD* gerichtet:

ZWEITER ÜBERFALL! SERIE?

Heidi rennt los. Ich falle auf der Fresse. Dieses verdammte Schild mit der Titelseite landet auf mir. Ich schiebe es weg, sehe unter der Schlagzeile zwei Fotos. Und mir wird schlagartig schlecht. Das erste Bild zeigt ein Autohaus, dem eine seiner Panoramascheiben fehlt. Im Verkaufsraum stehen Porsches. Ich kenne dieses Autohaus, war selbst schon da.
Das zweite Bild zeigt eine Totale der Stadtsparkasse. Bevor ich die Bildunterschriften oder das andere Kleingedruckte lesen kann, werde ich sanft auf die Füße gezerrt. Das Schild wird entfernt, doch ich muss noch mehr lesen!
»Warte mal!«, rufe ich dem jungen Türken hinterher und dränge Heidi beiseite. Dann reiße ich alle Tageszeitungen aus dem Ständer, die deutsche Titel haben. Auf einigen erkenne ich eines oder beide Fotos der Tatorte.
Heidi trägt ganz normale Klamotten, Jeans, ein T-Shirt, dunkelblau, glaube ich. Umhängetasche. Sie riecht gut.
»Was ist denn los?«
Von irgendwoher kommt Blut auf die Zeitungen, das will ich nicht. Ich lasse das ganze Papier fallen. Die Seiten fließen um meine Füße und brüllen »Überfallserie. Überfall! Serie!« und weitere Variationen der gleichen schlimmen Sache.
Die schreiben alle voneinander ab, denke ich. Der Türke schreit auf mich ein. Heidi faucht ihn wegen des »Scheißschilds« an.

»Das ist mein Vater!«, sage ich. Und: »Ich hatte Rosen, geklaut.« Ich kapiere, dass es klingt, als hätte ich Rosen geklaut. Blut tropft auf die Zeitungen am Boden. Habe ich mir etwa schon wieder den Kopf angeschlagen? Unglaublich! Heidi drückt etwas auf meine Stirn. »Rosen! Ich habe Rosen!!«, rufe ich, will aufstehen und sie holen. Aber die Zeitungen sind glitschiger als Eis. Ich rutsche aus, falle noch mal auf die Fresse ...
Das Licht geht aus.
Endlich!
Heidi?

56.

Gott sei Dank hatte Heidi darauf verzichtet, mich die paar Meter ins Krankenhaus zu zerren. Als gute Schwesternschülerin hatte sie mich auf die Bank neben dem Kiosk gewuchtet und mich mit einer Flasche Sprudel wieder zum Leben erweckt: ein Drittel auf die Stirn, den Rest verdrücke ich, zusammen mit einem Schokoriegel, zur Stärkung. Bei Ergun vom Büdchen hat sie das blutige Altpapier gegen neue Zeitungen eingetauscht. Das alles hat sie umsonst bekommen.
»Weil Ergun mich mag, und weil er ein schlechtes Gewissen hat, dass du über sein Schild gefallen bist.« Ich muss ein bisschen Eifersucht mit Sprudel runterspülen. Es ist ein ganz neues, eigenartiges Gefühl, das ich vorher so nicht kannte. Vielleicht ganz selten mal, früher, wenn Anna mit Claudi geschmust hat. Aber dann war es eher wie eine kleine bittere Brise. Das Gefühl hier auf der Bank gleicht einem Stich, und ich kann Ergun nicht leiden, obwohl er mit seinem schwarzen Dreitagebart und den buschigen Augenbrauen ganz freundlich aussieht. Wir machen Presseschau auf der Bank. Am Ende sieht es so aus: Dem Herrn Weinzierl vom Porschehaus ist in der Woche, als ich im Krankenhaus lag, der Tresor ausgeraubt worden. Natürlich bezahlt keiner die Sportwagen mit Bargeld. Doch Herr Weinzierl hatte trotzdem einen Tresor, weil er nämlich auch Uhrensammler ist, und die Dinger »aus Sicherheitsgründen« lieber in einem alarmgesicherten Autohaustresor als zu Hause oder in einem Bankschließfach aufbewahrt. Nun fehlen seine Uhrensammlung im Wert von über hundertachtzigtausend Euro und dazu noch über achtzigtausend Euro Bargeld.
Aha, Pech gehabt, denke ich. Irgendwie tut mir der Weinzierl nicht besonders leid, obwohl er ganz nett war. In einem der Zeitungsartikel wird angedeutet,

dass die angegebenen Verluste nicht lückenlos belegt werden können. Das heißt, der Weinzierl könnte bei den Angaben auch ein wenig nach oben gemogelt haben. Für die Versicherung. Aber das steht natürlich nicht drin.

Warum der Fall so lang und breit in der Zeitung erscheint, obwohl er eigentlich schon älter ist, hat mit dem Raub in der Stadtsparkasse zu tun. In jeder der Zeitungen auf meinem Schoß steht fast wortgleich, dass »das Vorgehen darauf schließen lässt, dass es sich um den- oder dieselben Täter handelt, wie der Leiter der ins Leben gerufenen Sonderkommission, Hauptkommissar Nickel, mit an Sicherheit grenzender Wahrscheinlichkeit vermutet«.

»Was interessiert dich an dieser Sache so?«, will Heidi wissen. Ich überlege einen Moment, ihr die ganze Geschichte zu erzählen. Aber damit bin ich ja schon einmal vor die Wand gefahren. Deshalb zögere ich und antworte mit einem Teil der Wahrheit.

»In diesem Porscheladen war ich schon mal. Mein Vater hat dem dicken Typen auf dem Foto eine Uhr verkauft.«

»Ist ja krass!«, sagt Heidi und beugt sich interessiert vor, um das Foto eingehender zu betrachten. Mir wird klar, dass ich ihr im Moment unmöglich meine Vermutung erklären kann. Dass mein Vater, der Ex-Knacki, in seinem Schlafzimmer irgendeine Höllenmaschine gebaut haben könnte, mit der er den Porsche-Tresor und das Ding in der Sparkasse geknackt hat. Wie genau »der oder die Täter« in der Sparkasse vorgegangen sind, steht in keiner der Zeitungen. Nur, dass dort vierhundertsiebzigtausend Euro verschwunden sind.

Nicht viel für eine Sparkasse, denke ich. Mir fällt der Plan in Klaus' Schrank ein. Ich lese im letzten Absatz, dass aus »Sicherheitsgründen« nur eine kleine Menge

Bargeld im Tresor aufbewahrt wurde, da die Filiale bald abgerissen werden soll, um einem Neubau zu weichen.

»Der Täter musste jetzt zuschlagen, weil der neue Bau garantiert viel sicherer wird, als der alte«, murmele ich.

»Wie bitte?«, fragt Heidi. Sie klappt eine der anderen Zeitungen zusammen.

»Du liest den Sportteil?«, frage ich verblüfft.

»Ja klar«, sagt sie. »Du nicht?«

»Äh, nein«, antworte ich.

»Tja«, sagt sie und faltet die Zeitung sorgfältig. »Ich glaube, dann passen wir leider nicht zusammen.«

»Was, aber … wie?«, stottere ich. Mir sackt das Herz bis in die Fußspitzen.

»Tut mir leid, aber mein Freund *muss* Sportfan sein, sonst bringt das alles nichts. Ich besuche am Wochenende jedes Spiel«, sagt sie. Und steht auf!

»Es war aber trotzdem ganz nett, dich kennenzulernen.«

Gehst du jetzt weg und lässt mich hier sitzen? War's das jetzt, oder wie? Nur, weil ich lieber Sport mache, als darüber in der Zeitung zu lesen oder mir Sportübertragungen im Fernsehen anzuschauen? Das kann nicht wahr sein! Du bist doch ganz anders als Cora, oder etwa nicht? Sind vielleicht ALLE Mädchen so?

Ich sage kein Wort, starre Heidi nur mit offenem Mund an. Sie reicht mir die Hand. Wird sie mir jetzt zum Abschied etwa auch noch die Hand geben?

»Willst du gar nicht wissen, zu welchem Verein ich immer gehe?«

Nein, nicht wirklich. Ich reiche ihr meine kalte, nicht mehr durchblutete, totenstarre Hand.

»Das war's also«, röchele ich kraftlos.

»Meine Güte, du gibst aber leicht auf. Ich bin ein Fan vom TuS 1896.«

Sie zieht mich mit einem Ruck zu sich hoch, lachthals und drückt mich an sich. Der TuS ist mein Verein! Oh Mann, sie hat mich reingelegt. Ich kann jede Rippe einzeln knacken hören. Diese Kraft hat sie davon, dass sie dauernd Patienten umbetten muss, hat Heidi mir erzählt. Sie hat mich verarscht!
»Spinnst du?«, rufe ich und mache mich los. Sie strahlt immer noch, aber die Sonne geht mit Lichtgeschwindigkeit unter, als ich sie anpfeife: »Du tickst doch nicht ganz sauber!«
»Wieso? Was habe ich denn …?«
»Mir so einen verdammten Schreck einzujagen … Warte mal!«, rufe ich. »Heißt das etwa, du kanntest mich schon vorher? Bevor ich in die Klinik eingeliefert wurde?«
»Blitzmerker«, sagt sie. Lächelt aber nicht mehr. Sondern dreht sich um und stapft Richtung Bushaltestelle.
»Du KANNTEST mich schon?« Ich fasse es nicht.
Keine Antwort. Heidi geht an der Bushaltestelle vorbei Richtung Krankenhausparkplatz. Ich will sie aufhalten, renne an einem jungen Typen vorbei, der einen Strauß Rosen in verknittertem Einwickelpapier in der Hand hält. Ich bleibe kurz stehen.
»Das sind meine«, sage ich.
»Habe ich gefunden«, antwortet er.
»Ja, hier im Gebüsch.«
»Was dagegen?«, fragt er trotzig.
Ich muss den Impuls unterdrücken, den Penner einfach umzuhauen. Auch wenn er einen Kopf größer ist als ich. Doch ich reiße mich zusammen und deute Richtung Parkplatz.
»Siehst du dieses wütende Mädchen da hinten?«
Er sieht Heidi hinterher, und tatsächlich: Selbst von Weitem und von hinten ist zu erkennen, dass Heidi stinksauer auf mich ist.

»Die Blumen waren eine Überraschung für sie. Wenn ich ihr die nicht schenken kann, ist der Teufel los, kapierst du?«
Er denkt nicht lange nach, sondern hält mir den etwas zerrupft wirkenden Strauß hin und lächelt sogar.
»Sorry, Kumpel. Hier, viel Glück!«
Ich schnappe mir den Strauß und renne hinter Heidi her.
Sie steht auf dem Parkplatz an einem schwarzgelben Roller. Die Sitzbank ist bereits aufgeklappt und Heidi nimmt gerade einen schwarzen Jet-Helm heraus.
»Heidi. Es tut mir leid!«, rufe ich atemlos. Um dann in stummer Bewunderung vor ihrem Geschoss stehen zu bleiben.
»Gefällt er dir?«, fragt sie.
»Wow!«, antworte ich nur und nicke beeindruckt.
»Sind die für mich?«, fragt sie mit Blick auf die Rosen.
»Ja, ich äh …« Ich deute hinter mich und möchte am liebsten die ganze langatmige Geschichte mit dem Versteck hinter dem Wartehäuschen und dem Typen loswerden, um von der blöden Situation abzulenken. Aber das ist gar nicht nötig. Heidi lächelt, riecht an dem Strauß und legt ihn dann vorsichtig in das Fach unter der Sitzbank, in dem sich kurz zuvor noch ihr Helm befunden hatte.
»Das war unser erster Streit!«, sagt sie und grinst. Als hätte sie gerade einen tollen Schnappschuss gemacht, den man unbedingt in ein Fotoalbum kleben muss.
»Kommst du mit?«, fragt sie.
»Ja, klar«, sage ich, »wir waren doch verabredet, oder? Aber ich habe keinen Helm.«
»Doch«, sagt sie. »Wir waren ja verabredet.« Und zaubert vom Heck des Rollers einen zweiten Jet-Helm hervor, der dort mit dem Kinnriemen festgemacht war. Sie steigt auf, wirft den Roller an und bedeutet

mir, hinter ihr Platz zu nehmen. Ich klammere mich an ihren festen warmen Körper und rufe:
»Wo fahren wir hin?«
»Lass dich überraschen«, sagt sie und los geht's.
Ist ja nicht das erste Mal heute, denke ich und halte mich fest.

57.

Es gibt Dinge, die man tausendmal sieht und trotzdem nicht erkennt, was man Großartiges vor der Nase hat. Und dann gibt es Dinge, die mit einem BANG! auf den ersten Blick in dein Leben einschlagen – wie eine Bombe.
Der See, an den Heidi mit mir fuhr, gehörte eindeutig zur ersten Kategorie. Natürlich weiß ich, dass rechts hinter den Erdbeerfeldern an der Landstraße stadtauswärts ein paar ehemalige Baggerlöcher liegen. Aber wer konnte wissen, dass man nur über ein hüfthohes, altersschwaches Gitter klettern und ein paar Brombeerhecken und Fichten hinter sich lassen muss, um im Paradies zu landen?
»Und? Wie findest du es?«, fragt Heidi, als wir aus dem Fichtenwäldchen treten und die Wasseroberfläche vor meiner Nase schimmert.
»Wow!«, sage ich. »Komme mir vor wie Leonardo DiCaprio in *The Beach*«. Heidi lacht und steigt aus ihren Klamotten. Sie trägt einen dunkelblauen, einteiligen Badeanzug, wie ihn Sportschwimmerinnen tragen. Ich kann ihre flachen, festen Brüste darunter erkennen und frage mich, ob und vor allem WANN! ich Heidi endlich berühren werde.
»An deinem sechzehnten Geburtstag«, antwortet Heidi, die meinem Blick gefolgt war.
Sie kann Gedanken lesen, denke ich errötend und sehe schnell weg. Dieser idyllische, völlig einsame Ort hat wirklich etwas von einem tropischen Paradies. Auch wenn die Sandstrände fehlen. Ein hölzerner Steg führt auf den kleinen See hinaus, über dessen Wasseroberfläche Libellen kreisen. Und Heidi hat sogar eine Badehose für mich dabei!
Als wir uns abgekühlt haben, legen wir uns auf ein Handtuch, das Heidi aus den unergründlichen Tiefen

ihres Yamaha Giggle, so heißt ihr Roller, hervorgezaubert hat. Ich erfahre, dass ich für Heidi zu der zweiten, also der BANG!-Kategorie gehöre.

»Mein damaliger Freund hatte ein Auswärtsspiel gegen euch. Und da habe ich dich zum ersten Mal in eurer Halle gesehen«, erzählt sie. Sie scheint ganz froh zu sein, die Arme hinter dem Kopf zu verschränken und in den Himmel sehen zu können. Anstatt mir die Geschichte Auge in Auge erzählen zu müssen.

»Du hast mit deinem Freund Schluss gemacht, weil du mich beim Basketballspielen gesehen hast?«, frage ich.

»Das könnte dir so passen, was?« Ich kann ihr Grinsen hören, ohne den Kopf drehen zu müssen. Irgendwo hinter uns klopfte der entfernte Dampfhammer eines Spechts. Jedes Mal, wenn ich das »Trrrrrk« eines Spechtschnabels auf einer Baumrinde höre, bekomme ich stellvertretend für diese Vögel Kopfschmerzen. Was für ein harter Job, um an sein Essen zu kommen!

»Zwischen Bernd und mir war es schon lange nicht mehr schön«, sagt Heidi. »Aber als ich mich in einen Lulatsch der gegnerischen Mannschaft verguckte, wusste ich, dass es Zeit war, die Notbremse zu ziehen.«

»Ja, und dann?«

»Was, ›und dann‹?«

»Ich meine, was hast du gemacht?«, frage ich.

»Gar nichts. Weitergelebt halt. Ich wusste ja, dass du irgendwann in mein Leben geflattert kommst, schöner Schmetterling.«

»Das kapiere ich nicht. Woher? Ich meine, wie konntest du wissen, dass …«

»Unterschätze niemals die Kraft eines brennenden Herzens«, sagt Heidi und klingt dabei ein wenig wie Klaus. Sie rollt sich auf mich, doch bevor in meinem Körper die darauf zwingende Reaktion der plötzlichen Durchblutung eines gewissen Körperteils einsetzen kann, klammert sie sich an mich, gibt uns einen Stoß und wir rollen beide über die Stegkante ins eiskalte Wasser. Es ist ganz offensichtlich, dass ich mich bei Heidi an eine Sache gewöhnen muss – sie scheint vorzuhaben, mich mindestens alle dreißig Minuten einmal total zu überraschen!

58.

Als die Sonne Schultern, Nasen und Stirn ausreichend gerötet hat, fährt Heidi mit mir zu Werner. Ich drücke mich eng an ihren Rücken und genieße die Fahrt. Dann denke ich auf einmal an Claudi und der Gedanke versetzt mir einen Stich. Heidi klopft mir auf en Arm, weil ich mich zu fest an sie klammere. Ich lasse locker und denke auch an Klaus, obwohl der mir mittlerweile echt gestohlen bleiben kann.

»Was für ein hübsches Häuschen. Wie bei Hänsel und Gretel«, sagt Heidi, als wir vom Roller steigen. Ich habe noch keinen Schlüssel, obwohl Werner mir einen nachmachen lassen wollte, als ich einwilligte, fürs Erste bei ihm zu bleiben. Platz hat er genug. Seine Vorräte an Chilis im ersten Stock gehen mit atemberaubender Geschwindigkeit zur Neige. Es vergeht kein Tag, an dem er nicht ein- oder sogar zweimal zu der kleinen Postfiliale neben der Metzgerei Kohlöffel an der Hauptstraße geht, um ein paar seiner Bestellungen aus dem Onlineshop in alle Welt zu verschicken.
Weil auch nach mehrmaligen Klingeln niemand aufmacht, sehen wir im Garten nach. Hier bin ich selbst noch nicht gewesen. Vorn stehen in säuberlichen Reihen an hohe Stöcke gebundene Pflanzen. Dann folgen rechts und links einige flache Kästen mit Glasscheiben, die man, glaube ich, Frühbeet nennt. Werner finden wir ganz hinten in einem Gewächshaus von der Größe einer Doppelgarage. Er ist gerade dabei, winzige Pflänzchen mit vier kleinen Blättern aus einem großen Pflanzgefäß einzeln auf kleine Töpfchen zu verteilen.
»Hallo«, sagt er freundlich, als ich die beiden miteinander bekannt mache. Er hält ihr eine von Erde fast schwarze Hand hin. Heidi ergreift sie, ohne zu zögern.

»Was vereinzeln Sie da?«, fragt sie. In Werners Gesicht leuchtet Freude über Heidis Interesse auf.
»Das sind Setzlinge einer Chilisorte namens Habanero Big Sun«, sagte er. »Eine Scotch Bonnet-Art aus der Karibik, mit sehr saftigen, von grün nach gelb abreifenden Früchten.«
»Sind die scharf?«, fragt Heidi.
»Höllisch«, antwortet Werner und lächelt. »Bleibst du zum Essen?«
»Gern«, sagt Heidi, »ich mag scharfes Essen.«
»Lass dich bloß auf nichts ein!«, warne ich sie. Insgeheim freue ich mich, dass sich die beiden auf Anhieb zu verstehen scheinen. Werner erntet ein paar Tomaten und einige »wirklich milde« Schoten einer knallroten Chilisorte, um uns damit etwas zum Essen zu machen. Wir gehen rein, und während Werner in der Küche werkelt, zeige ich Heidi mein neues Reich im ersten Stock. Die Trockenrahmen haben Werner und ich in der Garage verschwinden lassen. An ihrer Stelle steht nun ein improvisiertes Bett aus einer Matratze auf zwei Europaletten. Zwei der vier Regale hat Werner ebenfalls für mein Zeug freigeräumt. Der Schreibtisch am Fenster ist geblieben. Dort führt Werner seine Geschäfte am iMac, wenn ich in der Schule bin.
Heidi atmet genießerisch ein, als sie das Zimmer betritt.
»Hmm … was ist das für ein Duft?«
Ich deute an die Deckenbalken, von denen verschiedene Kräutersträuße herabhängen.
»Kräuter der Provence, Karibikzauber, Andalusische Nacht«, zähle ich einige der Mischungen aus Werners Sortiment auf. Dann erkläre ich Heidi, was es mit Werners Laden auf sich hat und zeige ihr die Website HotAndSpicyDotCom, bevor uns Werner zum Essen ruft. Die zweisprachig ausgerufene Sonderaktion

Spring Cleaning! Frühjahrsputz! Nur zwei Wochen: Alles zum halben Preis ist neu, fällt mir auf.
Heidi ist wirklich beeindruckt.

59.

»Das Design Ihrer Homepage sieht irgendwie mehr nach einem Bikerladen aus, Herr Schneider«, sagt Heidi zehn Minuten später. Wir haben auf der Holzbank in der Sitzecke der Küche Platz genommen und schaufeln Nudeln mit frischen Tomaten, Kräutern und Chilis in uns hinein. Zum Glück nur mit einem feinen Hauch von Schärfe, sodass wir sprechen können, ohne dass uns Feuer aus den Nasenlöchern faucht.
»Sag einfach Werner, wenn's dir nichts ausmacht.«
»Gern.«
»Mit dem Design hast du recht. Das habe ich mehr oder weniger von einem Motorradladen übernommen, den es heute nicht mehr gibt.«
Wieso klingelt da bei mir was?
»Das ist wirklich lecker. Sie können gut kochen.«
»Danke, Heidi.«
»Haben Sie … ich meine, hast du von den Einbrüchen in der Zeitung gelesen?«
Werner hört für eine Sekunde lang auf zu kauen. Dann isst er weiter und schüttelt kauend den Kopf.
»Ich lese keine Zeitung mehr. Ist viel zu frustrierend, was da alles drinsteht. Für einen Mann in meinem Alter ist das reine Zeitverschwendung.«
»Ein Tresor eines Autohauses letzte Woche und gestern der Tresor der Stadtsparkasse. Die Kripo geht von einer Serie der gleichen Täter aus«, sage ich, würde aber gern auf das Thema mit dem Motorradladen zurückkommen.
»Wie viel wurde gestohlen?«, fragt Werner. Er hat ein Pokerface aufgesetzt, das ich so noch nicht von ihm kenne.
»Insgesamt über fünfhundertfünfzigtausend Euro Bargeld. Und eine Uhrensammlung von über hunderttausend«, sagt Heidi. Ich bin verwundert, dass

sie die Zahlen noch so parat hat. Ich hätte nachsehen müssen. Werner nickt wie ein alter Bär mit dem Kopf.
»Nicht schlecht.« Er verzieht keine Miene.
»Und das Aufregende an der Sache ist«, plaudert Heidi munter weiter, »dass Johannes den Sportwagenhändler kennt. Er war erst kurz zuvor mit seinem Vater bei ihm und hat ihm eine Uhr verkauft.« Sie sieht mich an. »Stimmt doch, oder, Johannes? Erzähl doch mal.«
Ich winde mich ein wenig, weil ich das Thema gern so schnell wie möglich begraben möchte.
»Na ja, also, Klaus hat sich mit diesem Typen mal getroffen und mich mitgenommen«, sage ich. Werner isst ungerührt weiter. Dann sieht er auf.
»Muss ganz schön was einbringen, Porsche zu verkaufen«, murmelt er, »wenn der Mann es sich leisten kann, so 'ne schweineteure Uhrensammlung zu haben.«
Wir nicken alle und essen weiter. Ich will das Thema mit dem Motorradladen und der Heimseite nicht vor Heidi klären. Deshalb beiße ich mir auf die Lippen, wir reden über dies und das, bis Werner es plötzlich eilig hat, die Teller in die Spüle stellt und sich entschuldigt.
»Solang es hell ist, muss ich noch ein paar Sachen im Gewächshaus regeln.«
Heidi und ich gehen nach oben. Ich bin ein bisschen aufgeregt, weil Heidi mich schon unten in der Sitzecke abknutscht, sobald Werner die Küche verlassen hat. Bekomme ich vielleicht doch schon vor meinem sechzehnten Geburtstag ein kleines Präsent?

Im ersten Stock wirft mich Heidi auf die Matratze, dass die Europaletten nur so ächzen.
»Hör mal. Kann ich bei dir duschen? Ich muss unbedingt aus dem Badeanzug raus, dieses Gummiding bringt mich um!«

JAAAAAAAAAAAAAAAAAAAAAAAAA!!
»Klar«, sage ich cool, räuspere mich und versuche, meine Augen nicht aus den Höhlen treten zu lassen. Denn Heidi entsteigt ihren Klamotten. Direkt vor dem Fenster mit Blick in den Garten, zwischen Bett und Regal, lässt sie alle Hüllen fallen. Dann verschwindet sie wortlos im Bad. Die Tür lässt sie offen. Wasser beginnt zu rauschen. Ich liege mit verschränkten Armen auf der Matratze. Ein Sonnenstrahl Jesuslicht bricht durch die Wolken und das Fenster und kitzelt mich in der Nase. Ich bin satt, müde und zufrieden. Spüre immer noch die Sonne vom Nachmittag am Baggerloch auf meiner Haut und döse entspannt der Rückkehr meiner neuen Freundin entgegen, die sich aus der prasselnden Dusche meldet.
»Johannes?«
Wenn ich dich abtrocknen soll, Baby. Ich bin bereit!
»Mhhm«, antworte ich mit geschlossenen Augen.
Dir Wassertropfen von deinen Schulterblättern lecken? Kein Problem!
»… dass es eine Porschevertretung war?«, höre ich.
»Was?«, murmele ich. Dösend. Schwebend.
Deinen Körper salben? Dein Haar flechten? Ich. Bin. Dein. Mann!
»Ich sagte, wenn Werner keine Zeitung liest, woher weiß er dann, dass das ausgeraubte Autohaus eine Porschevertretung war?«
Das Wasser wird abgedreht. Und irgendwie hat Heidi gerade meine Vorfreude ebenfalls abgedreht. Ich mache einen lahmen Versuch, obwohl ich es besser weiß.
»Wir werden es ihm erzählt haben.«
»Nein, Johannes.« Sie erscheint in der Tür und hält meine Drahtbürste hoch. »Darf ich die benutzen?«
Ich nicke und sie verschwindet wieder hinter der angelehnten Tür. Ein heißer Strahl Adrenalin beschleunigt meinen Puls um das Dreifache. Heidi hat recht!

Ich springe auf und sehe aus dem Fenster. Von hier oben kann man den gesamten Garten einschließlich Gewächshaus übersehen. Keine Spur von »Pokerface« Werner!

»Keiner von uns hat Porsche erwähnt«, höre ich aus dem Bad.

Ach, du schöne, kluge Frau. Nun muss ich dich verlassen!

»Er wird es aus dem Fernsehen haben. Ich muss mal eben runter, Heidi«, sage ich. Lüge ich meine neue Freundin an. Denn selbst wenn es möglich wäre – natürlich hat Werner diese Information weder aus der Zeitung, noch aus dem Fernsehen. Der Schlüssel für mein Bike liegt auf der Drahtglasplatte. Ich nehme vier Stufen auf einmal nach unten. Obwohl ich weiß, dass Werner ausgeflogen ist, sehe ich in der Küche, im Wohnzimmer und in seinem Schlafzimmer nach. Nichts. Auf der Anrichte neben der Klotür, die Werner ärgerlicherweise immer auflässt, liegt ein brandneuer Schlüsselbund, zweimal Tür, einmal Briefkasten. Das muss meiner sein. Ich stecke die Schlüssel ein, ohne sie in der Tür zu testen.

60.

Es fühlt sich gut an, endlich wieder in die Pedale zu treten. Vor meinem geistigen Auge treffe ich mit jedem Tritt die Gesichter meiner Familie – Claudi natürlich ausgeschlossen. Meine Kette rauchende, und saufende Anna. Tritt!
Ihren lahmen, dauerTVglotzenden Alkoholikerfreund Wolfgang. Tritt!
Klaus, den Sprücheklopfer und Lügner, der mich bei meinem ersten Fehler fallen lässt. Doppeltritt!
Und dann Werner. Das größte Arschloch von allen. War es die Aufgabe des alten Mannes, mich darauf vorzubereiten, in Zukunft allein klarzukommen?
Meine Loserfamilie zerstreut sich in alle Winde! Ich schalte einen Gang höher und trete ihnen allen in die Fresse! Wenn sie es so haben wollen, bitte! Galle steigt in meiner Kehle hoch. Ich kann die Tränen bekämpfen, aber die Bitterkeit nicht. Das Gefühl, über Jahre hinweg beschissen worden zu sein. Ob sie unter einer Decke stecken oder nicht. Ich werde das jetzt allein durchziehen. Ich werde Klaus und seinen Komplizen Werner zur Strecke bringen. Dann regle ich die Sache mit der eigenen Wohnung und hole Claudia aus der Pflegefamilie. Aber Heidi, die wunderschöne, liebe Heidi ... Wie wird sie mit dieser ganzen Sache zurechtkommen? Was wird sie von einem Freund halten, der aus kaputten, süchtigen und kriminellen Verhältnissen kommt? Wenn sie jemals erfährt, was hier läuft, ist es aus mit dem Strahlemann aus der Sporthalle, in den sie sich mal verguckt hat. Dafür, dass sie mir nicht nur die Vergangenheit und die Gegenwart, sondern auch noch die Zukunft ruinieren, dafür bekommt das ganze Pack noch mal ein paar Extratritte!
Und schon bin ich angekommen, ramme das Vorderrad in den Fahrradständer vor Mühlenstraße Nummer

13. Ich schließe mein Rad sorgfältig mit dem Ständer zusammen und klingele Sturm bei »Brenner«. Nichts. Meine Hand krampft sich vor Wut schmerzhaft um den Fahrradschlüssel. Ich öffne sie und starre auf die roten Stellen in meiner Handfläche. Ich sehe die beiden Schlüssel von Werner, den ich mit meinem Fahrradschlüssel verbunden habe. Sie tragen das gleiche Symbol, ein stilisiertes Vorhängeschloss, wie der Zylinder auf der Haustür.
Nee, denke ich. Das kann nicht sein! Oder etwa doch? Ich probiere den ersten Schlüssel. Keine Chance.
Der zweite geht rein wie Butter, dreht sich und öffnet die Haustür.
Werner hat Klaus' Schlüssel! Es bestätigt meine schlimmsten Befürchtungen. Nämlich, dass die beiden immer noch Kontakt haben. Engen Kontakt, wie man vermuten darf, wenn einer die Schlüssel zur Wohnung des anderen hat. Ich habe den Zugang zu seiner Wohnung mal als Vertrauensbeweis von Klaus bekommen. Es waren andere Schlüssel, mit verschiedenfarbigen Gummiringen daran. Aber sie haben die gleichen Türen geöffnet. Nur, dass ich Mist gebaut und aus dem Kreis der Vertrauten, dem Kreis der Auserwählten, mit einem Arschtritt auf die Straße befördert wurde.
In der Kühle des Treppenhauses wird mir bewusst, wie warm es draußen ist. Ich wische mir den Schweiß aus den Augen und sehe das Aufzug-momentan-leider-defekt-Schild an der geschlossenen Metalltür des Lifts. Na, prima!
Ich öffne Klaus' Wohnungstür im vierten Stock mit dem anderen Schlüssel, den ich dermaßen fest zwischen Daumen und Zeigefinger halte, dass sie weiß und gefühllos sind, als sich der Schlüssel im Schloss dreht.

»Klaus?« Nichts. Die Luft riecht abgestanden und alt. Die Bude ist aufgeräumt und sauber. Ganz anders, als nach meiner kleinen One-Man-Fete letztens.

Auf den ersten Blick wird mir klar, dass einige Sachen fehlen. Bilder, Bücher, alles Persönliche aus der weißen Schrankwand ist weg. Im Bad herrscht gähnende Leere. Der Kühlschrank in der Küche ist ausgeschaltet, die Tür steht auf.

»Damit nichts schimmelt und es stinkt«, weiß ich von Anna, als wir mal alle zusammen eine Woche in den Harz gefahren sind. Der einzige Urlaub von Claudi, Anna, dem Wolf und mir. Und das auch nur, weil eine Schwester vom Wolf dort geheiratet und die Hotelzimmer bezahlt hat. Wie verdammt armselig!

Die Schlafzimmertür ist immer noch verschlossen. Aber jetzt ist Feierabend mit der Geheimnistuerei, lieber Vater! Ich nehme Anlauf und springe mit voller Wucht gegen die Tür. Es knirscht, etwas an der Zarge springt, aber es reicht nicht. Drei Schritte Anlauf mehr, nun sind es acht, und das reicht. Die Tür fliegt krachend auf. Aus dem ehemaligen Schlafzimmer in weißem Schleiflack – Klaus hatte sich immer über die drei großen Schränke und das Doppelbett lustig gemacht, die er beim Einzug übernommen hatte – ist eine improvisierte Schlosserwerkstatt geworden. Mit Werkbank, Postern von nackten Mädchen auf Motorrädern und dem ganzen Kram. Ein ölverschmierter Ghettoblaster rundet das Bild ab. Ich drücke die »Play«-Taste und etwas, das keine Musik sein KANN, kreischt zu infernalischem Gitarrensound aus den beiden Boxen. Ich schalte ab. Selbst gebrannte CDs liegen achtlos um das Ding herum. Iron Maiden. AC DC, Mötley Crüe sowie Bands, deren Namen ich nicht kenne, die aber garantiert ebenfalls aus Schminke, angeklebten Haaren und schwarzem Leder bestehen.

Der Musikgeschmack meines Vaters verdient ebenfalls einen Tritt, denke ich.
Kein Werkstück fällt mir auf. Weder bearbeitetes Material, noch irgendwelche Reste seiner Arbeit sind zu sehen. Es liegt nichts auf dem Boden, der Werkbank oder in der ausrangierten Bananenkiste, die als Mülleimer gedient haben dürfte, wie das verschmierte Innere verrät.
»Was hast du hier gebaut?«, frage ich in den Raum.
»Was habt ihr hier vorbereitet?«, frage ich leise, mit einem Gedanken an die Formulierung des Bullen aus der Zeitung: »der oder die Täter«.
Ein verschmiertes Funktelefon liegt auf der Werkbank. Der Knopf für den Anrufbeantworter blinkt rhythmisch. ich zähle mit. Ich drücke den Knopf zum Abhören, es piept, dann ist die Stimme der Frau zu hören, die ich am wenigsten erwartet hätte:
»Hi, hier ist Cora. Du kennst mich nicht, oder vielleicht doch, von dem Tag, als du mit dem Porsche auf dem Schulhof warst. Ich habe deine Nummer aus dem Telefonbuch. Ich bin eine Freundin von Jo.«
Ein Scheiß bist du! Sie sagt »Dscchhhoooo«, tritt meinen Namen so breit, wie sonst niemand! Zum Kotzen!
„Wollte dich mal fragen, ob wir uns nicht einfach mal auf einen Kaffee treffen können, ganz locker und unverbindlich, meine Nummer ist …«
Sie sagt ihre Mobilnummer durch und endet mit »Tschüssi«, was meinen Kotzreflex noch einmal auslöst. Was für eine ekelhafte …
»Piiieeep … Wir müssen reden. Heute noch. Klick.«
Kein Name, keine Nummer. Aber ich bekomme eine Gänsehaut, denn die Stimme klingt nach Drohung und Verdammnis. Es ist Anna. Ganz offensichtlich hat Klaus ihre Nummer, denn sie macht sich nicht die Mühe, sie aufzusprechen.

»Piiieeep … haben gewonnen. Dieser Anruf wird durch ein automatisches System erzeugt, welches Sie in die Lage versetzt, sich noch heute davon zu überzeugen …«

Ich drücke den Werbescheiß weg.

»Piiieeep … E3 auf I3«, sagt Werner, ohne sich zu identifizieren. Nichts sonst. Dann klickt es, piept ein letztes Mal und das Blinken verlöscht. Ich folge einer Eingebung und drücke die Wiederwahltaste. Viermal Freizeichen, dann nimmt jemand ab. Es ist Heidi!

»Hallo?«

»Wo bist du?«, frage ich.

»Hier«, antwortet sie, als sei das die präziseste aller Ortsbeschreibungen, »Was soll der Quatsch, wo bist DU?«

»Du bist noch bei Werner?«

»Hör mal, willst du mich verarschen?«, fragt sie freundlich. »Ständig verschwindest du spurlos. Ist das 'ne Meise von dir? Ich warte hier seit einer Stunde auf dich.«

Es kann höchstens eine halbe Stunde sein, denke ich. Dass Frauen immer so übertreiben müssen … Dann ist ein Klingeln zu hören. Und ich brauche ein paar Sekunden, um zu sortieren, was oder wer jetzt gerade wo klingelt. Oder bei wem.

»Hallo, Johannes?«

Erneutes Klingeln. Diese Wohnung. An der Tür. Hier.

»Bleib, wo du bist«, sage ich.

»Aber …«

»Aufmachen, Polizei!«, höre ich aus dem Flur.

»Nein, Heidi, Planänderung, hau ab!«, sage ich. Dann klingelt es erneut. Aber anders.

»Warte mal, hier hat es gerade geklingelt …«

»Hau ab!«, rufe ich.

Im Flur wird aus dem Klopfen ein Rumsen. Ich werde hektisch, weiß aus eigener Erfahrung, dass man für

die Papptüren dieser Bude nur zwei Anläufe braucht. Höchstens. Heidi hat den Hörer hingelegt. Es ist alles zu spät. Erst, als ich das Krachen höre, komme ich auf die Idee, die Ansagen auf dem Anrufbeantworter zu löschen, finde den richtigen Knopf aber nicht.
E3 auf I3, denke ich und öffne das Fenster der Werkstatt, die früher mal ein ganz normales Schlafzimmer war. Früher!
Unten auf der Straße parken zwei Polizeiwagen unordentlich vor dem Haus. Zum ersten Mal fallen mir die riesigen weißen Nummern auf dem Dach der beiden Wagen auf. Wofür soll das gut sein? Das plötzlich auftauchende Geräusch eines Hubschraubers, ebenfalls von der Polizei, wie ich mit einem Blick in den Himmel erkenne, macht mir den Sinn klar. Durch die Nummern können die Bullen aus der Luft die Kollegen am Boden identifizieren. Schlau.
Ein zweiter Blick nach unten macht mir klar: Ich sitze in der Falle. Hier gibt es keine Feuerleiter, keine Balkone, nichts, womit ich aus dem vierten Stock fliehen könnte. Schräg gegenüber dem Haus ist eine Kirche. Das Pfarrhaus hat eine hohe Mauer, dahinter liegt ein gepflegt verwilderter Garten. Die Mauer ist nicht hoch genug und viel zu weit entfernt, um irgendwie dort draufspringen zu können. Ich bin ja nicht Spiderman. Leider. Aber was habe ich eigentlich zu befürchten? Hinter mir sind Schritte zu hören, jetzt sind sie in der Wohnung.
Ich muss nicht weit ausholen, um das Funktelefon mit dem Anrufbeantworter über die Mauer des Pfarrhauses zu werfen. Es landet geräuschlos in einer Hecke des dichten Gartens. Jemand zieht mich vom Fenster zurück. Ich drehe mich um und sehe in das Gesicht eines Mannes, der mir bekannt vorkommt. Er hat tiefe Falten auf der Stirn und an den Mundwinkeln. Es lässt ihn aussehen, als würde er sich Sorgen machen

und gleichzeitig Lächeln. Tut er aber nicht, als er sagt: »Du bist der Sohn, richtig?«

Mir fällt plötzlich ein, woher ich den Mann kenne. Er leitet eine Sonderkommission.

»Der oder die Täter« und »mit an Sicherheit grenzende Wahrscheinlichkeit« – es sind seine Worte, die fast alle Zeitungen Wort für Wort abgeschrieben haben. Jemand verdreht mir die Arme und legt mir Handschellen an.

61.

Sie verhören uns getrennt. Lassen uns aber wissen, dass sie uns beide festgenommen haben. Ab und zu spielen sie Heidis Stimme live aus einem anderen Vernehmungsraum ein. Sie leidet, ist völlig verzweifelt, weil sie nicht die leiseste Ahnung hat, was man ihr vorwirft.
Als ich kapiere, dass sie ihr wahrscheinlich auch meine Stimme mit einem »Best Of« ab und zu einspielen, erzähle ich nicht mehr für die Bullen, sondern spreche meinen Text nur noch für sie.
Geliebte Heidi, ich kann nichts dafür, lautet die Botschaft hinter meinen Worten. Alle meine Vermutungen, alle Ängste um Klaus. Die geheimnisvolle verschlossene Tür ... Die Bullen bekommen die ganze Saga, Band eins bis drei. Inklusive meiner Familiengeschichte, Notendurchschnitt und Lieblingsfilme. Die Streifen von McQueen gehören nicht dazu. Aber ich lege den Bullen ja nicht alles zu Füßen!
So eine Vernehmung ist übrigens völlig anders, als in Filmen und Fernsehserien. Das guter-Bulle-böser-Bulle-Spielchen scheint total out zu sein. Wahrscheinlich, weil mittlerweile JEDER Verbrecher aus der Glotze von *Die Wache* über *Der Alte* bis *CSI* und *Soko* ... (setze einen beliebigen Stadtnamen ein) mittlerweile diese Vernehmungstaktiken in- und auswendig kennt.
In der Realität sind die Beamten freundlich und versorgen uns mit allem – und ich gehe mal davon aus, dass es nicht nur mir, sondern auch Heidi so geht. Schokoriegel, Cola, Fanta, Apfelschorle, Wasser, Pizzablitz – was das Herz begehrt. Nur einen Anwalt – natürlich frage ich danach – kann man so schnell nicht auftreiben.
»Und was deine Frage nach den Erziehungsberechtigten betrifft«, sagt Hauptkommissar Nickel, als er das

Gespräch mit mir persönlich übernimmt, Chefsache sozusagen, »da wäre ja erst einmal die Frage zu klären, wer das momentan überhaupt ist.«

»Ich wohne bald allein.«

Der Faltenmann winkt ab. »Ist mir recht. Wenn es nach mir ginge, sollten viel mehr Sechzehnjährige auf eigenen Füßen stehen. Ich hätte kein Problem damit, wenn mein Sohn ausziehen würde, das kannst du mir glauben.« Sein Lächeln zerknautscht ihn noch mehr.

»Können Sie Heidi gehen lassen? Sie hat wirklich keine Ahnung von der ganzen Sache.«

»Welche Sache?«, fragt Nickel freundlich.

»Na, diese beiden Raubüberfälle«, sage ich.

»Dafür, dass sie keine Ahnung hat, konnte Heidi aber eine Menge berichten«, antwortet der Kommissar.

»Wir haben aber beide keine Scherereien wegen dieser blöden Scheiße verdient«, brause ich auf. Nach sechs – oder acht, oder sind es zehn? – Stunden in diesen stickigen Räumen ist das kein Wunder, finde ich. Nickel sieht das anscheinend ähnlich. Er lehnt sich ganz entspannt auf seinem Stuhl zurück.

»Was bedeutet E3 auf I3?«, fragt er.

Jetzt bloß nicht blinzeln. Zu spät! Verdammt. Ich zucke mit den Achseln. Habe schon verloren.

»Schiffe versenken?«, versuche ich einen Witz. Nickel scheint das zu gefallen. Er lächelt. Aber es wird merklich kälter im Raum. So, als habe jemand die Klimaanlage auf volle Kanne gestellt. Obwohl dieser Schuppen so alt und baufällig wirkt, dass eine Klimaanlage ungefähr so wahrscheinlich ist, wie ein Whirlpool oder 'ne Sauna.

»E3 auf I3«, wiederholt Nickel. »Fällt dir dazu gar nichts ein?«

»Ich habe keine Ahnung, wovon Sie sprechen.« Ich bin die Unschuld selbst.

»Aus dem Garten Eden«, antwortet der Kommissar, holt einen durchsichtigen Plastikbeutel aus der Innentasche seines Jacketts und legt ihn vor mir auf den Tisch. Als ich erkenne, was darin ist, wird mir schlagartig schlecht. Der weiße Knochen von Klaus' Funktelefon schimmert durch die Tüte. Am Hörer ist oben ein Stück Plastik abgebrochen, doch der Ton des Anrufbeantworters hat keinen Schaden erlitten. Sonst müsste ich mir die vier Ansagen nicht über Lautsprechereinspielung anhören.
»Es war ein Fehler, das Telefon aus dem Fenster zu werfen, das ist dir doch klar, oder? Also … Wer ist der Mann, der ›E3 auf I3‹ sagt und was hat das zu bedeuten?«, fragt Nickel.
»Der Mann heißt Werner Schneider und ist mein Großvater«, antworte ich. »Was der Quatsch mit den Buchstaben und Zahlen soll, müssen Sie ihn selbst fragen. Ich habe keine Ahnung.«
»Das würden wir gern«, lächelt Nickel mich an. »Aber dein Großvater ist leider spurlos verschwunden.«
»So weit war ich auch schon«, antworte ich kalt. »Aber Sie glauben doch nicht im Ernst, dass ein Siebzigjähriger, ein Rentner mit Häuschen und Garten, diese beiden Verbrechen begangen hat? Er verkauft Zeug übers Internet. Der braucht den ganzen Stress für das bisschen Kohle überhaupt nicht!«
»Ich rechne manchmal immer noch in Deutscher Mark, Kleiner«, sagt der Bulle und vereist mir mit seiner Stimme das Rückgrat. »In D-Mark geht aus diesen beiden Verbrechen ein Täter als Millionär aus der Sache hervor. Selbst in Euro ist die erbeutete Summe nicht zu verachten, findest du nicht?«
Ich nicke vage. Nickel kommt jetzt richtig in Fahrt.
»Dein Vater und dein Opa haben vor langer Zeit schon einmal zusammengearbeitet, wusstest du das?«

Ich zucke zusammen. »Die haben früher auch zusammen Verbrechen begangen?«

»Interessant, dass du ›auch‹ sagst«, lässt sich der Bulle meine Antwort auf der Zunge zergehen. »Aber damals war es eine völlig legale Werkstatt für Motorräder.«

»Ich dachte, die hätte mein Vater allein gegründet.«

»Gegründet schon. Werner Schneider ist erst später dazu gestoßen«, antwortet Nickel. »Kurz bevor der Laden Pleite gemacht hat.« Er trinkt einen Schluck aus seinem Kaffeebecher, verzieht angewidert das Gesicht und stellt ihn neben die aufgeschlagene Akte.

»Mein Großvater hat also den Laden meines Vaters ruiniert?«

Nickel kneift die Augen zusammen, als müsse er sich die Antwort erst überlegen. Offensichtlich will er mir nicht alles erzählen.

»Aus den Unterlagen geht eindeutig hervor, dass die Unregelmäßigkeiten an dem Tag begonnen haben, als Werner Schneider bei BCC angefangen hat.«

»Was heißt BCC?«, frage ich matt.

»Brenners Custom Chopper«, antwortet Nickel, ohne in die Akten sehen zu müssen. »Bekloppter Name, oder?«

Ich finde ihn gar nicht so schlecht. Nicke jedoch müde. Ich kann nicht mehr.

62.

Um der Sache neuen Schwung zu geben, spielen sie nach gefühlten zehntausend Stunden Vernehmung eine dritte Person ein. Deren furchtbare Stimme ich nie wieder hören möchte. Besonders nicht: »Der Kleine wollte mich in der Wohnung seines Vaters klarmachen. Kerzenlicht, Wein und was zu Essen. Die übliche Masche halt.« Es ist Coras Stimme. Ich bin plötzlich wieder hellwach. Wie spät oder früh es ist, sagt einem keiner. Fenster gibt es nicht. Als ich den Mist höre, den Cora mit ihrer leiernden, absichtlich auf amerikanisch getrimmten Stimme verzapft, bin ich sofort wieder auf hundertachtzig.
»Aber mit dem Sohn wolltest du eigentlich nichts zu tun haben, richtig?«
Sie lacht, und ich muss fast kotzen.
»Na, eigentlich wollte ich über den Kleinen an den Vater ran, das ist richtig.«
Ich schicke eine ganze Salve stummer Stoßgebete ab, dass sie diese peinliche Nummer nicht auch Heidi vorspielen.
»Und, hat das geklappt?«
Für einen Moment herrscht Stille. Es rauscht leise. Ich spitze die Ohren. Nickel, dessen Falten auf der Stirn immer tiefer zu werden scheinen, sitzt mir gegenüber. Er kennt die Auflösung. Ich nicht. Also beuge ich mich mit gespitzten Lippen vor und …
»Na ja, irgendwie schon«, mault Cora.
»Was heißt das? Können Sie bitte etwas präziser beschreiben, was genau passiert ist?«
Pause. Rauschen.
»Frau Dutton?«
»Er hat mich angerufen. Wir haben uns getroffen«, war die knappe und präzise Antwort. Nickel schaltet das Band aus.

»Was machen Sie denn? Das würde ich gern hören«, sage ich.
»Das Leben ist kein Wunschkonzert, ›Dschooo‹«, sagt Nickel. Und betont meinen Kosenamen absichtlich genauso wie Cora.
»Diese blöde Tussi kann Ihnen wohl kaum einen Hinweis über die Absichten meines Vaters geben«, sage ich und sacke vor lauter Müdigkeit wieder auf dem Stuhl zusammen, auf dem ich schon einen ganze Ewigkeit hocke. Nur unterbrochen von gelegentlichen Pinkelpausen.
»Oh, das sehe ich anders«, sagt Nickel fröhlich, sieht auf einen Zettel, der mit Nummern vollgeschrieben ist, spult vor und drückt dann auf die »Play«-Taste.
»Er hat mir wehgetan!«, ist Coras Stimme zu hören.
»Hat er sie zu sexuellen Praktiken gezwungen?«, scheppert Nickel über den Lautsprecher.
»Nein, aber er hat mich wie eine Nutte behandelt!«, beschwert sich Cora.
Du benimmst dich auch wie eine, du blöde *bitch*!, denke ich.
»Er hat Sie also nicht körperlich misshandelt?«
»Hallo? Hören Sie mir zu oder was? Er hat mich WIE EINE NUTTE behandelt!«
»Können Sie das präzisieren?«
»Als ich ihn auf dem Schulhof gesehen habe, fand ich ihn cool. Ein bisschen gefährlich, wissen Sie? Na ja, dann die Nummer mit seinem Sohn ... also, keine ›Nummer‹ in dem Sinn ...«
Ich laufe rot an. Aber der Nickel auf Band sagt nur ungerührt: »Ich verstehe. Fahren Sie fort.«
»Ich habe Klaus meine Nummer auf Band hinterlassen. Er rief zurück. Alles zuckersüß und nett. Wir haben uns in der Fußgängerzone verabredet. Neutraler Boden, Sie verstehen. Auch das ist cool, er ist ein guter Typ. Hart, männlich, auf so was stehe ich.«

Nickels Stimme, ungeduldig: »Und dann?«
»Na ja … Er zahlt. Wir gehen zu ihm. Die Bude ist total unordentlich. Bierdosen, Flaschen. Geschirr im Wohnzimmer. Auch Kotze auf dem Teppich. Die ganze Küche vom Kochen verdreckt. Und er zückt ein paar Geldscheine und sagt: ›Du bekommst zehn die Stunde.‹ ›Wofür?‹, frage ich. ›Um die Schweinerei hier aufzuräumen‹, sagt er. ›Ich bin aber kein *cleaning women*‹, sage ich. Und dann lacht er. Richtig böse. ›Das Fest war für dich. Und jetzt räumst du auf‹, sagt er, schließt die Wohnungstür ab und verschwindet im Schlafzimmer.«
»Und was ist dann passiert?«, fragt Nickel. Cora beginnt zu schluchzen. Ich grinse, kann nicht anders.
»Na ja, was soll schon passiert sein. Ich habe mir drei Fingernägel abgebrochen, beim Saubermachen. Zweieinhalb Stunden habe ich gebraucht. Er hat mir dreißig Euro in die Hand gedrückt und mich auf den Flur geschubst. Ohne ein Wort. Kein Danke, nichts! Dabei war ich so gründlich, so habe ich noch nie etwas geputzt!«
Nickel schaltet das Band ab und wartet. Ich kann das Grinsen nicht aus meinem Gesicht wischen.
»Kannst du mir erklären, was dein Vater da mit deiner Freundin Cora abgezogen hat?«
Klaus hat sich für mich eingesetzt, denke ich. Nachdem er mich kalt abgeduscht und rausgeworfen hat, ruft Cora bei ihm an und Klaus trifft sich mit ihr. Er rafft sofort, was los ist, flirtet mit Cora, wickelt sie ein und rächt seinen Sohn auf die beste Art, die ihm einfällt. Er lässt sie die Schweinerei wegräumen, die ich wegen ihr verursacht habe. Und nicht nur das: Er bezahlt sie sogar dafür. Was Cora beschämt. Sie kommt sich wie eine Nutte vor.
Danke, Mann! Das war super, Klaus!

Ich nehme meinen letzten Rest Konzentration zusammen, um Nickel gegenüber die Antwort so zu formulieren, dass man sie – geschnitten oder nicht – auch Heidi im anderen Raum vorspielen könnte. Sie wird mich sowieso schon hassen. Dafür, dass man sie hier festhält. Aber die Episode mit dieser furchtbaren Frau soll kein weiterer Nagel für meinen Sarg werden.

»Klaus hat meine Ehre gerettet, würde ich sagen. Ich habe mich wie ein Idiot benommen und bin wie ein Idiot behandelt worden.« Tränen steigen in mir auf, als ich fortfahre: »Und während der Idiot gegen die Glasscheibe eines geschlossenen Ladengeschäfts knallt und ins Krankenhaus kommt, wo er die Liebe seines Lebens kennenlernt …« Nun schluchze ich bereits. »… rettet mein Vater meine Ehre!« Es zerreißt mich fast. Aber das ist sicher nur die Müdigkeit. Nickel winkt ab. Nicht zu mir, sondern in Richtung irgendeines unsichtbaren Beobachters.

»Lass es gut sein, Johannes«, sagt er. »Deine Freundin Heidi ist schon lange im Bett. Du solltest ebenfalls nach Hause gehen.«

»Wo ist das denn?«, frage ich den Kommissar. Er weiß es auch nicht, bestellt aber trotzdem bei seinen Kollegen einen Bus für mich und mein Fahrrad.

63.

Das Haus meines Großvaters ragt dunkel in die Nacht. Als ich mein Bike vor dem Treppenaufgang anlehne, huscht irgendwas vor mir in die Büsche. Ich bin so müde, dass mir eine Ratte direkt in den Schoß springen könnte, ohne dass ich mich erschrecken würde. Ich rüttle kurz an dem Knauf der Haustür, aber natürlich ist die Tür verschlossen. Unter der Fußmatte oder den Blumentöpfen ist kein Schlüssel deponiert. Also drehe ich eine Runde, auf der Suche nach einem offenen Fenster. Fehlanzeige. Die Fenster liegen alle zu hoch, als dass ich so einfach eine Scheibe einschlagen und einsteigen könnte. Und wenn ich die Chance dazu hätte, würde ich es tun. Mehr, als mich noch mal festnehmen, können die Bullen nicht. Während ich durch das taunasse Gras des Vorgartens stapfe, fällt mir Heidis Roller auf, der immer noch neben dem Haus auf dem Randstreifen steht.
Sie werden Heidi hier abgeholt und nach der Vernehmung nach Hause gebracht haben, denke ich. Doch ein winziger Hoffnungsschimmer glimmt in mir auf. Ich stürme wieder zur Haustür und klingle Sturm. Es dauert eine halbe Ewigkeit, aber dann passiert es – das Flurlicht geht an. Die Haustür wird einen Spalt breit geöffnet und Heidi steht mit wirren Haaren in T-Shirt und Slip vor mir. Ihre verschlafenen Augen sind Schlitze. Am liebsten würde ich sie an mich drücken, aber ihre Körperhaltung macht mir klar, dass ich besser in Deckung gehen sollte.
»Wie spät ist es?«, fragt sie und schmatzt verschlafen.
»Keine Ahnung, halb vier, schätze ich.«
Ich drücke mich an ihr vorbei. Da sie von oben gekommen ist, gehe ich ebenfalls in den ersten Stock.
»Wie bist du reingekommen?«, frage ich.

»Schlüssel mitgenommen«, gähnt sie. »Du hast mir morgen eine ganze Menge zu erzählen, mein lieber Freund.«
Damit haut sie sich auf meine Matratze.
»Was bedeutet ›E3 auf I3‹?«, fragt sie mit geschlossenen Augen. »Die Cops haben mich das andauernd gefragt.«
»Ich habe nicht die leiseste Ahnung«, antworte ich. »Werner hat es auf Klaus' Anrufbeantworter gesprochen. Könnte so eine Art …«
Leises Schnarchen verkündet, dass ich Selbstgespräche führe. Ich würde mich ebenfalls gern hinhauen, doch Heidi liegt wie ein riesiges Fragezeichen auf der Matratze. Das kann ich vergessen. Ich lasse mich in den ächzenden Schreibtischstuhl vor dem iMac fallen und beende dadurch unabsichtlich den Ruhezustand des Computers. Ich gebe *E3 auf I3* bei Google ein. Doch für über drei Millionen unverständliche Antworten bin ich einfach zu müde. Deshalb fällt mir zunächst auch nicht das Blinken des E-Mailprogramms auf. Dreizehn neue Nachrichten für Werner. Na, wenn das kein Glück bringt, was dann … Was?
Ich lese: JOHANNES! ÖFFNE DIESE EMAIL! JOHANNES! in einer Betreffzeile der Liste ungelesenen Nachrichten. Nach dem Doppelklick lese ich, dass mir Werner ungefähr drei Stunden zuvor, während ich in einer Vernehmungszelle saß, folgende Nachricht an seine eigene Adresse geschickt hat:

Von: Chiliwerner@web.de
An: info@hotandspicy.com
Betreff: JOHANNES! ÖFFNE DIESE EMAIL! JOHANNES!

Lieber Johannes,

du hast wegen mir Ärger bekommen, befürchte ich. Das tut mir leid. Keine Zeit für Entschuldigungen, keine Zeit für Erklärungen. Merke dir bitte Folgendes: E3 auf I3

DAS IST WICHTIG! Also noch mal: E3 auf I3

NOCH ETWAS WICHTIGES: Du musst ALLE Daten auf diesem iMac löschen. Das heißt, die Festplatte dieses Rechners muss komplett neu formatiert werden. Dazu gibt es eine Funktion im Festplatten-Dienstprogramm unter »Festplatte löschen«, die heißt: »Festplatte in 35 Durchgängen löschen«. Dazu musst du den Rechner von der System-CD starten, die links im Computerfach liegt. Das dauert ziemlich lange, aber DU MUSST ES SOFORT TUN!

SOFORT. Es ist WICHTIG!

Später mehr, dein Werner.

Ende der Nachricht.
»Du spinnst doch«, murmele ich. So müde, dass ich das Gefühl habe, meine Augen würden bluten, wenn ich noch eine weitere Sekunde auf den hellen Bildschirm starre.
»Ich sollte den verdammten Rechner einfach in deine Mülltonne stopfen«, zische ich leise, während ich das Fach im Regal nach der beschriebenen System-CD durchforste. Als ich die Scheibe mit dem großen X darauf gefunden und in den Schlitz geschoben habe, zögere ich und frage mich mit Blick auf die schlafende Schöne: Mache ich mich damit der Komplizenschaft schuldig? Nein, ich weiß ja nicht einmal, um was es geht. Ich tue Werner (der es NICHT verdient hat!), nur

den Gefallen, seine Hardware auf den aktuellen Stand zu bringen.

»Vielleicht will er das Schmuckstück ja bei eBay versteigern, Herr Kommissar«, murmele ich und starte den iMac neu, mit gedrückter »c«-Taste, wie auf der DVD beschrieben.

Ich führe die erforderlichen Schritte durch, um die Festplatte dermaßen oft überschreiben zu lassen, dass sich wirklich keine Daten mehr im Polizeilabor wiederherstellen lassen dürften. Für eine Sekunde denke ich darüber nach, vorher ein bisschen zu schnüffeln, was Werner zu verbergen hat. Es wird schon etwas mehr sein als nur aus dem Internet heruntergeladene Nacktbildchen. Aber erstens bin ich zu müde und zweitens hatte ich gerade eine Lektion in Vernehmungstechnik. Wenn die Bullen mich noch einmal rannehmen, will ich lieber gar nichts wissen. Denn nur, wenn ich nichts weiß, kann ich auch nicht verraten, womit ich Werner – und ich schätze mal auch Klaus – in Schwierigkeiten bringe.

Der Fortschrittsbalken wandert zäh vor sich hin und gibt mir den Rest. Das Löschen wird noch Stunden dauern, aber ohne mich! Ich lege mich auf den Ikea-Teppich vor der Matratze und decke mich mit dem dunkelblauen Sweatshirt von Heidi zu. Es duftet ganz wunderbar nach Parfum und ihrem Schweiß, wenigstens etwas. Über mir schnarcht meine Angebetete, der ich noch eine Menge zu erklären habe. Aber ich bin sicher, das kriege ich hin.

64.

»Du willst mir damit sagen, dein Vater und dein Opa haben zusammen den Autohändler und die Stadtsparkasse ausgeraubt und sind danach untergetaucht?«
»So ungefähr, ja.« Ich zucke bedauernd mit den Achseln, nicke und starre in die Sonne.
»Du glaubst, dieser Klaus hat mir dir zusammen das Autohaus ... wie nennst du das?«
»Ausbaldowert«, sage ich. »So nennt man es, wenn ein Verbrechen geplant und das Opfer beobachtet wird.«
»Was für eine Kacke!«, sagt Heidi und beißt in ihr Brot.
»Meinst du das Wort ›ausbaldowert‹ oder die ganze Sache?«, frage ich. Heidi blitzt mich nur kauend an.
Wir sitzen im idyllischen Krankenhausgarten. Hinter uns im Krematorium werden die entfernten Blinddärme und größere menschliche OP-Überbleibsel zu Asche verbrannt.
»Sie heizen damit das Krankenhaus, Johannes«, hatte Heidi zu Beginn ihrer Pause gesagt. »Und wenn du mir nicht die Wahrheit sagt, und ich meine ALLES!, dann heizen sie meinen Aufenthaltsraum mit DIR, kapiert?«
Ich hatte gedacht, es wäre eine gute Idee, Heidi in der Mittagspause alles zu beichten, was sie nicht schon von den Bullen während der Vernehmung oder über Lautsprecher erfahren hat. Obwohl, oder gerade weil Heidis Zeit in der Mittagspause knapp bemessen war. Weil wir uns außerdem auf neutralem Boden treffen konnten. Doch es hatte nur zur Folge, dass ich mich mit den Fakten höllisch beeilen musste und den Blick nicht von dem hohen Edelstahlschornstein abwenden konnte, der hinter dem Gebäude des Krematoriums aufragte.

Zu meiner Überraschung hatten Nickel und seine Ermittler Heidi fast nur Fragen gestellt und kaum Informationen zukommen lassen.
»Wieso ist Werner nach dem Essen so schnell verschwunden?«, fragt sie.
»Ich weiß es nicht«, antworte ich.
»Wo sind die beiden jetzt?«
»Hat er mir nicht geschrieben.«
»Du bist ein Idiot, dass du alles von diesem Computer gelöscht hast«, sagt sie steht auf und stapft aufgebracht vor mir auf und ab.
»Du hättest nachgesehen?«, frage ich, obwohl ich die Antwort kenne.
»Natürlich! Dann wüsste ich wenigstens, wofür man mich stundenlang durch die Mangel gedreht hat!«
»Und wenn man dich noch einmal durch die Mangel dreht?«, frage ich.
Sie bleibt stehen, überlegt – und nickt schließlich.
»Du hast recht. Darüber habe ich nicht nachgedacht.«
Und schon wieder ein Punkt auf der Heidi-überrascht-mich-Skala. Sie gibt einfach so zu, dass ich recht habe! Das hat vorher noch nie ein Mädchen so schnell und unkompliziert getan.
»Sag mal, diese Cora scheint aber echt gruselig zu sein, oder?«, fragt Heidi plötzlich. »Wie die geredet hat. Furchtbar.«
»Jaaa«, sage ich und verziehe angewidert das Gesicht. Dass ich mal verknallt war in diese gruselige Frau, muss Heidi nicht unbedingt erfahren, wenn die Cops ihr diesen Teil der Aufnahme vorenthalten haben.
»Und mit der wolltest du schlafen?«, fragt Heidi mit einem listigen Lächeln.
»Nein, nein«, antworte ich hastig. »Das hat sie nur erfunden.«
»Du wolltest sie in der Bude deines Vaters also nur bekochen, nicht befummeln. Richtig?«

Meine Güte, wie lange wird mir dieser fatale Fehler denn noch um die Ohren fliegen? Ich bereite mich in Gedanken auf eine kleine Eifersuchtsszene vor.
»Also, es ist nicht so, wie du …«
Heidi sieht auf die Uhr und springt auf.
»Ich muss zurück. Würdest du das auch für mich tun?«
»Was?«
»Kochen.«
»Äh … gern«, sage ich.
»Heute Abend um acht bei Werner?«
»Äh … klar.«
»Sturmfreie Bude hast du ja«, sagt sie, gibt mir einen Kuss und rennt über die Wiese zum Haupteingang.
Sie hat es schon wieder getan!, denke ich und grinse.

65.

Mit dem jungfräulichen iMac wieder ins Internet zu kommen, kostet mich den halben Nachmittag. Und den letzten Nerv. Aber ich gebe nicht auf. E3 auf I3 – das muss doch zu lösen sein!

Ich probiere es noch einmal mit Google. Wieder über drei Millionen Treffer. Dann probiere ich es mit Schach. Das ist es aber nicht, denn das Brett geht nur bis zum Buchstaben »H«. Mist. Sind es die Koordinaten für GPS? Nope. Ich gebe vorerst auf, lösche den Cache des Browsers – sicher ist sicher – und suche dann bei chefkoch.de nach Rezepten, in denen Chilis eine tragende Rolle spielen. Schließlich sollen die Früchte von Werners vorerst geschlossenem Online-Shop nicht ungenutzt verrotten. Ich finde und lese so viele »Chili con carne«-Rezepte, bis ich mit knurrendem Magen eine Best-of-Liste der Zutaten habe. Mal sehen, was ich in Opa Werners Plantage so alles ernten kann. Als Alternative fallen mir gefüllte Tomaten und Paprika ein.

Bevor ich das Haus Richtung Garten verlassen kann, klingelt es an der Tür. Ich zucke zusammen, als ich Hauptkommissar Nickel durch das kleine Fenster erkenne. Er erkundigt sich freundlich nach Werner, der leider nicht da ist. Dann zückt er einen Zettel und vier Uniformierte stürmen in die Bude und nehmen sie auseinander. Hausdurchsuchung.

Unten im Erdgeschoss finden sie überhaupt nichts. Aus dem ersten Stock tragen die Beamten Kartons mit Geschäftspapieren und natürlich dem iMac aus dem Haus. Ich frage, ob es nicht so eine Art Grundrecht auf Internet gibt. Doch dafür ernte ich nur einen schrägen Blick von Nickel.

»Falls dein Großvater sich meldet, rufst du mich an, klar?«

»Natürlich, Herr Kommissar! Ehrensache.«

Zum Glück habe ich den Cache geleert und mir die Rezepte ausgedruckt. Ich fühle mich deshalb fast so schlau und vorausschauend wie Werner, der seinen Rechner von mir in den Ursprungszustand hatte zurückversetzen lassen.

Allerdings haben die Cops meine ausgedruckten Rezepte zusammen mit dem Bürozeug und dem Rechner mitgehen lassen. Mist!

66.

Ins Gewächshaus gehen sie auch. Fast die gesamte Ernte an Tomaten, Paprika und die großen Chilis stopfen sie in Bananenkisten und schleppen sie aus dem Garten in ihren Bulli.
»Mann, was soll der Quatsch? Daraus wollte ich was kochen!«, maule ich Nickel an. Der mit dem Rücken an einem großen Pflanztisch mit Hunderten von kleinen Töpfen in Reih und Glied steht.
»Wir müssen die Pflanzen im Labor auf illegale Substanzen testen lassen. Vielleicht hat der alte Herr ja noch mehr auf dem Kerbholz als Einbruchdiebstahl und Raub«, sagt Nickel.
»Ist Werner eigentlich vorbestraft?«, frage ich. Und wundere mich selbst, dass ich erst jetzt darauf komme.
»Nein, er hat eine blütenreine Weste«, antwortet Nickel mit großer Geste und Blick auf die Blumen. Er findet sich selbst offenbar urkomisch. Ich erkenne schadenfroh, dass er sich seinen hellen Mantel an der dreckigen Kante des Pflanztischs versaut hat. Ein schwarzer Streifen feuchter Erde ziert seinen Rücken. Dann halte ich den Atem an und lese die Bleistiftmarkierungen an der Tischkante: D18 D19 D20. Ich trete unauffällig einen Schritt nach links und erkenne B7 bis B16, dann steht mir Nickel im Weg. Ich muss ihn unbedingt hier rauslotsen, bevor er das sieht und versteht, was ich gerade kapiert habe!
»Kann ich nicht wenigstens ein paar Tomaten …«, rufe ich und will hinter den Bullen herlaufen, die die Kisten aus dem Gewächshaus geschleppt haben. Aber Nickel hält mich fest. Er dreht mich so, dass ich nun an der Pflanztischkante stehe.
»Du sagst es mir doch, sobald sich einer der beiden meldet, oder?«

Ich winde mich. Nickel macht auf verständnisvoll. Wenn das noch lange dauert, sieht er die Beschriftung an der Tischkante! Er muss sie sehen. Ich bin mir sicher, dass Werner diese Bleistiftbeschriftungen bei seinem Spruch auf Klaus' Anrufbeantworter gemeint hat. Wenn Nickel das sieht, ist es vorbei!
Ich winde mich aus seinem Griff und brülle: »Das ist meine FAMILIE, du Arschloch!« und renne aus dem Gewächshaus.
Folge mir, flehe ich still. Bitte folge mir!
Doch Nickel lässt sich Zeit. Ich stehe neben meinem Bike am Treppenaufgang, genau zwischen den Bullen, die Gemüse in den VW-Bus laden und dem Kommissar im Gewächshaus. Ich schwitze Blut und Wasser. Dann ruft Nickel plötzlich: »Kurt? Kommst du mal?«
Ich sacke in mir zusammen. So ein Mist! Ich war so dicht dran und nun …
Ein schwitzender Uniformierter eilt an mir vorbei. Die Gewächshaustür klappt hinter ihm zu. Durch das milchige Glas kann ich nur die Silhouetten der beiden Männer erkennen. Sie stehen am Pflanztisch. Es ist vorbei!

Nach einer halben Ewigkeit tauchen Nickel und der uniformierte Polizeibeamte auf. Nickel kommt zu mir. Er lächelt.
»Wir müssen das Gewächshaus und den Garten bis auf Weiteres versiegeln«, sagt er. Während der schwitzende Bulle namens Kurt die Tür mit Aufklebern zukleistert.
»Warum?«, frage ich. Obwohl ich die Antwort doch kenne. Ihr habt E3 auf I3 auf dem Pflanztisch gefunden, oder? Werner hat ein Koordinatensystem auf den Tisch gemalt, damit er bei den vielen aus Samen gezüchteten Pflänzchen den Überblick behält, wenn er sie vereinzelt hat. Die Breitseite und die Längsseite

des Tischs sind nach dem Alphabet geordnet. Zwanzig Töpfe pro Buchstabe. Säuberlich mit Bleistift an die Tischkante geschrieben. Was habt Ihr unter E3 auf I3 gefunden? Ganz links, ungefähr in der Mitte des Tisches? Was war unter dem kleinen Töpfchen?
»… hörst du mir überhaupt zu, Johannes?«
»Was?«
»Ich sagte, die Freigabe von Garten und Gewächshaus erfolgt, sobald die Ergebnisse der Laboruntersuchung vorliegen«, sagt Nickel. »Natürlich nur, wenn wir nichts finden. Ansonsten drehen wir das ganze Gelände komplett auf links.«
»Wie lange wird das dauern?«, frage ich.
»Mindestens eine Woche«, antwortet Nickel.
»Aber ich muss doch gießen!«, protestiere ich. »Sonst geht hier alles ein, bei der Hitze!«
»Das hätte dein Großvater sich vorher überlegen sollen«, antwortet Nickel und lässt mich am Treppenaufgang stehen.
Vereinzelt beobachten Nachbarn, wie der dunkelblaue BMW und der Polizeibus wenden und die Gasse zur Hauptstraße hinunterrasen. Einige schütteln den Kopf, andere tuscheln. Fast alle sehen mich an. Ich ignoriere sie und war in meinem ganzen Leben noch nie so erleichtert. Nickel hat es nicht geschnallt! Ich verschwinde im Haus und suche eine Leiter, um über das Absperrband zu klettern.

67.

Wieso haben die Metzger in unserer Stadt eigentlich so komische Namen? Der Bio-Metzger von Klaus heißt Hitzacker und der bei Werner um die Ecke, den ich noch von ganz früher kenne, Kohlöffel. Herr Kohlöffel scheint überhaupt nicht gealtert zu sein. Vielleicht etwas mehr geplatzte Äderchen auf der Nase und ein paar Kilo schwerer. Aber sein breites Lächeln ist immer noch das Gleiche.
»Bist du groß geworden, Junge. Ich kenn dich noch, da warste sooo klein.« Er hält die Hand in etwa Dackelschulterhöhe über seinen Tresen. Willst du 'ne Scheibe Wurst?« Die Sprüche haben sich nicht geändert. Doch, der ist neu: »Und deine kleine Freundin?« Die kleine Freundin sieht so aus, als würde sie dem Besitzer der Metzgerei, in der ich schon als Zwerg mit Opa Werner einkaufen gegangen bin, gleich aus dem Stand über die Theke ins Gesicht springen.
Ich habe es unter vollem Körpereinsatz in den Garten und durch die Dachluke sogar bis ins Gewächshaus geschafft. Ohne eins der Polizeisiegel brechen zu müssen. Dann habe ich Heidi herzitiert, um ihr meinen Fund zu zeigen. Die Einladung zum Essen in etwas anderes verwandelt. In »komplette Kacke«, wenn man ihren Worten Glauben schenken darf. Aber sie ist nur sauer, weil sie Ärger kriegt, wenn rauskommt, dass sie vor Dienstschluss abgehauen ist.
»Was soll der Quatsch?«, zischt sie mich an, während Herr Kohlöffel in aller Ruhe zwei Brötchen teilt, mit Butter beschmiert und zwei DICKE Scheiben warmen Spießbraten darauf legt. Natürlich nicht, ohne vorher sorgfältig die Fäden zu entfernen, mit denen der Braten eingewickelt war. Er fertigt unsere Brötchen, wie man bei Ferrari eine Zündung einstellt. Oder in Hei-

dis Klinik eine Operation vornimmt. Sorgfältig, konzentriert und ruhig. Jetzt ist der Senf dran.
Ich sehe auf die Uhr. Die Postfiliale hat noch genau elf Minuten geöffnet. Schaffen wir das, Herr Kohlöffel?
»Der Werner mag ja die Pferdewurst so gern«, sagt er ohne aufzusehen. »Da sind wir mittlerweile die einzigen, die das noch machen. Willst du ein Stück probieren?«
9,5 Minuten.
»Vielleicht ein anderes Mal, danke. Wir haben es ein bisschen eilig, Herr Kohlöffel«, antworte ich. Heidi latscht mir vor der Theke unauffällig gegen das Schienbein, weil ich ihre Frage noch nicht beantwortet habe.
Ich zucke zusammen, fische den Schlüssel aus der Hosentasche, der an den Kanten und um das Loch herum bereits erste Rostspuren aufweist und zeige ihn Heidi mit den Worten: »Das ist E3 auf I3!«
»Was soll das heißen?«
»Wollt ihr frischen Pfeffer drauf? Der Werner nimmt immer …«
»Nee, danke Herr Kohlöffel«, unterbreche ich. Der Metzger brummt beleidigt.
»Der Schlüssel lag unter einem Topf in Werners Gewächshaus«, sage ich leise zu Heidi.
Acht Minuten. Was hat mich geritten, hier belegte Brötchen zu kaufen, bevor wir den Versuch machen, in der Postfiliale einen Schatz (oder was auch immer es ist) zu heben?
»Knoblauchsalz? Das ist besonders lecker, und der Werner …«
»Geben sie uns die Dinger einfach!«, verlange ich. Viel schroffer, als ich es eigentlich vorhatte. Seine Frau und die Kunden rechts von uns sehen uns an.
»Vier zwanzig«, brummt der Metzger beleidigt und reicht die Tüte über den Tresen.

68.

Ich suche Postfach hundertzwölf. Diese Nummer ist auf den Schlüssel eingraviert. Ich stecke ihn in eins der größeren Postfächer und versuche, den Schlüssel zu drehen. Er hakt ein wenig, aber dann geht es. Heidi und ich halten den Atem an. Die zerkratze kleine Tür öffnet sich quietschend und gibt den Blick auf ein paar Briefe, fast alles Rechnungen, ein Hochglanzmagazin und einen wattierten braunen Umschlag frei.
Heidi ist wie ausgewechselt, die Aufregung hat von ihr Besitz ergriffen. Ich nehme den wattierten Umschlag, reiße die Lasche ab und …
Die Tür fliegt auf. Nickel stürmt mit Siegerlächeln in den Raum. Heidi zuckt zusammen. Nickel nimmt ihr mit einem freundlichen »Darf ich?« das Magazin mit dem Motorrad und dem tätowierten Mädchen auf dem Titelblatt ab. Mir klaubt er den Umschlag aus der Hand. Dann noch die drei Briefe aus dem Postfach und der unfreundliche Filialleiter kann hinter uns abschließen.
»Du hast doch nicht geglaubt, dass wir dich aus den Augen lassen, oder?«, fragt Nickel bester Laune. Ganz er selbst, der ergebnisorientierte Hauptkommissar.
»Kann ich die Motorradzeitung haben?«, bittet Heidi. Nickel gibt vor, über ihre Bitte nachzudenken. Ich kenne die Antwort bereits.
»Leider nein, Beweismittel«, sagt er. Steigt mit den Briefen, dem wattierten Umschlag und dem Magazin in seinen BMW und rast davon.
RRRATSCH! Hinter uns lässt der Postfuzzi die Jalousie der Tür absichtlich laut herunterfallen.
Ich öffne die Brötchentüte und beiße ab. Für mich war's das.
»Lecker. Aber wir hätten das Knoblauchsalz probieren sollen«, mampfe ich Heidi an.

»Sag mal, hast du sie noch alle?«, faucht sie.
»Wieso denn?«, sage ich kauend. »Wir sind im Arsch.«
»Und du gibst einfach so auf, ja?«
Ich muss erst den Mund leer machen und mich sammeln, bevor ich, nun ebenfalls recht laut, antworte:
»Was hat das denn bitte schön mit ›Aufgeben‹ zu tun, wenn die Polizei von A bis Z im Besitz ALLER beschissenen Beweismittel ist? Wir haben NICHTS! Zero, null, niente!«, rufe ich. Obwohl Heidi natürlich nichts dafür kann.
»Wir haben nichts, das stimmt. Aber eine Sache aus dem Postfach können wir woanders besorgen … Komm!«
Sie geht zu ihrem Roller. Ich kann ihr nicht folgen, geistig. Die paar Schritte schaffe ich gerade noch.
»Wo willst du hin?«
»Zum Bahnhof.«
»Warum?«
»Weil die dort den einzigen Zeitschriftenladen haben, der dieses Motorradmagazin verkaufen könnte.«
„Ach, was willst du denn damit?«, frage ich mutlos.
„es ist die einzige Spur, der wir folgen können. Also los!« Sie reicht mir den Helm und will die Sitzbank runterklappen. Ich halte sie auf.
»Hey. Sind das etwa meine Rosen, die immer noch in der Sitzbank liegen?«
Das zerknickte und zerrissene Papier kann die verwelkten Blütenblätter nicht mehr im Zaum halten. Es sieht furchtbar aus. Ein Trauerspiel.
»So habe ich sie immer bei mir«, gurrt Heidi verliebt.
Und ich glaube ihr jedes Wort.

69.

»Die Cover sehen ja immer gleich aus!«
Unser Problem mit dem Motorradmagazin namens *Custom Bike* ist, dass sich auf JEDER Ausgabe ein tätowiertes Mädel auf einem Chopper räkelt.
Heidi und ich stehen in der Bahnhofsbuchhandlung und können uns nicht einigen, welche Ausgabe der Kommissar uns gerade eben erst abgenommen hat.
»Das mit der Brünetten«, sagt Heidi.
»Quatsch, das war diese Schwarzhaarige mit der Schlange auf dem Arm und den dicken, äh … Ich vergesse nie ein, äh, Gesicht.«
»So, so«, grinst Heidi.
Schließlich kaufen wir beide Zeitschriften.

»Willst du 'ne Tour durch die Toskana machen?«, fragt mich Heidi später an einer Theke der Kaffeebar des Bahnhofs, als sie lustlos durch die Ausgabe mit der Brünetten blättert.
»Nee, danke. Willst du dir in der Schweiz ein Tribal stechen lassen?«, kontere ich und halte den Artikel der Ausgabe mit der schwarzhaarigen Schlangenfrau auf dem Titelblatt hoch.
»Diese stilisierten Stammeszeichen sehen gar nicht schlecht aus«, sage ich.
»Wehe, du lässt dich tätowieren«, sagt Heidi.
»Kein Herz mit ›Johannes liebt Heidi‹ drin?«, frage ich und grinse.
»Vielleicht, wenn du volljährig bist, Kleiner«, sagt eine dunkle Stimme hinter mir, die ich nur zu gut kenne.
Ich falle fast vom Hocker.
»Klaus!?«, rufe ich erschrocken. Dann, innerhalb von Sekunden werde ich wütend. »Wo warst du die ganze Zeit? Ich hab' tausendmal versucht, dich …«

»Geht das noch lauter, muchacho?«, unterbricht er und lächelt breit.
»Wie siehst du denn aus?«, frage ich entgeistert. Er hat sich die Haare wachsen lassen. Lang sind sie nicht, aber zusammen mit dem grauen Anzug und dem Aktenkoffer sieht Klaus wie einer von zig Millionen Sparkassenangestellten aus, die wir täglich nicht so genau ansehen. Er reicht Heidi über die Theke hinweg an mir vorbei die Hand.
»Heidi?«, sagt er.
»Van Nieuwenhuizen«, ergänzt sie.
»Ich weiß«, sagt er und lächelt. »Freut mich. Wie wär's, sollen wir noch etwas bestellen?«
»Du verdammter …«, mir versagt die Stimme. meine Wut verraucht so schnell, wie sie gekommen ist. Ich bin einfach nur noch froh, dass er wieder da ist. Klaus bekommt eine Ahnung davon, wie hoch mein Herz schlägt, als ich ihm um den Hals falle und an mich drücke. Vor lauter Freude ihn endlich wiederzusehen. Ich will ihm tausend Fragen stellen. Doch er streicht mir über den Kopf und sagt leise: »Später, Jo.«
Dann plaudert er mit Heidi über dies und das, als hätte man sich an diesem Tresen mit Blick auf den Bahnsteig zum gemeinsamen Trainspotting getroffen. Also gebe ich unbeholfen den Coolen und spiele mit. Tausende, abertausende Tabufragen schwirren durch meinen Kopf. Diesmal werde ich ihn nicht so einfach davonkommen lassen. Das steht fest.
»Ich habe euch schon länger im Auge, denn dieser verdammte Nickel hat unsere ganze Planung durcheinandergeworfen«, sagt Klaus. »Die Nummer mit den Koordinaten auf dem Anrufbeantworter und im Gewächshaus hat er gar nicht geschnallt. Dabei war das wirklich eine leichte Übung, findest du nicht?«
»Wie meinst du das?«, frage ich.

»Das Schließfachrätsel war nicht für dich, sondern für Nickel gedacht. Werner liebt solche Sachen. Wäre er zwei Generationen später auf die Welt gekommen, würde er Computerspiele entwickeln, da bin ich mir sicher. Wie dein geliebtes *Grand Theft Auto* zum Beispiel.« Klaus nippt an seiner Tasse Kaffee.
»Sie wollten, dass der Kommissar das Schließfach findet?«, fragt Heidi überrascht. Klaus nickt.
»Dank der Beweise in dem Fach sucht Nickel jetzt an einer ganz anderen Stelle, das könnt ihr mir glauben.« Klaus grinst. »Werner hat auch noch ein paar falsche Spuren für die Sonderkommission gelegt, weil er sich so über die Typen geärgert hat. Wäre Nickel euch nicht gefolgt, wäre alles umsonst gewesen.«
»Wo ist Werner?«, frage ich.
»Das erfährst du bald, versprochen, mein Sohn.« Klaus sieht mich ernst an. »Hältst du noch viereinhalb Wochen allein durch? Bis zu den Sommerferien?«
Ich nicke, weiß aber nicht, was er meint.
»Werner sagt, du kannst in seinem Haus wohnen. Er hat das mit der Frau beim Jugendamt geklärt. Sie regelt das mit Anna für dich, hat sie versprochen. Werner meint, du kannst die Einrichtung aus der Bude rausschmeißen und es dir so gemütlich machen, wie du willst. Es ist dein Haus.«
Ich habe ein Haus? Ich sehe Heidi an. Wir haben ein Haus!
Klaus reicht mir seine Aktentasche.
»Hier ist alles drin, was du brauchst. Ein bisschen Kohle, ein paar Papiere, so Zeug eben ... Ich muss los.«
»Aber, was ist mit Nickel?«, frage ich.
»Der kann dir nichts«, antwortet Klaus sanft. Er lächelt mich zärtlich an. So habe ich ihn noch nie erlebt. Aus irgendeinem Grund scheint er total happy zu sein. Obwohl ihm die Bullen auf den Fersen sind? Das ist mir zu hoch.

Heidi und ich folgen Klaus durch die Bahnhofshalle und über den Vorplatz. Dort sitzt ein Penner auf dem schönsten Chopper, den ich jemals gesehen habe. Er steigt von der Harley ab, als er Klaus sieht, kassiert von ihm einen Zehner, bleckt seine drei verbliebenen Zähne und verschwindet in der Menge.
»Wow«, sage ich. »Das ist deine Maschine?«
»Meine erste. Die Beste!«, antwortet Klaus. »Damals hat sie noch anders ausgesehen, als ich mit deiner Mutter auf großer Fahrt war.«
»Das ist die Electra Glide?«, frage ich. Klaus nickt.
»War eine ganz schöne Arbeit, sie wieder flott zu machen. Betsy hat durch die lange Knastzeit mehr gelitten als ich.«
Es dauert einen Moment, dann wird mir klar, wen Klaus die ganze Zeit in seinem Schlafzimmer versteckt gehalten hat. Betsy!
»Du hast das Bike im Schlafzimmer restauriert?«
Klaus nimmt den Helm, der auf dem rechten Rückspiegel hängt. Eine uralte, verschrammtes Halbschale, die mal schwarz gewesen sein muss, und setzt sie auf.
»Klar, was hast du denn gedacht?«
»Wieso durfte ich sie mir denn nicht ansehen?«, rufe ich. »Wieso hast du so ein verdammtes Geheimnis daraus gemacht?«
»Weil ich ein halb nacktes Wrack nicht herumzeige. Das habe ich noch nie gemacht«, blafft Klaus zurück. »Wir sind ja nicht bei *Orange County Chopper* auf dem verdammten Männerkanal! Das gehört sich nicht! Oder stellst du unvorteilhafte Bilder deiner nackten Freundin für Hinz und Kunz ins Internet, wenn sie sich gerade schminkt?«
Klaus zieht sein Anzugjackett aus, faltet es sorgfältig und legt es auf eine große Rolle, die quer auf zwei Satteltaschen befestigt ist.

»Sollte er das tun, macht er es genau zweimal. Das erste und das letzte Mal!«, hilft Heidi freundlich aus.
»Ich bin nicht Hinz!«, rufe ich. »Ich bin deine Familie! Du hättest mir vertrauen können.«
Klaus nimmt mich in den Arm und drückt mich fest an seine Brust.
»Das stimmt«, höre ich durch den Stoff seines T-Shirts. »Es tut mir leid! Das wird sich in Zukunft alles ändern, versprochen!« Nun trägt er nur noch ein schwarzes T-Shirt, die graue Nadelstreifenhose und schwarze Cowboystiefel, die mir vorhin nicht aufgefallen sind. So schnell wird aus der Verkleidung eines Bankangestellten ein Biker, denke ich.
»Wo willst du jetzt hin?«
»Das erfährst du früh genug … Es wird ein harter Ritt, glaube mir.«
Er lässt Betsy an. Tiefes, unregelmäßiges Grummeln ertönt. Es klingt, als würde Betsy sich jeden Moment verschlucken und absterben. Aber wir wissen alle, dass das nicht passieren wird.
Klaus reicht Heidi die Hand, bevor er sich Handschuhe anzieht.
»Hast du im Sommer Zeit? Dann würde es mich sehr freuen, wenn du Jo in den Ferien begleitest«, sagt mein Vater.«
»Ich muss auf ihn aufpassen, oder? Zumindest bis er sechzehn ist«, sagt Heidi.
»Also ist die Antwort ›Ja‹. Das freut mich«, antwortet Klaus.
»Ihnen gefällt die Rolle als Geheimniskrämer, oder?«, fragt Heidi lächelnd. Klaus deutet auf mich.
»Er hat einfach nie die richtigen Fragen gestellt. Du scheinst da anders zu sein.« Klaus winkt zum Abschied und lässt uns in der sinkenden Nachmittagssonne vor dem Bahnhof stehen. Betsy knattert mit sattem Sound durch den Feierabendverkehr.

»Meine Herren, das ist aber mal ein netter Bankräuber«, sagt Heidi beeindruckt.
Ich knuffe sie mit dem Aktenkoffer in die Seite. Wehe, wenn sie sich jetzt auch an meinen Alten ranmacht.
»Was denn?«, sagt sie. Und grinst mich an.

70.

»*Mein lieber Sohn*« beginnt der Brief. Ich sitze im Garten, den Lederkoffer auf den Knien. Heidi ist zum Dienst ins Krankenhaus gefahren. Irgendwie ist es mir ganz recht, dass sie nicht dabei ist, wenn ich Klaus' unregelmäßige Handschrift zu lesen versuche. Denn ich habe mittlerweile begriffen, dass die Sache zwischen Klaus und mir wirklich nur uns beide etwas angeht.

»*Mein lieber Sohn, ich schreibe nicht oft Briefe. Schon gar nicht mit der Hand.*«

»Das merkt man«, murmele ich und kneife die Augen zusammen, um die krakelige Handschrift entziffern zu können. Einiges muss ich aus dem Zusammenhang erraten.

»*Dies wird also der längste Brief, den ich jemals geschrieben habe. Und ich habe ihn mehr als einmal geschrieben, das kannst du mir glauben, muchacho!*
Du hast mich echt umgehauen mit deinem Verdacht. Diese Cora hat mir davon erzählt. Zuerst dachte ich, sie wäre deine Freundin. Aber als ich sie getroffen habe, hat sie versucht, mich anzumachen. Das war sehr merkwürdig. Zumindest habe ich begriffen, dass sie dich nur benutzt. Ich habe ihr einen Denkzettel verpasst. Du hast sicher gedacht, ich bin sauer, weil du mit deiner Ein-Mann-Party mein Vertrauen missbraucht und die Wohnung versaut hast. Doch das war nicht der Grund. Ich war sehr verletzt, von Cora zu erfahren, dass du mich eines Verbrechens verdächtigst. Ich bin in dieser Beziehung etwas zu sensibel, vielleicht auch nachtragend, keine Ahnung. Es hat mit dem Grund zu tun, weswegen ich für so viele Jahre ins Gefängnis musste. Wusstest du, dass fast alle im Knast behaupten, unschuldig zu sein? Nun ja, ich habe mich nie als unschuldig betrachtet, aber

ganz sicher bin ich für eine Tat verurteilt worden, die ich so nicht begehen wollte. Mein Urteil lautete auf Totschlag, weil ein Mensch durch meine Hand zu Tode gekommen ist. Ich will diese Tatsache jetzt überhaupt nicht schönreden oder infrage stellen. Aber der eigentliche Fehler, den ich begangen habe, war mein Versuch, dieses Verbrechen, das ich einen Unfall nennen möchte, zu vertuschen. Du kannst die Wahrheit noch so tief vergraben. Irgendwann kommt sie immer ans Licht. Es ist nur eine Frage der Zeit.
Meine Version der Wahrheit sollst du jetzt erfahren.«

Ich atme tief durch und blättere durch den Stapel Seiten, die mit Klaus' winziger Handschrift beschrieben sind. Es sind sicher nicht genug Seiten für unsere sieben verlorene Jahre. Aber dafür, dass Klaus nicht oft Briefe schreibt, hatte er ganze Arbeit geleistet.

»*Ich habe mit deiner Mutter damals eine ganz großartige Reise quer durch Europa unternommen. Wir waren jung, neugierig und brauchten nicht mehr als unsere Klamotten am Leib. Ich hatte zuvor eine Lehre als Zweiradmechaniker abgeschlossen. Doch statt den Meister zu machen, habe ich in einer gemieteten Garage die ersten Aufträge erledigt. Es lief so gut, dass ich schon bald eine eigene Firma gründete, die ich ›Brenners Custom Choppers‹ nannte.«*

»BCC«, murmele ich gedankenverloren und lese weiter.

»*Für meine Auszeit während des Europatrips übergab ich den Laden an einen Mitarbeiter, der mir ab und zu aushalf. Er hieß Jochen und ist der Grund für meine Haft, aber ich will nicht vorgreifen. Jochen wurde für die Zeit meiner Abwesenheit Geschäftsführer bei BCC. Natürlich waren wir als echte Biker zu cool für solche Bezeichnungen. Die Übergabe erfolgte per Handschlag, dann sind Anna und ich*

Richtung Süden losgefahren. Die Vereinbarung war, dass Jochen alle Einkünfte aus dem Geschäft korrekt abrechnet und versteuert. Den Gewinn sollte er behalten. Ich hielt es nur für fair, dass, wenn Jochen die Arbeit leistet, er auch die ganze Kohle dafür bekommen sollte. Von unserer Reise wird dir Anna ja vielleicht erzählt haben. Wir hatten wirklich eine großartige Zeit!«

Nein, hat sie nicht!, denke ich. Sie hat rein GAR NICHTS erzählt, verdammt noch mal!

*»Ich würde mir um meine Existenz keine Sorgen machen müssen, wenn wir wieder nach Deutschland zurückkehren, dachte ich. An der andalusischen Küste, direkt gegenüber der Nordspitze Afrikas, mussten deine Mutter und ich eine Entscheidung treffen. Also, ehrlich gesagt habe ich Anna um eine Entscheidung gebeten. Es war am Strand von Conil, dem größten und schönsten Strand, den ich jemals gesehen habe! Ich fragte deine Mutter ganz nebenbei, als wir mit den Zehen im heißen Sand wühlten, ob sie mit mir nach Afrika übersetzen wolle. Oder ob wir nach Deutschland zurückfahren sie mich dort heiraten würde. Anna war völlig überrascht und bat um Bedenkzeit bis Sonnenuntergang. Sie ließ mich dort im Sand mit meiner Ungewissheit sitzen und machte einen Strandspaziergang. Wenn du wüsstest, wie lang dieser verdammte Strand ist, könntest du dir vorstellen, wie lange ich auf Annas Antwort warten musste. Es waren ein paar harte Stunden für mich. Du wirst unschwer erraten können, wie ihre Entscheidung damals ausfiel. Was weder sie noch ich zu diesem Zeitpunkt wissen konnten, war, dass Anna mit dir schwanger war. Wenn man es genau nimmt, bist du also ein kleiner Spanier, mein Sohn!
Wie dem auch sei, wir ließen uns für die Rückfahrt nicht ganz so viel Zeit wie für die Reise zum südlichsten Zipfel Europas. Schließlich hatten wir etwas ganz Besonderes vor.*

Als wir ein paar Wochen später vor dem Altar standen, war Jochen mein Trauzeuge. Ich hatte zwischendurch immer mal in der Werkstatt angerufen. Das Geschäft lief hervorragend.
Als ich wieder einstieg, hatten wir beide alle Hände voll zu tun. Es fiel Jochen nicht leicht, dass er nun nicht mehr der Chef im Haus war. Obwohl ich ihn gleichberechtigt mit mir zusammen die Entscheidungen treffen ließ. Das hielt ich nur für fair. Schwierig wurde es erst, als wir einen dritten Mann einstellen mussten, weil die Aufträge zu zweit einfach nicht mehr zu bewältigen waren. Der Zufall wollte es, dass mein Schwiegervater kurz vorher arbeitslos geworden war. Er kam aus einer Messer- und Scherenfabrik und hatte mit Metallverarbeitung zu tun, und da er außerdem selbst jahrelang Zweiräder gefahren und repariert hatte, versuchte ich es mit Werner. Unsere Ehe lief wie am Schnürchen, wir waren glücklich und warteten total verknallt auf deine Geburt, und ich hielt es für die genau richtige Entscheidung, für meinen Betrieb ein Familienmitglied einzustellen. Wenn ich ehrlich sein soll, habe ich schon damals gehofft, dass du später ebenfalls in den Laden einsteigen würdest. Dabei warst du noch gar nicht auf der Welt. Ist das nicht verrückt?
Wie dem auch sei. Meine Idee, Werner bei BCC anzustellen, hatte Vor- und Nachteile. Zum einen war er mein Schwiegervater und viel älter als Jochen und ich. Es fiel ihm nicht leicht, von einer Traditionsbetrieb in eine Bikerwerkstatt zu wechseln. Dort tickten die Uhren und Menschen einfach anders. Wenn du allerdings glaubst, dass wir weniger gearbeitet hätten als Werner in seiner Schmiede für Scheren und Messer, liegst du völlig falsch. Im Gegenteil! Unter diesen stressigen Bedingungen und dem Zeitdruck zu arbeiten, war Werner zunächst fremd. Doch er gab sich alle Mühe. Leider kamen Jochen und Werner überhaupt nicht miteinander klar.

Jetzt, nach der langen Zeit, die inzwischen vergangen ist, kann ich mir ungefähr erklären, was Jochen so gestört haben muss. Während meiner Abwesenheit hatte er den Posten des Chefs. Als ich wieder da war, musste er mit mir teilen. Wobei man natürlich nicht vergessen darf, dass es mein Laden war. Als ich Werner einstellte, der zur Familie gehörte und natürlich aufgrund seines Alters einige Vorschläge zur Verbesserung des Betriebs einbrachte, muss sich Jochen wie das dritte Rad an einem Bike vorgekommen sein. Als hätte ich ihn ausgebootet. Die Folge davon war, dass Jochen anfing, mich zu betrügen. Er erleichterte BCC innerhalb eines Jahres um so viel Geld, dass wir unsere Rechnungen nicht mehr bezahlen konnten. Frag mich nicht, wie er das gemacht hat. Die finanzielle Seite des Betriebs war nie meine große Stärke. Daher hatte ich die Buchhaltung Jochen überlassen und mich hauptsächlich um Design und Durchführung der Chopperumbauten gekümmert.
Irgendwie hatte Jochen es geschafft, unsere Zulieferer und alle anderen Gläubiger so lange hinzuhalten, dass er unbemerkt einen sechsstelligen Betrag auf die Seite bringen konnte. Auf seine Seite natürlich. Doch wie immer fliegen solche Geschichten durch einen Zufall auf. Als ich mich an einem Tag, an dem Jochen krank war, selbst um eine Reklamation kümmern musste, wurde ich von dem Lieferanten am Telefon angeschrien und mit den übelsten Schimpfworten bedacht. Es stellte sich heraus, dass BCC dem Geschäftspartner seit einem halben Jahr eine ganze Menge Kohle schuldete. Jochen war wirklich schwer an einer Grippe erkrankt, sonst wäre er natürlich im Büro erschienen, um den Schein zu wahren. Er fehlte nämlich sonst nie! Auf jeden Fall machte ich mit Werners Hilfe in Rekordzeit Kassensturz. Wir sahen uns die Bücher an, telefonierten mit Lieferanten usw. Dabei stellte sich heraus, dass BCC Pleite war und von den geprellten Zulieferern weder Teile noch Dienstleistungen bekommen würden, um unsere laufenden

Aufträge abzuwickeln und dafür Rechnungen stellen zu können. Es war ein Teufelskreis. Jochen hatte uns ruiniert. Ich hätte natürlich die Polizei rufen und Anzeige erstatten können. Aber du musst wissen, dass ich von Jochens Betrug damals so tief getroffen und dermaßen am Boden war, dass mir das zuletzt eingefallen wäre. Ich wartete also darauf, dass er wieder zur Arbeit erschien. Ich weiß es noch wie heute, es war ein Mittwoch im Februar. Jochen kam durch die Tür. Werner war in der Werkstatt. Obwohl es dort wegen des Boykotts der Zulieferer kaum noch etwas Sinnvolles zu tun gab. Jochen kam rein und merkte sofort, dass etwas nicht stimmte.
›Was ist?‹, fragte er. Ich zeigte ihm die Bücher und sagte: ›Ich will das Geld zurück und zwar alles!‹
›Das kannste vergessen, die Kohle ist weg‹, antwortete er. Dabei sah er mich mit einem hasserfüllten Grinsen an. Als hätte er einen Grund gehabt, mich zu vernichten.
Da sind bei mir alle Sicherungen durchgebrannt. Ich habe mir den Kerl, den ich mal für meinen Freund und Partner gehalten habe, geschultert und durch die Glasscheibe unseres Bürofensters in den Hof geworfen. Dann bin ich durch das zerbrochene Fenster hinterhergeklettert, um Jochen den Rest zu geben. Ich war kaum durch das Fenster, da kam Werner auf den Hof gelaufen. Er ist sofort zwischen mich und Jochen gegangen, um das Schlimmste zu verhindern. Dabei war das Schlimmste schon passiert! Den Ausdruck in Jochens Gesicht, der dalag und sich nicht mehr rührte, werde ich nie wieder los. Ungläubig starrte er mich an.
Werner redete auf mich ein. Dass ich mich beruhigen solle, und so Zeug eben. Jochen lag auf einer der vier Kisten mit Metallabfällen, die unter dem Bürofenster im Hof darauf warteten, vom Schrotthändler abgeholt zu werden. Dort landeten alte Motorradteile, Endstücke und überzählige Abschnitte von Rohren und Blechen. Du wirst dir denken können, worauf ich hinauswill …«

»Der Typ wurde von einem Schrotteil aus einer der Kisten aufgespießt, richtig?«, murmele ich und bekomme eine Gänsehaut als ich weiterlese.

»*Ich schrie Werner an, dass er mich loslassen soll, dass wir Jochen helfen müssen, als ich endlich verstand, was passiert war. Doch da war es bereits zu spät. Dieses verwunderte und durch Schmerz verwirrte Gesicht von Jochen werde ich niemals vergessen, Johannes. Als Blut aus seinem Mundwinkel lief und er heiser gurgelte, bekam auch Werner mit, dass für Jochen alles zu spät war. Er hatte bei dem Sturz ein Winkeleisen durch den Rücken bekommen. Es hatte das Herz und den linken Lungenflügel zerrissen. Jochen hatte keine Chance … Ich muss eine Pause machen und morgen weiterschreiben, sorry Kumpel.*«

Ich klappe den Aktenkoffer zu und stelle ihn neben mich. Sein Gewicht scheint mich zu erdrücken. Ein leichter Wind kommt auf. Über mir rauschen die Blätter dreier Baumwipfel. Es klingt wie weit entfernter Beifall. Ich habe keine Ahnung, wie diese Bäume heißen, aber sie scheinen mir fehl am Platz zu sein. Mein Herz ist schwer. Weil ich mir nicht mehr sicher bin, ob ich dermaßen viel Wahrheit wirklich ertragen kann. Trotzdem lese ich weiter.

»*Die eigentliche Strafe ist nicht meine Zeit in Haft. Die größte Strafe ist, Tag und Nacht Jochens Gesicht sehen zu müssen. Selbst wenn ich den größten Fehler meines Lebens erst noch machen sollte, diese Strafe habe ich mir schon für den Rest meines Lebens eingehandelt.*
Das Erste, an das ich mich wieder erinnerte, war, dass mir Werner im Büro Jim Beam einflößte. Wir hatten damals natürlich nur Whisky und Tequila im Schrank, weil das die einzigen Getränke für richtige Biker waren. Wie lächerlich.

Als ich mich wieder halbwegs im Griff hatte, war Werner bereits losgezogen und hatte eine große dunkelblaue Industrieplane über die Metallcontainer gedeckt. Denn wie der Zufall es wollte, fand die Abholung der Container immer am ersten Mittwoch im Monat statt. Etwa gegen elf. Mit einem Blick auf die Uhr stellte ich fest, dass mir noch etwa eine halbe Stunde Zeit blieb. Zeit wofür? Um was zu tun? Hier beginnt der Fehler. Der eigentliche Fehler, den ich gern dem Alkohol und meinem Schock in die Schuhe schieben würde. Aber das wäre falsch und hieße, die Verantwortung abzuwälzen.
Als Erstes schickte ich Werner nach Hause. Er hatte meinen Ausraster im Büro, der zu dem Unfall führte, nicht gesehen. Das machte ihn als Zeugen unbrauchbar, machte ich ihm klar. Dass ich ihn als Zeugen für mein weiteres Handeln aus dem Weg haben wollte, verschwieg ich. Natürlich.
›Nimm dir frei und warte, bis sich die Polizei bei dir meldet‹, sagte ich. Seine Hände zitterten nach den dritten Tequila immer noch dermaßen, dass er zu nichts zu gebrauchen war, machte ich ihm klar.
Ich selbst brauchte noch zwei weitere Whisky, bevor ich tun konnte, was getan werden musste. So dachte ich zumindest. Zuerst musste ich das Winkeleisen aus dem Rücken meines toten Partners ziehen. Es war zu lang und stand zu weit heraus, um es drin zu lassen. Egal, was ich Jochen an dem Wochenende zuvor an den Hals gewünscht hatte, als ich den Betrug entdeckte, der meine Firma ruinieren würde – dass ich mich mit dem Arbeitsschuh auf seinen Rücken stellen musste, bis das Eisenteil mit einem schmatzenden Geräusch aus seinem toten Körper rutschte – dieses Bild läuft mir noch heute nach. So ein schreckliches Ende hatte er nicht verdient. Ich wickelte ihn in die Plane ein, mit der Werner die Leiche zugedeckt hatte. Wäre dieser Umstand später in der Gerichtsverhandlung zur Sprache gekommen, hätte man Werner durchaus der Mittäterschaft bezichtigen können. Zumindest bei meinem fatalen Versuch, die ganze

Sache zu vertuschen. Werners Name tauchte aber nie auf. Ich verschwieg ihn.
Vor Gericht wurde mir später besonders angelastet, dass ich den Metallcontainer gründlich mit einem Wasserschlauch abgespritzt hatte, bis kein Blut mehr auf den Teilen und in der Wanne zu sehen war. Das Ganze kam eigentlich nur deswegen zur Sprache, weil der Schrotthändler sich noch drei Jahre später in seiner Zeugenaussage daran erinnern konnte, dass unser Hof wegen des ablaufendenden Wassers spiegelglatt gefroren war. Schließlich war es Februar. Ein sehr kalter Februar.
Bevor der Schrotthändler kam, lag Jochen bereits in Plane eingewickelt in meinem Kofferraum. Als der Laster des Schrotthändlers auf den Hof fuhr, war ich gerade dabei, die Büroscheibe mit einer der Sperrholzplatten der Kisten für die Überseecontainer zuzunageln, mit denen die Harleys verschifft wurden. Zu diesem Zeitpunkt befürchtete ich, dass aus dieser Firma kein einziger Chopper ›Made in Germany‹ jemals mehr eine Kiste, geschweige denn einen Container für den Überseetransport benötigen würde. Ich hatte meinen Partner auf dem Gewissen! Die Mordwaffe wurde gerade auf einen Lkw verladen. Die Leiche lag in meinem Kofferraum. Der Lkw hupte und fuhr unter einigen Schwierigkeiten vom Hof. Das lag an dem Eis, an das sich der Schrotthändler später erinnerte. Ich dachte darüber nach, dass die Beweisstücke irgendwo eingeschmolzen werden würden.
Der Hof war sauber und glatt, nachdem ich Reste von Schnee und Glasscherben der Büroscheibe aufgekehrt hatte. Ich fuhr meinen Kombi mit der Leiche um zwei Ecken und parkte dort. Dann trank ich in meinem Stammimbiss ungefähr einen Liter Kaffee, um wieder nüchtern zu werden. Erst nachmittags rief ich die Polizei, um einen Betrug zu melden und Anzeige gegen Jochen Weine zu erstatten. Zu dieser Zeit dachte ich immer noch, ich würde damit durchkommen.

Was mir später vor Gericht ebenfalls strafverschärfend angelastet wurde, war die Tatsache, dass ich die Bullen rief, als Jochens Leiche noch in meinem Kofferraum lag. Bei aller Reue, die ich immer noch empfinde, wenn ich an mein Verbrechen denke, geht mir das Verständnis für diese merkwürdige Logik ab. Wäre es besser (oder ›gerechter‹) gewesen, Jochen erst irgendwo hinzuwerfen und dann die Polizei zu rufen? Wohin denn? In den Wald? In den Fluss? So ein Quatsch!
Den Polizisten habe ich die Wahrheit erzählt. Dass ich Unregelmäßigkeiten festgestellt hätte. Dass Werner bei der Aufdeckung von Jochens Verbrechen dabei war, ließ ich bei meiner Beschreibung aus. In Kreuzverhören drehten die Polizisten uns später genau daraus einen Strick. Werner konnte nicht wissen, was ich zu Protokoll gegeben hatte, weil ich ihn raushalten wollte.
Ich beschuldigte Jochen, der sich krank gemeldet hatte, des Betrugs und der Veruntreuung von Firmengeldern. Die Kriminalpolizei wurde eingeschaltet, Jochens Wohnung aufgebrochen und sein spurloses Verschwinden festgestellt. Das Geld wurde nie gefunden, Jochens Konten waren sauber. Allerdings wurden Einrichtung und Lebensstil als ›überdurchschnittlich luxuriös‹ bezeichnet, zumindest für einen Zweiradmechaniker. Im Klartext hieß das, Jochen hatte die teuerste Unterhaltungselektronik, Fusel nur vom Feinsten und jedes Wochenende bezahlten Damenbesuch gehabt. Außerdem war er als nicht besonders erfolgreicher Pokerspieler in diversen illegalen Etablissements bekannt. Sein Motto war: Nur das Beste und die Kohle immer bar auf den Tisch!
Damit war für das Betrugsdezernat die Sache klar. Jochen hatte sich saniert und abgesetzt. Er kam auf eine Fahndungsliste. Der Fall wurde vorübergehend auf Eis gelegt.
Kurze Zeit später wurdest du geboren. Und ein Kind ändert alles! Das soll jetzt keine Entschuldigung für begangenes Unrecht sein, versteh mich nicht falsch. Aber ich hatte

plötzlich die Verantwortung für eine Familie, vorher war ich nur ein schraubender Biker mit Werkstatt ...«

»Was hast du mit der Leiche gemacht?«, flüstere ich. Und fürchte mich vor der Antwort auf diese Frage schon jetzt.

»Meine Gläubiger konnte ich vertrösten. Dass der Übeltäter aus meinem Betrieb enttarnt und entfernt worden war, trug mir ein vorsichtiges Vertrauen bei meinen Geschäftspartnern ein. Ich verhandelte Rückzahlungen auf Raten, mit denen ich mich Dank neuer Aufträge wieder mühsam nach oben schrauben konnte. Es dauerte fast drei Jahre, um aus den roten Zahlen wieder rauszukommen.«

»Aber du hattest Blut an den Händen!«, rufe ich in den Garten, »Und Werner wusste das auch. Wie konntet ihr einfach so weitermachen? Was hast du mit der Leiche gemacht?« Die Bäume über mir klatschen Beifall. Ich bin wirklich sauer und kann kaum weiterlesen. Andererseits kann ich nicht aufhören. Immer noch liegen einige Seiten in meinen Händen, die die Antwort auf meine Fragen enthalten.

»Mein Problem waren die Träume. Ich sah Jochens Gesicht immer wieder. Erst die hasserfüllte Fratze und dann seinen erstaunten, sterbenden Blick. Das Blut in seinem Mundwinkel. Jede Nacht schreckte ich aus diesen Träumen hoch. Es ging so weit, dass ich freiwillig die Nachtschichten mit Füttern und Windeln wechseln übernahm, was mir Anna damals hoch anrechnete. Mit Werner hatte ich seit dem schrecklichen Mittwoch, als ich ihn nach Hause geschickt hatte, kein einziges Wort über die Sache gesprochen. Er arbeitete weiter mit mir zusammen in der Werkstatt. Doch jede Freude an dieser Arbeit, in dieser Werkstatt war verloren.«

»Natürlich«, flüstere ich.

»*Klar, wirst du sagen und hast völlig recht. Die Albträume und der Schlafentzug zerrten an meinen Nerven. Ich begann immer öfter an unseren ›Medizinschrank‹ im Büro zu gehen, um mir einen Schnaps zu genehmigen. Als Werner nach einigen Monaten auffiel, dass ich Fehler machte und unsauber zu arbeiten begann, drohte ich ihm mit Kündigung. Als er mich wegen meines Alkoholkonsums zu einem Gespräch unter vier Augen nötigte, redete ich mich heraus und schrie herum. Ich stieg von Whisky erst auf Tequila und schließlich auf Wodka um. Von dem Zeug musste ich zwar nach jedem Schluck würgen. Aber ich hatte so gut wie keine Fahne mehr und meine Hände zitterten nicht.*
Um die Sauferei zu Hause fortsetzen zu können, brachte ich immer öfter Sekt und Wein mit. Es gab für Anna und mich ständig was zu feiern. Spätestens als Anna dich nicht mehr stillen musste, feierte sie begeistert mit. Schließlich war sie vor der Schwangerschaft auch kein Kind von Traurigkeit. Dass deine Mutter Alkoholikerin wurde, ist zu einem großen Teil meine Schuld.«

»Was hast du mit der Leiche gemacht?«, rufe ich unter Tränen und lasse den Brief sinken. Hinter mir steigen Krähen protestierend in den Himmel. Dass es zu regnen begonnen hat, habe ich gar nicht mitbekommen. Ich werfe Klaus' Brief in den Aktenkoffer und gehe ins Haus. Dort schalte ich das Licht in der Küche über der Eckbank an, setze mich und lese weiter.

»*Auch deswegen habe ich auf deine Ein-Mann-Party in meiner Wohnung so hart reagiert. Das und deine ständigen Witze über Bier haben mich vermuten lassen, dass du ebenfalls ein Problem im Umgang mit Alkohol hast.*«

Ich schnaube verächtlich und gieße mir ein Wasser ein.

»Du musst wissen, dass ich von deinen ersten Jahren jede einzelne Minute mit dir und Anna genossen habe. Das ist die Wahrheit. Oft habe ich die Arbeit Arbeit sein lassen und bin einfach bei dir und deiner Mutter geblieben. Wir blieben im Bett oder sind in den Park gegangen. Doch die Last meines schlechten Gewissens hat mich kaputt gemacht.
Deswegen war ich fast erleichtert, als es eines Tages an unserer Wohnungstür klingelte und zwei uniformierte Polizisten im Türrahmen standen. Sie nahmen mich zu einer Zeugenvernehmung mit auf die Wache. Als ich dir und Anna einen Kuss zum Abschied gab, war mir vollkommen klar, dass ich euch niemals wiedersehen würde. Jedenfalls nicht in den nächsten zehn Jahren. Aber soll ich dir etwas sagen? Ich war erleichtert, dass es vorbei war. Es kam relativ schnell zu einem Verfahren. Man hatte Jochens Leiche auf einem Grundstück bei Bauarbeiten für eine Supermarktfiliale entdeckt. Du wirst dir denken können, was für ein Discounter dort gebaut wurde, oder?«

»Allerdings«, flüstere ich.

»Zu der Zeit, als ich Jochens Leiche dort vergraben hatte, war das Gelände nichts weiter als ein kleines Wäldchen. Aber mit den Jahren kann viel passieren …
Im Knast habe ich einen Alkoholentzug und mehrere Therapien gemacht. Werner hat BCC abgewickelt und ein paar Jahre später auf der Grundlage der Homepage, die er für mich entworfen hatte, seinen Chiliversand gegründet. Dass der Onlineshop so gut lief, hat ihn wahrscheinlich selbst am meisten verwundert. Er ist ein guter, zuverlässiger Kerl. Ein echter Freund, der es nicht verdient hat, die verdammte Sippenhaft, mit der uns Anna belegte, ebenfalls erdulden zu müssen. Als sie erfuhr, was mir vorgeworfen wurde – damals lautete die Anschuldigung noch auf ›vorsätzlicher

Mord‹ –, brach sie jeden Kontakt zu mir ab und reichte die Scheidung ein. Ohne ein Wort und ohne Erklärung, warum sie sich von mir abwendete. Ich konnte es mir natürlich denken. Als Werner bei der Zeugenbefragung von der Mordanklage erfuhr, erzählte er der Polizei seine Version der Dinge. Aufgrund seiner umfassenden Aussage wurde er nicht wegen Mittäterschaft und Verschleierung eines Verbrechens angeklagt. Meine Anklage wurde von Mord in Totschlag umgewandelt. Das habe ich Werner zu verdanken.«*

Ich sehe aus dem Fenster der Küche meines Großvaters. Die große Kreuzung der Wohnstraße liegt ruhig im Schein einiger altmodischer Straßenlaternen. So viel ist in der Zwischenzeit passiert, denke ich. Und, dass Claudia, die von alldem keine Ahnung hat, es vielleicht am besten von uns allen getroffen hat. Dieser kaputten, geheimnistuerischen und verlogenen Familie entkommen zu sein. Ich schlage die letzte Seite von Klaus' Brief auf und lese weiter.

»*Ich kann Anna nicht für ihre Entscheidung verurteilen, zu verschwinden und ein neues Leben zu beginnen. Du darfst nicht vergessen, wie jung sie damals war. Ich werde nun genau das Gleiche versuchen, obwohl ich schon ein alter Sack bin. Allerdings habe ich nicht vor, alle Brücken hinter mir abzubrechen. Im Gegenteil. Ich hoffe, dass wir in Zukunft viel Zeit miteinander verbringen werden. Um einiges von dem nachzuholen, was wir in den letzten Jahren verpasst haben. Dazu gehört auch, dass du mir jede Frage stellen kannst, die dich bewegt. Ich werde in Zukunft versuchen, auf alles eine Antwort zu finden.*«

Was hat Klaus bloß ständig mit seinen Fragen, die ich ihm angeblich nie gestellt habe?

»Ich liebe dich, mein Sohn. Das war von Anfang an so und wird für immer so sein. Dein Vater Klaus.«

Ich reibe mir die Augen. Bin gerührt, aber in erster Linie erschöpft. Ich klettere in die erste Etage, falle dort in mein Bett und schlafe sofort ein. Klaus' Brief bewahre ich unter meinem Kopfkissen auf. Morgen werde ich ihn als Erstes noch einmal lesen, nehme ich mir vor.

71.

Einen Tag vor meinem sechzehnten Geburtstag kommen die Tickets. Heidi macht einen Riesenaufstand, weil Klaus ihre ganze Geburtstagsüberraschungsplanung über den Haufen wirft. Als ich ihr die Buchungen zeige, gerät sie völlig aus dem Häuschen. Tickets für zwei Personen, eine davon ist auf den Namen Heidi van Nieuwenhuizen ausgestellt.
»Klaus hat sogar meinen Namen richtig geschrieben. Das kannst nicht einmal du!«
»Hey, hey!«, ermahne ich sie, von einem kleinen eifersüchtigen Stich gepeinigt. Denn das stimmt überhaupt nicht.
Heidi hatte unseren ersten »Beischlaf«, wie sie es nennt, für den Nachmittag meines Geburtstags geplant. Was genau sie dafür vorbereitet hat, weiß ich nicht. Nur, dass sie sich bereits zwei Wochen vorher ständig um Details für »den großen Tag« kümmerte.
»Was ist, wenn unser erstes Mal der totale Flop wird?«, äußerte ich bereits vor Wochen meine vorsichtige Befürchtung. Die eigentlich heißen sollte: »Was ist, wenn ich, der völlig unerfahrene Junge, dich, die erfahrene Frau enttäusche?«
»Das macht nichts«, antwortete Heidi. »Ich habe die zweite und dritte Runde mit eingeplant.«
Aha. Das war nicht genau das, was ich hören wollte. Und es trug nicht gerade dazu bei, dass ich mich entspannt auf meinen Sechzehnten freuen konnte.
Doch dann kommen die Tickets und alles wird anders. Wir sitzen ungefähr zu der Zeit, als Heidi »die zweite und dritte Runde« geplant hatte, in einem Flieger, der uns in zwei Stunden und fünfundvierzig Minuten nach Jerez bringt. Ich bin noch nie geflogen. Allein der Start und die Landung wären für mich als Geburtstagsgeschenk schon großartig genug.

»Nehmt nur kleines Gepäck mit«, hatte Klaus in dem Brief zu den Tickets geschrieben. Viel mehr hatten wir in der knappen Zeit auch kaum einpacken können. Da wir keine Koffer oder Taschen aufgegeben haben, auf die wir warten müssen, können wir uns mit den Rucksäcken durch das Touristengewusel der Ankunftshalle direkt zum Ausgang durchschlagen. Dort warten einige Spanier mit Pappschildern, auf denen Namen stehen. Unsere sind aber nicht dabei. Direkt neben der Tür zum Haupteingang lungern zwei finstere Gestalten in Lederkluft herum, die ihre Kippen austreten, als sie uns sehen. Einer der beiden trägt einen geflochtenen schwarzen Zopf, der wirkt, als hätte er ihn mit Motoröl eingefettet. Er kommt auf uns zu. Ich kann mich nicht entscheiden, ob ich uns verteidigen oder mit Heidi die Flucht antreten soll.

»¡Hola! Aidijo?«, sagt er und grinst. Ein Vorderzahn fehlt. Er hält uns die *Custom Chopper*, das Magazin mit der tätowierten Schwarzhaarigen auf dem Motorrad vor die Nase.

»Das ist deiner«, sagt Heidi und lächelt den Biker mit den kurzen grauen Haaren an. Ich kapiere, dass »Aidijo« unsere Vornamen sein sollen und nicke.

»Hat Klaus Sie geschickt?«.

»Klaus, si, si«, sagt der Zopf und feuert einen Schwall Spanisch auf uns ab, während er mir den ältesten Helm überreicht, den ich jemals gesehen habe.

»Sprechen sie Deutsch?«, frage ich. Keine Reaktion.

»Deutsch?«, rufe ich etwas lauter, und komme mir bescheuert vor. Als würde der Zopfrocker mich verstehen, wenn ich ihn anschreie.

»Deutch? No deutch!«, sagt er freundlich.

»English?«, frage ich.

»No inglés«, sagt er, »Me llamo Manuel«, fügte er grinsend hinzu und deutet fröhlich auf den Helm, den ich aufsetzen soll. Heidi hat schon einen Jet-Helm

in Amerikaflaggenlackierung auf dem Kopf und steht vor einem der beiden chromblitzenden Chopper, an denen sich eine kleine Menschenmenge eingefunden hat.
»Wehrmacht?«, frage ich mit Blick auf meinen Helm. Manuel bricht in schallendes Gelächter aus, schlägt mir auf die Schulter und redet freudig erregt auf mich ein. Klaus' Namen höre ich öfter heraus. Und auch meinen eigenen meine ich zu verstehen.
»Werden wir jetzt von Rockern entführt?«, fragt Heidi. Sie lächelt mutig, trotzdem ist ihr ein Rest Unsicherheit anzusehen. Weil mich gerade der Teufel reitet, antworte ich mit einem übertrieben coolen Schulterzucken, während ich den Helm aufsetze, der schon einen oder zwei Weltkriege überlebt hat:
»Ich dachte, DU hast meinen Geburtstag geplant.«
Sie zeigt mir den Mittelfinger. Ich steige grinsend hinter Manuel auf den Bock und die Jungs lassen ihre Maschinen an.
Das Geräusch der startenden und landenden Ferienflieger hinter uns geht in dem Motorenlärm der Chopper unter, als wir abfahren. Doch das Applaudieren der Menge neben dem Flughafenportal ist trotzdem zu hören. Die Leute sind BEGEISTERT!

72.

Es muss acht oder neun Uhr abends sein, als wir von der Autobahn abfahren. Die duftende warme Sommerluft ist wie eine Droge für mich. Wir sind knapp eine Stunde in gemächlichem Tempo über den Highway geknattert und schon kann ich voll und ganz verstehen, was Anna und Klaus damals erlebt und gefühlt haben müssen haben, als sie die Reise ihres Lebens antraten. Freiheit, die Füße nur Zentimeter oberhalb der Straße, die Augen nach vorn gerichtet, ohne zu wissen, was sie als Nächstes erwartet. Ein Glücksgefühl, den Moment zu genießen und nicht an den nächsten oder übernächsten denken zu müssen.
Ich verschwende in diesem Moment keinen Gedanken daran, dass ich das Jahr an der Schule werde wiederholen müssen. Die vielen Fehlstunden und versäumten Arbeiten kann ich nicht rückgängig machen. Trotzdem. Ich frage mich, ob es Heidi, die auf dem Bike vor uns ab und zu die Hände jauchzend in die Luft reißt, gerade genauso saugut geht wie mir. Als Manuel gleichauf zieht und wir neben den anderen beiden herknattern, sieht es so aus. Sie ist glücklich. Das ist das Einzige, was zählt.
Als die Sonne hinter der Silhouette eines riesigen schwarzen Stiers versinkt, der als Schild am Straßenrand steht, denke ich an Claudia. An meine kleine Claudi. Ich habe noch zweimal mit ihr telefoniert, bevor wir geflogen sind. Sie und ihre »Schwestern« sind schon unzertrennlicher als die Mädels aus Bullerbü. Ich vermisse sie und kann es schon jetzt nicht erwarten, ihr haarklein jedes meiner Abenteuer aus Andalusien zu erzählen. Ihre Pflegeeltern haben nichts dagegen, dass ich Claudi besuche, wenn ich aus dem Urlaub zurückkomme. Schließlich will mir Claudi auch noch mein Geschenk überreichen. Es ist ein Freundschafts-

band, das sie mit Hilfe ihrer neuen großen »Schwester« für mich geknüpft hat.
»Du musst es am Handgelenk tragen, bis es von selbst abfällt«, hatte Claudi völlig begeistert in den Hörer trompetet.
Obwohl mir wieder Tränen in die Augen schossen, konnte ich ebenso fröhlich zurückrufen: »Das Ding werde ich tragen, bis ICH tot umfalle, Schätzchen!«
Von Claudis unbändigem Gelächter habe ich mir eine große Portion eingepackt. Außer Unterhose und T-Shirt zum Wechseln brauche ich eigentlich nicht mehr.
»Worauf ein Mann freiwillig verzichtet, das kann man ihm nicht mit Gewalt nehmen«, hat Klaus mal gesagt. Er hatte seine Freiheit gemeint, wenn ich mich richtig erinnere. Ich kann auf Claudi zwar nicht verzichten, aber ich kann sie in einer anderen Familie glücklich werden lassen. Ich glaube, dass ich das sogar ganz gut kann. Denn der Weg zurück in die alte Familie wäre nicht nur falsch, sondern unmöglich. Weil Anna und der Wolf uns gerade nicht gebrauchen können. Sie haben eigene Probleme.
Es hat eine ganze Weile gedauert zu kapieren, dass nicht das Jugendamt für den Bruch in unserer Familie die Verantwortung trägt. Es war Annas Entscheidung, was mit uns passieren soll. Nicht die eines Richters oder von Frau Krüger. Vielleicht hat sie einfach nur die Notbremse gezogen, wer weiß? Jedenfalls hat Anna immer noch das Sorgerecht für Claudi und mich. Mit Anna und dem Wolf habe ich seit fast zwei Monaten nicht mehr gesprochen. Es fehlt mir nicht. Frau Krüger sagt, es gehe ihnen gut. Sie machen beide einen Entzug und eine Therapie.
Warme Wolken, der Duft von Bäumen und Pflanzen hüllt mich auf der Fahrt über die Landstraße immer wieder ein. Die Erde am Straßenrand ist hell, rissig und trocken. Ab und zu stinken Müllcontainer mit

offenem Deckel zum Himmel, dann wieder riecht es würzig nach Kräutern. Rosmarin und Thymian, diese beiden kenne ich aus Werners Sortiment, wachsen hier in großen Büschen als Bepflanzung der Grünstreifen. Was für ein Mordsgeschäft das für Werner wäre, denke ich. Er müsste es einfach nur einsammeln. Ich merke, wie sehr ich den alten Knaben vermisse.

In seinem Haus zu wohnen ist, als würde ich eine Geschichte weiterschreiben, die jemand ganz anderes begonnen hat. Heidi liebt es natürlich, mich mit ihrem Motorroller zu Ikea und Baumärkten zu kutschieren, um mit mir einzukaufen. Zum Glück darf nichts von dem ganzen Zeug größer sein, als ich auf dem Sozius festhalten kann!

Das tiefe Blubbern der Motoren wird von den Wänden der engen Gassen von Conil zurückgeworfen. Wir klingen wie eine ganze Gang, die die Kleinstadt unsicher machen will. Merkwürdigerweise scheint sich niemand an dem infernalischen Krach zu stören. Manche Leute winken uns sogar zu. Dunkelbraune, zergelige Alte. Ölig schwarzhaarige Jungs in weißen Unterhemden, viele dicke Kinder. Und besonders die bunt gekleideten Mädchen mit ihren Spangen, Schnallenschuhen und knallengen Tops haben es mir angetan. Heidi macht von ihrem Bike aus für mich das Zeichen für »Krieg' dich wieder ein!«, indem sie ihre Zunge wie ein hechelnder Hund heraushängen lässt und für mich mit Zeige- und Mittelfinger betont mühsam wieder in den Mund faltet.

Ich falle vor Lachen fast von der Sitzbank.

In den engen Kurven muss sich Manuel konzentrieren. Mit einem Klopfen auf meinen Oberschenkel hat er mir bedeutet, dass ich als Beifahrer ebenfalls konzentrierter bei der Sache sein soll. Mich in die Kurve legen, nicht herumhampeln und so. Meine Erfahrungen als Sozius beschränken sich auf die Fahrten mit Heidi auf dem Roller. Aber ich kriege das auf Manuels Chopper bald wie selbstverständlich hin. Irgendwann, nach dem Geknatter durch die Innenstadt, hupen Manuel und Heidis Fahrer und verringern die Geschwindigkeit. Ein großes Rolltor mit dem Logo eines stilisierten Motorrads wird hochgefahren. Das Firmenlogo war mir schon auf dem Ledersitz von Manuels Bike und dem Basecap des grauhaarigen Fahrers von Heidi aufgefallen. Mir fallen die Buchstaben S, B und ein C im Firmenemblem auf, während unsere Fahrer in die Halle einbiegen. Wir steigen in einer glänzenden und ganz neu wirkenden Werkstatt von den Bikes. Während Manuel und Heidis Fahrer ein letztes Mal ihre Motoren knattern lassen, gehen mir die Augen über. An einem der Werktische steht Klaus! Neben ihm klappt ein tätowierter Typ den Schweißschirm hoch und sieht uns lächelnd an. Das ist Werner! Er trägt ein weißes Feinrippunterhemd wie die jungen Spanier auf der Straße. Und was mir vorher nie aufgefallen ist: Seine gebräunten Arme sind vom Ellenbogen an aufwärts kunstvoll tätowiert!

73.

Ein großes Hallo in mehreren Sprachen, denn in der Werkstatt arbeitet auch ein Henk aus Amsterdam, der sich Heidi schnappt und in ein Gespräch mit vielen Röchel- und Rachenlauten verwickelt. Allerdings habe ich gar keine Zeit, eifersüchtig zu werden, dafür ist mein Erstaunen viel zu groß. Klaus und Werner grinsen breit, während ich meiner Freude lautstark Luft mache. In Klaus' Augenwinkel meine ich sogar eine Träne zu erkennen. Nachdem ich die Männer ausgiebig an mich gedrückt habe, rufe ich Werner ausgelassen zu: »Hast du die ganzen Kräuter am Randstreifen gesehen? Dort wächst ein Vermögen. Das musst du dir holen!«
Werner lacht und schüttelt den Kopf.
»Nee, lass mal. Ich habe die Branche gewechselt.«
»Apropos Vermögen. Sieh mal«, sagt Klaus und reicht mir den Ausdruck der Onlineversion unserer lokalen Tageszeitung. Ich kenne den Mann, der in Handschellen auf dem Bild unter der Überschrift »Raubserie aufgeklärt – dank anonymer Hinweise« abgeführt wird.
»Das ist doch … Benni!«, sage ich überrascht. Klaus nickt grimmig.
»Drei Sätze über den gelungenen Uhrenverkauf zu viel, und der verdammte Mistkerl bricht da ein und beklaut Weinzierl.« Die Enttäuschung über den Vertrauensbruch seines ehemaligen Freundes aus dem Bodybuildingstudio ist ihm anzusehen. »Ein Mann sollte nie zu viel über seine Erfolge reden. Merk dir das, muchacho!«
Diesen Spruch von Klaus kannte ich noch nicht.
»Von wem waren denn die anonymen Hinweise, die zur Ergreifung des Täters geführt haben?«, zitiere ich aus dem Artikel und sehe fragend in die Runde. Werner wendet sich leise pfeifend ab und hat plötzlich in

einer weit entfernten Ecke der Werkstatt Dringendes zu erledigen. Klaus grinst ihm hinterher.

»Nachdem er Kommissar Nickel wie ein Computerspielmännchen in der Weltgeschichte herumgescheucht hat, hatte Werner schließlich doch noch Erbarmen mit der Polizei.«

Ich sehe mich in der Werkstatt um. Das stilisierte Motorradlogo mit den drei Buchstaben auf Manuels Sattel fällt mir auf.

»SBC?«, frage ich.

»Schneid-Brenners-Custombikes«, antwortet Klaus. Er sieht stolz aus. Findet den Gag für den neuen Firmennamen ganz offensichtlich richtig gut. Ich verziehe das Gesicht.

»Was denn?«, fragt er verunsichert.

»Schon okay«, winke ich ab. »Sag mal, wie hast du Betsy eigentlich in dein Schlafzimmer im vierten Stock gebracht? Und wie hast du sie wieder auf die Straße bekommen, als du mit ihr fertig warst?«

Klaus grinst.

»Was habt ihr Jungs für fiese Machothemen am Start?«, mischt sich Heidi ein. Klaus beschwichtigt sie mit einer Geste in Richtung seiner Harley Davidson Electra Glide neben dem Rolltor. Betsy sieht schon wieder völlig anders aus, als damals vor dem Bahnhof!

»Bei Nacht und Nebel in vielen kleinen Teilen über die Treppe rein«, sagt er und flüstert dann: »Und heimlich mit dem Fahrstuhl als Ganzes wieder raus.«

»Deshalb war der Aufzug damals defekt, als mich die Bullen bei dir aufgegriffen haben«, verstehe ich. »Betsy war wohl etwas zu schwer, wie?«

»Keineswegs. Die dreihundertfünfzig Kilo schafft der Lift locker«, antwortet Klaus. »Aber Werner wollte es den Gesetzeshütern so schwer wie möglich machen. Schließlich haben sie meine Bude ebenfalls komplett auseinandergenommen. Dank Werner mussten sie aber alles über die Treppe vier Stockwerke hinuntertragen ...«

Klaus klatscht zufrieden in die Hände und ruft in die Runde: »Was ist, Leute? Lasst uns raufgehen und etwas essen und trinken! Ein bisschen feiern muss jetzt drin sein, oder?« Er wiederholt seine Einladung auf Spanisch. Noch etwas, von dem ich keine Ahnung hatte. Klaus kann Spanisch!

Henk, Manuel und der Grauhaarige nicken begeistert.

»Dann los!«, sagt Klaus und will vorgehen. Doch ich halte ihn zurück.

»Papa?«

»Ja?«

»Es tut mir leid, dass ich dich verdächtigt habe. Entschuldige bitte.«

»Akzeptiert ... Weißt du was?«

»Was denn?«

»›Papa‹ hast du mich schon sehr, sehr lange nicht mehr genannt.« Klaus räuspert sich und deutet in Richtung der Tür, durch die Henk, die beiden spanischen Biker, Heidi und Werner nach oben verschwunden sind. Klaus klingt heiser, als er leise sagt: »Willkommen in meiner Familie, Johnny. Bienvenido!«

74.

»Das«, sagt Heidi und deutet auf die Küstenlinie, die sich bis zum Horizont erstreckt, »ist der perfekte Ort.« Wir stehen auf der Klippe der Steilküste von Fuente de Gallo. Wellen branden mit weißer Gischt an den Strand, wo die Farbe des Wassers von Tiefblau in Türkis wechselt. Ich bin sprachlos, habe so etwas noch nie live gesehen.

»Wahnsinn, wie leer es hier ist. Kaum ein Mensch unterwegs.«

»Perfekt«, wiederholt Heidi gegen den Wind. Sie lächelt mich mit leuchtenden Augen an. Ihre Zöpfe trommeln wie zur Bestätigung einen Wirbel auf ihren Schultern.

Ich weiß, was sie meint. Und ich finde, sie hat vollkommen recht. Einen besseren Platz gibt es wirklich nicht. In meine Unsicherheit und Nervosität mischt sich zum ersten Mal so etwas wie Vorfreude.

Heidi macht einen fröhlichen kleinen Hüpfer. Auf ihrer Nase sind in den letzten Tagen Sommersprossen erschienen, die sie noch süßer machen.

»Heute Nacht?«, fragt sie.

»Heute Nacht ist perfekt«, antworte ich und nehme Heidis Hand.

Endlich.

Epilog

»Die Wellen schlagen hoch über dem winzigen Boot der Prinzessin zusammen. Kunigunde schluckt viel zu viel salziges Wasser und muss sehr husten. Sie weint schrecklich und hat furchtbare Angst.«
Zwei der drei Mädchen haben ebenfalls Angst. Dass der silberhaarigen Prinzessin Kunigunde etwas passieren könnte. Claudi und Nikki hören mir gebannt zu. Nur Jessica, die Älteste zwirbelt ständig ihre Haare, lächelt abwesend und klimpert mit den Wimpern, als hätte sie etwas in beiden Augen.
Flirtet Jessica etwa mit mir?, frage ich mich. Alt genug ist sie. Der Gedanke bringt die Erzählung über das andalusische Abenteuer von Prinzessin Silberhaar ins Stocken. Wir feiern Claudis siebten Geburtstag im Garten ihrer Pflegeeltern.
Bald wird aus dem kleinen Feger ein großes Mädchen, das ebenfalls mit den Wimpern klimpert. Dieser Gedanke schießt mir durch den Kopf, während Claudi kichert und Nikki von ihrer Wackelpeterbowle probieren lässt. Hoffentlich kann ich Claudi vor schlechten Erfahrungen und Fehlern beschützen.
»Erfahrungen müssen wir uns mit Fehlern und der Erkenntnis aus diesen Fehlern verdienen«, höre ich Klaus' Stimme in meinem Kopf. Ich drehe mich um.
Am Ende des riesigen Gartens steht ein großer Biker mit Lederweste, Sonnenbrille und Glatze neben dem Grill. Er erklärt dem Gastgeber gerade etwas über die Pflanze mit den dunkelroten, länglichen Früchten. Klaus warnt Peter, denn wir haben den Martens dieses Geschenk aus Spanien mitgebracht. Werner züchtet wieder kulinarische Mutproben. Nur so als Hobby, doch seine Chilis namens »Fuego Andaluz« – Andalusisches Feuer – haben es in sich.

»Hey, Jo! Was ist denn dann *passiert*?«, reißt mich Claudi aus meinen Gedanken. Jessi zeigt mir ihre Zahnspange mit dem schönsten Lächeln, dass sie draufhat. Ich konzentriere mich und bekomme gerade noch die Kurve in der Geschichte, indem ein gutaussehender Surfer namens Manuel auf seinem schwarzgelben Zweizylinder-45PS-Surfboard aus den Wellen schießt und Prinzessin Kunigunde in allerletzter Sekunde davor rettet, mit ihrem kleinen Boot an den Klippen von Conil zu zerschellen.
Claudi kichert begeistert und klatscht in die Hände. Ihr geht es besser als jemals zuvor. Das ist die Hauptsache.
Auch ich habe die Kurve gekriegt und bin nicht zerschellt. Sondern habe das Schuljahr wiederholt und mir fest vorgenommen, mein Abitur zu machen. Mein Haus steht hier, doch mein Leben findet zu einem großen Teil drüben statt. Meine Freundin steht zu mir. Hier und drüben. Wir lernen beide Spanisch.

Danke!

Ich bedanke mich bei Lea Nagel für ihre Anmerkungen und Vorschläge zum Manuskript und Martina Kürten für ihre Hilfestellung bei der Recherche zum Thema Jugend und Amt.
Sandra, Karin und Gerd danke ich für ihre Unterstützung, außerdem Heike Brillmann-Ede für die damalige gute erste Zusammenarbeit.

Die Arbeit am Originalmanuskript wurde durch das Stipendium des Landes Nordrhein-Westfalen unterstützt.
Dafür mein besonderer Dank.

Oliver Pautsch

Leseprobe: »Sie kriegen dich«

Ben hat Angst. Panische Angst. Seit Monaten haben Achim, Hakan und Turbo es auf ihn abgesehen: sie lauern ihm auf und zocken ihn ab. Eines Tages wird einer seiner Peiniger tot aufgefunden - mit Bens Handy in der Tasche. Plötzlich steht Ben unter Mordverdacht. Was soll er tun? Kein Mensch wird ihm glauben, dass er unschuldig ist!

FREITAG

EISKALT (12 : 54)

»Weber hat die Leiche angefasst«, rief eine Stimme aus der Menge der Schüler, die sich um den Tatort drängten.
Sofort entstand ein Tumult auf dem Schulhof.
»Hab ich nicht!«, brüllte Weber zurück und wollte sich auf den Denunzianten stürzen. Gegenüber dem Haupteingang des Schulgebäudes flatterten Krähen protestierend in den Himmel.
Polizeiobermeister Kürten versuchte die aufgeregten Schüler unter Kontrolle halten. Im Schnee waren bereits mehr als genügend Spuren, die niemals zugeordnet werden konnten.
Scheißkalt, dachte Kürten und sah sich um. Die Schneedecke lag völlig zertrampelt vor ihm. Er hatte die Kripo über Funk angefordert. Sofort, als er den toten Jungen im Müllcontainer neben dem Haupteingang des Gymnasiums gesehen hatte. Ein grauenhafter Anblick. Die Kollegen sollten bereits vor einer halben Stunde angekommen sein. Der plötzliche Wintereinbruch hatte die ganze Stadt überrascht.
Nur zu gern hätte Kürten den Deckel des Müllcontainers geschlossen, um den Schülern den grauenhaften

Anblick zu ersparen. Doch er wollte keine Spuren vernichten.

»Weber hat ihn angepackt«, brüllte der Schüler erneut, der einem Frettchen glich. Der beschuldigte Weber drängte wie ein Eisbrecher durch die Menge und ging auf den Schreihals los. Das Frettchen fiel in den Schnee vor den Mülltonnen. Weber stürzte sich auf ihn, er war größer und schwerer. Das Frettchen quiekte erschrocken.

Weber ist zu dick, dachte der Polizist und zerrte die Jungen auseinander. Weber hatte ganze Arbeit geleistet: Das Frettchen war mit dem Kopf auf den Boden aufgeschlagen. Sein Blut im Schnee vor dem Container sah schlimm aus. Ein roter Fleck, wie von einem toten Tier. Kürten drückte ein Taschentuch auf die Kopfwunde des Jungen, um die Blutung zu stillen. Das Frettchen schrie wie am Spieß, hinter dem Polizisten begann Weber zu weinen.

»Hab nix angefasst, ehrlich! Ich wollte nur an die Tonne!«

» Verständigen Sie einen Arzt« , rief der Polizist einem älteren Lehrer zu, der vor dem Müllcontainer stand. Doch die Aufsicht konnte sich vom Anblick der Leiche nicht lösen.

In den aufgerissenen Augen des toten Jungen waren Schneeflocken geschmolzen und auf dem Weg über die Wangen wieder gefroren. Der Tote lag im Müllcontainer zwischen blauen Plastiksäcken und losen Papieren, die seine Schultern und den Brustkorb bedeckten, mit Blick in den Himmel und der Schnee fiel ihm ins Gesicht. Sein Körper inmitten des Mülls verrenkt, wie nur Leichen verdreht sein können, wenn sie erstarren. Oder, wie in diesem Fall, zu einer grausigen Momentaufnahme gefroren waren.

Kürten verfluchte sich, allein zum Fundort gefahren zu sein. Doch seit dem Wintereinbruch war das Chaos auf den Straßen kaum noch zu bewältigen gewesen. Alle Kollegen waren unterwegs und Kürten war auf sich allein gestellt. Er vermied den Anblick der gefrorenen Leiche und holte eine Rolle Absperrband aus dem Kofferraum, obwohl es für die Sicherung des Tatorts bereits zu spät war. Das würde Ärger mit den Kollegen von der Kripo geben.

Schülerinnen und Schüler stapften schweigend, manche weinend, durch den Schnee vor dem Container neben dem Haupteingang des Gymnasiums. Einige umarmten sich in Schock und Trauer. Ein dürres Mädchen mit Zöpfen erbrach sich in die Büsche neben dem Gebäude. Mitschülerinnen stützten sie.

Die verwischen alle tatrelevante Spuren, dachte Kürten. »Tun Sie endlich was! Schaffen Sie die Kids hier weg«, rief er dem Lehrer zu, der immer noch völlig überfordert herumstand. Dann wurde das Frettchen bewusstlos. Kürten winkte zwei kräftigen Jungs herbei und wies sie an, den Ohnmächtigen in die Pausenhalle zu bringen, als der mehrstimmige Klingelton eines Handys ertönte. Die Melodie kam Kürten bekannt vor, doch es wollte ihm nicht einfallen, woher. Das Handy verstummte kurz, dann begann die Melodie von vorn. Schüler stapften durch den Schnee und zerrten iPhones, Samsungs und Huaweis aus Taschen und Mänteln. Natürlich, das ist von Robbie Williams, dachte Kürten und sah sich um. Es klingelte immer weiter.

In einer anderen Ecke des Pausenhofs sahen sich Zwillinge erschrocken an, als die Melodie erneut ertönte.

»Das ist doch ... She's The One«, flüsterte Antonia, die dreißig Minuten ältere und drei Zentimeter größere der beiden Schwestern.

»Benjamins Handy«, antwortete Bella, »den Klingelton hat er am Computer selbst eingespielt.«

Trotz Ihrer unterschiedlichen Frisuren sahen sich die beiden erschrockenen Mädchen sehr ähnlich.

Kürten folgte der Melodie, und mit jedem Schritt wuchs seine Gänsehaut. Der Klingelton kam aus dem Metallcontainer, in dem der tote Junge lag. Kürten hörte in den Container und vermied den Anblick des Jungen, wollte die blassen toten Augen nicht sehen. Doch er musste in die Tasche des Jungen greifen. Denn immer wieder dudelte die Melodie. Kürten fand das Handy und nahm den Anruf an: »Ja? Hallo?« Er zuckte zusammen, als er eine metallisch klingende Roboterstimme hörte: »Der Standort dieses Mobiltelefons wurde geortet.« Die Verbindung brach ab und ein regelmäßiges Tuten ertönte, Polizeiobermeister Kürten sah das Mobiltelefon in seiner Hand und stöhnte auf.
Keine Handschuhe! Ich habe dem Opfer ein Beweisstück ohne Handschuhe entnommen. Wie viele Fehler werde ich heute noch machen? Die Kollegen der Kripo werden mich in der Luft zerreißen!
Es begann wieder zu schneien. Der Schnee rieselte auf blaue Plastiksäcke, Fetzen geschredderter Klassenarbeiten und die weit aufgerissenen Augen eines toten Jungen, dessen Gliedmaßen verdreht und unrichtig im Müll ausgebreitet lagen.
Er ist kaum älter als die Schüler, dachte der Polizist und achtete nicht mehr auf Spuren, als er den Deckel des Müllcontainers schloss. Er konnte keine Sekunde länger in diese geöffneten Augen sehen. Er schien, als würde der tote Junge weinen.
(...)

Sie kriegen dich – ISBN: 9783743134423
Überarbeitete Neuausgabe – erstmals unter gleichem Titel erschienen im Thienemann Verlag, Stuttgart und im Carlsen Verlag, Hamburg
© 2017 Oliver Pautsch
Herstellung und Verlag: BoD – Books on Demand, Norderstedt